Raphaëlle Bacqué et Ariane Chemin sont grands reporters au *Monde*.

Raphaëlle Bacqué
Ariane Chemin

LES STRAUSS-KAHN

Albin Michel

TEXTE INTÉGRAL

ISBN 978-2-7578-3308-7
(ISBN 978-2-226-22088-2, 1re publication)

Prologue

Ils avancent côte à côte, sous les arcades de la place des Vosges. Ils marchent le long des briques roses de cette ancienne place Royale où ils avaient choisi d'habiter pour se trouver au cœur de Paris. Elle, lunettes noires et port altier, lui, le visage las, comme usé par les excès, la fatigue ou les ennuis. Il ne fait pas de doute qu'on les observe, mais ils préfèrent ignorer les regards. Ils devinent pourtant qu'on les épie, qu'on les photographie, qu'on chuchote dans leur dos. Il y a quelques mois encore, sous l'escorte de mirobolants sondages, ils cheminaient ensemble vers l'élection présidentielle. *« J'aurais présenté ma candidature formelle le 15 juin 2011. Je n'avais aucun doute, j'aurais été le candidat du PS… »*

Tout à l'heure, deux ou trois mauvais plaisantins ont crié sous leurs fenêtres : *« DSK au balcon ! »* Désormais, lorsque l'ancien directeur du FMI se rend dans ces colloques où, naguère, on l'écoutait religieusement, des manifestations de femmes en colère le précèdent. Au Parti socialiste, il est devenu suspect de le fréquenter. Son fantôme a hanté l'inconscient collectif des Français, mais il ne faut surtout pas l'invoquer. La presse l'avait donné élu, un an avant le 6 mai. On doit maintenant l'oublier, le sortir du champ politique pour le ranger à la rubrique judiciaire des journaux. En quelques mois, c'est comme si s'était dévoilé au monde entier, derrière l'icône autrefois adulée, le monstrueux portrait de Dorian Gray.

Pendant vingt ans, leur couple glamour a pourtant posé pour tous les magazines. On ne parlait d'eux qu'avec des superlatifs. *« Dominique Strauss-Kahn, le meilleur économiste de France »*, *« Anne Sinclair, la plus grande star de la télévision »*. Vingt ans durant, on ne les a connus que radieux, deux sourires annonçant tous les bonheurs du monde. Dans *Paris Match*, leur amour triomphait toujours des drames traversés. Tout, dans leur vie de papier glacé, finissait toujours au mieux. On les suivait année après année, puisque la presse racontait leurs anniversaires. On déménageait avec eux, ils nous emmenaient dans leurs bureaux de plus en plus vastes, mais aussi dans leurs cuisines, autant dire dans leur intimité.

DSK portait plusieurs masques, emmêlait plusieurs vies. Son goût pour la transgression n'avait d'égal que son fascinant déni de l'autre. Sans doute les frissons étaient-ils d'autant plus vifs que le pouvoir était plus grand. Là où il aurait fallu de la discipline, il traquait les plaisirs avec une frénésie inquiète, compulsive et jamais assouvie. Là où il aurait fallu tracer des limites, il aimait enfreindre les tabous et frôler le danger. Plutôt que d'affronter les contraintes, il préféra l'ombre et le secret. Don Juan sans Commandeur, amoral et aventureux.

Cette histoire est celle d'une ascension vers une catastrophe annoncée, dans une vrille tragique que personne n'a trouvé la force de briser. Parfois, alors que la réalité devrait crever les yeux, elle devient floue, comme si elle avait été peu à peu recouverte d'une fine couche de poussière dorée. Les femmes, l'argent trop facile, les imprudences, tout aurait dû alerter. Mais le halo du succès et des enquêtes d'opinion a brouillé les regards.

Pourquoi s'attarder sur « un homme à terre », puisque, aujourd'hui, c'est un autre qui se trouve à l'Élysée ? En politique, les soubresauts et les angles morts d'un parcours ne se saisissent souvent qu'après coup. Beaucoup n'ont toujours pas compris sur quels malentendus, quels non-dits, quelles dissimulations, Dominique Strauss-Kahn a pu s'élever si haut, pour sombrer si vite et si bas. Certains ont cru voir dans sa descente aux enfers le résultat d'un complot, faisant de lui la victime d'une machination politique. Lorsqu'on recolle les morceaux du puzzle, ce qui surprend, c'est plutôt de découvrir les protections dont il a profité.

Cette histoire est celle d'un petit monde de courtisans aveuglés par l'admiration vouée à leur héros et grisés par l'ambition révélée en eux. C'est l'aventure moderne d'un homme porté par une puissante agence de communication, persuadée qu'on peut tout bâtir avec des images, et qui s'appliqua chaque fois à colmater soigneusement les fissures dans le mur de sa réputation. L'histoire aussi d'une illusion collective et d'un extraordinaire destin dont le dernier acte ne s'accomplira jamais. La saga des Strauss-Kahn, c'est le scénario hypnotique qu'aucun film, aucun roman n'aurait jamais osé imaginer.

1

Le mariage

L'air est un peu frais, en ce mois de juillet 1992, et sur la terrasse d'où l'on aperçoit d'ordinaire, en surplomb, les frondaisons du bois de Boulogne, une tente a été dressée pour abriter les invités. La mariée a exigé de chacun la discrétion, afin de déjouer la curiosité des paparazzis qui la guettent et, dans ce petit milieu qui déjeune chaque jour aux mêmes tables en s'échangeant les bruits du Tout-Paris, chacun a exceptionnellement respecté la consigne et tenu le secret sur le lieu de la noce. C'est pourtant un remarquable tableau des mœurs parisiennes qu'offre, ce soir-là, le mariage d'Anne Sinclair et de Dominique Strauss-Kahn. Sur la terrasse de son appartement, avenue du Maréchal-Maunoury, la star incontestée du petit écran épouse un ministre en pleine ascension, et presque personne ne manque à cette union du pouvoir et de la gloire.

Quelques mois plus tôt, lorsque le couple est arrivé à la mairie du XVIe arrondissement pour la cérémonie civile, c'est d'abord sur elle que tous les regards se sont posés. Veste rouge à col de velours, jupe plissée noire, et ces fameux yeux bleus, les plus célèbres de France, qui envoûtent chaque dimanche des millions de téléspectateurs. Les fonctionnaires ont été pris de court par ce mariage dont les bans, sur dispense spéciale du procureur de la République, n'ont pas été publiés. Du marié, ont-ils seulement noté l'arrivée dans une voiture du ministère de l'Industrie, conduite par un chauffeur ?

Les magazines auraient donné très cher pour l'image de ces noces où l'on distingue, parmi les enfants de cette famille recomposée, les boucles de Lionel Jospin et les hautes silhouettes minces du couple Badinter. Un seul appareil photo a cependant été autorisé par Anne : celui de son amie intime, Micheline Pelletier. En historien et habile conteur, le mari de la photographe-reporter, Alain Decaux, a dû saisir la saveur du cliché : surplombant le maire en écharpe, le buste de Marianne a justement les traits de la mariée. C'est donc qu'elle est bien davantage qu'une vedette du petit écran, si elle inspire ainsi, entre Brigitte Bardot et Sophie Marceau, les sculpteurs de la République…

« La cérémonie aura lieu dans l'intimité », ont souligné Anne Sinclair et Dominique Strauss-Kahn en lançant les invitations. Suprême élégance que seule autorise l'extrême notoriété, ils n'ont souhaité aucune chronique mondaine, aucun écho dans les journaux. À la mairie, en novembre, seuls une vingtaine de proches étaient conviés. Pour la soirée offerte sur la terrasse de l'immeuble d'Anne, ils sont moins de cent. Mais il n'est pas besoin d'être grand clerc pour constater que deux visages sur

trois, parmi ces privilégiés, sont connus. Des ministres, des intellectuels en vue, des journalistes amis et toutes les strates de la gauche confondues. Depuis Bernard Kouchner et Christine Ockrent, on n'a pas connu alliance plus spectaculaire.

Arrivée au bras de Bernard-Henri Lévy, Arielle Dombasle fait sensation dans un costume noir à culotte bouffante en soie, qui lui donne l'air d'un page de la Renaissance. L'égérie d'Éric Rohmer et son compagnon philosophe sont de vieux amis et *« Anne adore Bernard »*. La première fois qu'ils se sont croisés, en 1977, le beau jeune homme était en passe de devenir la coqueluche du Paris littéraire avec sa *Barbarie à visage humain*. Anne avait eu un coup de cœur pour cet intellectuel qui, depuis, n'a jamais quitté son cercle. Invité dans l'une de ses premières émissions télévisées, il avait choisi de tenir le micro, assis, sur les bancs d'un amphi de la Sorbonne. *« Je tiens, aujourd'hui comme hier, l'épopée maoïste pour l'une des plus grandes pages de la récente histoire de France »*, avait déclaré l'élégant philosophe, fiévreux et bien dans le ton de l'époque.

Quinze ans plus tard, le lyrisme militant s'est assagi au contact de la gauche au pouvoir. On se presse autour d'Hervé Hannoun, le directeur de cabinet du Premier ministre, Pierre Bérégovoy, pour le féliciter. N'a-t-il pas fait preuve d'une magnifique fermeté face aux camionneurs qui viennent enfin d'accepter de lever les barrages posés un peu partout sur l'autoroute des vacances et des festivals en Provence ? Le temps, aujourd'hui, est aux idoles télévisuelles et ce soir, la mariée est la plus éclatante d'entre elles.

Depuis les premières heures de la fête, Michel Rocard tangue doucement dans les bras de sa nouvelle compagne, une psychanalyste qui répond au doux prénom d'Ilana. Congédié en une demi-heure par François Mitterrand, il a perdu son poste de Premier ministre il y a plus d'un an. Comme s'il liait l'événement à son éviction de Matignon, il a aussi annoncé publiquement son divorce d'avec sa seconde femme. Une première dans l'histoire politique. Autour de lui, on s'amuse de cette ardeur adolescente qui l'a poussé d'emblée sur la piste de danse avec sa conquête.

Pour Anne Sinclair, Michel Rocard représente une sorte de substitut à Pierre Mendès France. « Mendès » est sa figure préférée, le premier politique contemporain qu'elle admire absolument. Pour Rocard, Anne est, comme pour le grand public, une icône. Depuis qu'elle anime *Questions à domicile* et surtout *7 sur 7*, sur TF1, la chaîne la plus regardée de France, elle jouit, dans les milieux du pouvoir comme chez les téléspectateurs, d'une aura inégalée. Une sorte de respectabilité immense doublée d'une séduction quasi érotique qui alimente, après chacune de ses apparitions, les commentaires sur sa voix grave, ses fossettes, et surtout ses yeux qui, au gré des pulls mohair, semblent s'assortir chaque semaine de nuances différentes. Dans la rue, les femmes s'arrêtent sur son passage, les hommes prennent des libertés et tentent de la toucher. Avec elle, les responsables politiques ont un peu l'illusion de rencontrer cette France profonde qu'on n'appelle pas encore « les gens » et que, en star du petit écran, elle nomme « le grand public ».

Michel Rocard n'est pas bégueule. Autour de lui, les liaisons entre journalistes et politiques sont légion. Au sein même de son cabinet, à Matignon, plusieurs de ses conseillers ont longtemps nourri la chronique de ces connivences sentimentales avec la presse. Mais pour lui comme pour les autres invités, la vraie vedette du couple, c'est elle. Dominique Strauss-Kahn a beau appartenir au gouvernement, il n'est à l'Industrie qu'un ministre novice. Depuis plus de dix ans que Rocard le connaît, il n'a d'ailleurs jamais su vraiment quoi penser de cet universitaire qui vient de faire le choix des tréteaux plutôt que des amphis. Il ne ressemble pas tout à fait aux jeunes sabras qui pullulent au Parti socialiste depuis les années 80. Diplômé d'HEC et de Sciences-Po, « Strauss » est – une rareté au PS – docteur en économie. Mieux, il ne cache pas qu'il a échoué au concours d'entrée de l'École nationale d'administration, le saint des saints dont les trois quarts des éléphants du parti et Rocard lui-même sont issus. *« J'avais les moyens de rater l'ENA »*, dit-il parfois devant la nomenklatura socialiste pour l'obliger à en rabattre. Il est entré au Parti socialiste à vingt-sept ans, en 1976, dans les équipes du Ceres de Jean-Pierre Chevènement, en même temps qu'Hélène Dumas, qu'il a connue au lycée à quatorze ans, et épousée à dix-huit.

Dominique Strauss-Kahn a vite abandonné la gauche du PS et ses combats idéologiques perdus d'avance. C'est un expert trop solide en économie pour ne pas avoir saisi immédiatement les premiers errements de 1981. « Strauss » n'est pas exactement un antimitterrandiste, mais plutôt un post-mitterrandien. Mitterrand, d'ailleurs, ne l'aime pas. « *C'est un jouisseur sans destin* », a-t-il laissé tomber un jour sans se douter à quel point il parlait vrai. Il trouve aussi ce ministre trop proche des patrons, et aux yeux de Rocard, ce sont autant de bons points. Mais Rocard, du coup, n'a jamais compris qu'il ne le rallie pas. « *Nous étions trop deuxième gauche et il n'a pas dû trouver que nous étions un bon placement* », grince-t-il. Bon prince, il l'a néanmoins fait venir en 1982 au commissariat au Plan, « piquant » même plus tard, comme Premier ministre, deux trouvailles sorties du cerveau de Strauss-Kahn : le RMI et la CSG.

Il y a entre eux, bien enfouie et cachée, une double déception. Quelques années auparavant, Dominique a cru que Rocard ferait de lui un ministre, puisque, malgré les malentendus passés, ils appartiennent tous deux à cette gauche qui se soucie de la bonne marche de l'économie. Mais Rocard ne peut manœuvrer que sous la férule de François Mitterrand. « *Sur les quarante noms, je n'ai pu choisir que huit ministres. J'ai pris ma garde rapprochée* », explique l'ancien chef de gouvernement à ses proches. Du coup, c'est Édith Cresson, prise en grippe par tous les socialistes d'importance, qui a offert à « Dominique » ce portefeuille de ministre de l'Industrie dont Anne est si fière. Et Rocard n'a que mépris pour « Édith »...

Comme les autres convives de la fête, l'ancien locataire de Matignon a d'abord appris par la rumeur cette histoire d'amour que l'on consacre ce soir officiellement. Anne Sinclair raffole de la genèse de leur coup de foudre, et, comme les amoureux, en répète le récit sans se lasser. Quelque trois ans auparavant, le 27 octobre 1988, il manquait un contradicteur socialiste pour *Questions à domicile,* le débat politique qu'elle animait alors sur TF1 avec le directeur du *Monde,* Jean-Marie Colombani. L'émission, en direct de Chalon-sur-Saône, doit être consacrée au RPR, de nouveau passé dans l'opposition depuis la victoire de François Mitterrand sur Jacques Chirac à la présidentielle. Il y a là les « quadras » de la droite, le maire de Chalon, Dominique Perben, l'ancienne ministre de la Santé, Michèle Barzach, Alain Juppé et ce jeune édile de Neuilly qu'Anne apprécie, Nicolas Sarkozy.

C'est Colombani qui a eu l'idée de choisir celui qu'on appelle encore « Strauss » comme invité surprise. Le carnet d'adresses d'Anne passe déjà pour l'un des plus fournis de la République, mais elle n'a encore jamais rencontré le nouveau président de la commission des Finances de l'Assemblée. *« Dis donc, il est fort ton mec... »,* confie-t-elle juste après l'émission au futur directeur du *Monde.* Elle enregistre à Chalon, lui se trouve dans les studios de la rue Cognacq-Jay, à Paris. Autant dire que la séduction opère d'abord par écran interposé...

Anne Sinclair a toujours été attirée par les hommes de pouvoir et les responsables politiques. Elle a besoin d'admirer pour mieux aimer. L'étudiante à Sciences-Po raconte volontiers qu'elle a noué dans sa jeunesse des amourettes avec Jacques Attali et Laurent Fabius. Sa passion pour Dominique Strauss-Kahn n'est donc pas tout à fait une surprise pour ceux qui connaissent ses élans pour les beaux parleurs, les intelligences déliées, le prestige intellectuel. Tous deux, à quelques mois près, viennent de fêter leurs quarante ans. Ils étaient mariés chacun de leur côté. Mais l'aisance de l'agrégé d'économie l'a bluffée, elle qui depuis l'enfance a l'impression de toujours devoir « réviser ». Son brio, son sourire enjôleur et sa drôlerie ont emballé la jeune femme si raisonnable. Cet homme qui parle l'anglais, l'allemand, l'espagnol, l'italien mais aussi le français le plus galant est aux antipodes de ces éminences roses, certes brillantes mais si ennuyeuses, qu'elle côtoie régulièrement.

Le lendemain, « Strauss » a invité la star du petit écran à déjeuner au Laurent, ce restaurant chic et verdoyant à deux pas de l'Élysée. C'est sa deuxième femme, Brigitte Guillemette, qui l'y a encouragé. *« Il faut que tu te fasses connaître,* a-t-elle recommandé, *que tu te montres à la télévision. »* Depuis trois ans qu'il a épousé cette ravissante conseillère en communication, Dominique Strauss-Kahn s'est transformé. Sur ses conseils, il a rasé la barbe de professeur si années 70 qui le vieillissait, et troqué ses gros pulls en laine pour des costumes plus ajustés. Il a suivi ces media trainings qui lui ont appris à poser sa voix et séduire l'œil de la caméra. L'épouse trahie n'en finira pas de remâcher ce rendez-vous au Laurent organisé par ses soins et dont l'un de ses clients, Jimmy Goldsmith, propriétaire des lieux, a payé l'addition.

Dominique Strauss-Kahn ne possède pas encore toute l'audace qui sera la sienne un peu plus tard, mais il a de la chance avec les femmes. Personne, dans ce milieu politique où tout se sait, n'ignore qu'il les poursuit et qu'il leur plaît. Une belle chevelure poivre et sel, une façon de décrypter l'économie avec une insolente facilité, une manière de jongler avec les langues étrangères, et surtout ce regard noisette qui s'attarde et, tout à coup, vrille. Anne Lauvergeon, conviée à la noce, se souvient encore de la curiosité de Mitterand : « *Alors, avec vous aussi il a essayé ?* » Dans les couloirs de l'Assemblée nationale, personne n'est choqué. L'époque n'est pas la même qu'aujourd'hui, qui voit les ex-soixante-huitards arriver à la notabilité. Au Palais-Bourbon, on dit couramment que « *tout député a fauté au moins une fois avec son assistante parlementaire* ».

C'est avec curiosité que ses amis observent pourtant ce troisième mariage. Denis Kessler, son vieux camarade d'HEC puis de recherches à l'université, l'a cent fois vu plaisanter de ses conquêtes comme d'autant de victoires aux échecs. Dominique a toujours eu des amusements de garçon. Le premier s'appelle le « *Touché-coulé* », une sorte de bataille navale où séduire les femmes est d'abord un jeu, mais où ce sont toujours elles qui font naufrage.

Combien de fois Kessler a-t-il dû improviser des mensonges au téléphone, pendant que Dominique faisait de grands gestes pour ne pas répondre aux coups de fil de femmes abandonnées ? Parfois, Dominique imagine un autre jeu, comme une sorte de modèle statistique particulier. Il se posterait en bas des Champs-Élysées : *« Je proposerai à mille femmes de coucher avec moi. On comptera celles qui disent oui, ou seulement peut-être…* » Se peut-il qu'il se soit vraiment rangé ?

Les amis d'Anne, eux aussi, ont été déroutés. Alain Minc et son épouse, sans lesquels aucune fête de l'establishment n'est socialement accomplie, n'en reviennent pas. Lorsque Dominique avait souhaité, un jour, que le conseiller des patrons lui présente la journaliste, Minc avait assuré, enthousiaste, qu'il allait de ce pas téléphoner à Ivan Levaï. Et Strauss-Kahn, pour une fois, avait abandonné sa tentative de faire de lui un intermédiaire. Même ses meilleures amies ont cru, pendant quinze ans, qu'elle formait avec la voix mythique d'Europe 1 un couple inséparable. Cent fois, ils ont dîné avec eux autour de ces grandes tablées joyeuses qu'Anne adore organiser, à Paris ou à Valbonne, la maison provençale de la famille Sinclair. Ivan et Anne, Anne et Ivan : onze années d'écart, mais deux vedettes du journalisme, et tant de points communs…

Ils ont traversé glorieusement, ensemble, la presse des années 80 et celles, légendaires, du mitterrandisme. Le 10 mai 1981, ils n'ont pas hésité une seconde à prendre la route pour rejoindre le candidat socialiste à l'hôtel du Vieux-Morvan et déjeuner avec lui. Les médias de ces années-là sont comme ça, pas l'ombre d'un malaise dans ce mélange des genres qui voit Anne Sinclair, tremblante, craindre jusqu'au dernier moment un coup de rein de la droite giscardienne. Juste la nostalgie de ce moment où son mari était monté après vingt heures dans cette étroite chambre 15 de l'auberge de Château-Chinon, où le député de la Nièvre avait ses habitudes. Superstition ou coquetterie, nul n'avait songé à préparer la déclaration que le nouvel élu devait lire sur le balcon. *« On ne sera pas trop de plumes ! »*, avait souri Mitterrand en hélant ses fidèles Louis Mermaz, Jean Glavany et, donc, Ivan Levaï.

C'est l'un des paradoxes de cette fête nuptiale. La plupart des amis qui célèbrent le remariage d'Anne sont aussi des nostalgiques de ce couple désuni. Elie Wiesel est venu tout spécialement de New York à la demande de la mariée. Le prix Nobel de la paix se souvient-il que c'est lui qui a mis le premier en garde Ivan Levaï, lorsque ce dernier a accepté, à la demande de Jean-Luc Lagardère, de diriger *Le Provençal*, à Marseille ? *« Lorsqu'on a une femme aussi jolie et intelligente qu'Anne, on ne part pas à mille kilomètres d'elle. Fais attention à ton couple… »* Robert Badinter et son épouse Élisabeth, qu'Anne a choisie pour témoin, n'ont pas été plus emballés de voir leur amie se jeter dans ce qu'Élisabeth appelle froidement *« les folies de la passion »*. Ils aimaient retrouver à Latche, dans la bergerie des

Landes, le rire joyeux et les yeux pétillants d'Ivan. Le couple raccompagnait François Mitterrand en voiture, jusqu'au boulevard Saint-Germain, après quelques haltes obligées dans des églises romanes.

Les copains journalistes aussi ont été circonspects, les premiers mois. *« Anne et Ivan, je trouvais ça très bien ! »*, a protesté tout de go Jean-François Kahn. Sa femme, Rachel, confidente d'Anne et témoin de cette union, comprend mieux que les autres, ce soir-là, la perte irréparable que ce mariage représente pour Levaï : *« C'était la femme de sa vie. »* Même Dominique Strauss-Kahn a été bluffé par le fair-play du mari trahi. Dès qu'Anne l'a averti de sa liaison, l'ancien mari a voulu rencontrer le nouvel amant. *« Je n'ai qu'une chose à vous demander : occupez-vous bien d'elle ! »* Plus tard, le journaliste écrira tendrement : *« Qui sait si n'existent pas des ruptures amoureuses ? »*

Les deux témoins que s'est choisis Dominique Strauss-Kahn sont, eux, les plus dissemblables qui soient. Son contraire et son double. Son grand frère politique et son père génétique, Lionel Jospin et Gilbert Strauss-Kahn. Dominique, si désinvolte, parfois si léger dans ses amitiés, a trouvé en Jospin une personnalité à respecter. Une sorte d'opposé, rigoriste, protestant, parfois dogmatique, mais qu'il a appris à aimer. Lionel est un peu le surmoi politique de Dominique. Sa garantie d'honnêteté. Leurs divorces parallèles ont en outre donné à leur relation une tournure plus intime. C'est avec Lionel et sa nouvelle compagne Sylviane qu'Anne et Dominique ont fait leur première sortie publique au restaurant. On se souvient toujours de ceux avec lesquels on a quitté la clandestinité.

Jospin est sa caution morale. Le père de Strauss-Kahn, Gilbert, son inconscient caché. À soixante-treize ans, ce petit homme tour à tour enthousiaste ou profondément déprimé est au fond le seul confident du nouveau marié. Ancien conseiller fiscal d'entreprise, il est lui aussi un libertaire et un amateur de secrets. Franc-maçon, il connaît la nécessité et la valeur de la discrétion. C'est à lui le premier que Dominique a raconté sa rencontre avec la journaliste de TF1, qui ressemble tant – sa famille, à la noce, en est sidérée – à Jacqueline, la mère de DSK, cette femme aux cheveux courts, belle et libre. Un psychanalyste trouverait peut-être une clé du caractère du fils dans l'étrange démarche de son père : c'est lui qui a loué le studio dans lequel le couple a d'abord niché ses amours, à l'abri de leurs conjoints respectifs et, pour Anne, des paparazzis. Tous les dimanches soir, à 19 heures, devant son poste, il réclame le silence pour regarder sa belle-fille présenter *7 sur 7*. Ce nouveau mariage l'enchante et le comble.

Il s'est à peine troublé des entorses faites par son fils aux habitudes familiales. Chez les Strauss-Kahn, on est juif mais avant tout laïc. Jusque-là, les enfants, Dominique, son frère Marc-Olivier et sa sœur Valérie, ont épousé des catholiques. Les deux premières femmes de Dominique, Hélène Dumas, sa camarade d'école, et Brigitte Guillemette, ne l'ont presque jamais vu à la synagogue. Ses quatre enfants, Vanessa, Marine et Laurin, nés de son premier mariage, puis sa fille Camille, du deuxième, ne portent pas de prénoms bibliques. Anne Sinclair, elle, tient au mariage religieux. Elle l'avait déjà réclamé à Ivan Levaï, laïc pur et dur lui aussi.

Lorsque son père est mort, en 1980, elle s'est rendue chaque soir pendant onze mois à l'oratoire de la synagogue de la Victoire, pour prier pour lui. Ce sont les fils qui accomplissent habituellement ce rituel, mais Anne est fille unique et adorait son père. Non qu'elle soit vraiment orthodoxe. Elle ne connaît pas l'hébreu, elle n'a jamais désiré faire son *alya*, ce « retour » religieux en Israël des Juifs de la diaspora. Mais elle a toujours revendiqué cette identité et choisi pour ses enfants les prénoms des rois et des prophètes d'Israël, David et Élie.

Dominique a donc cédé à une union à la synagogue et à une cérémonie religieuse, chez eux, juste après le mariage civil, quelques étages sous la splendide terrasse où ils attendront les beaux jours pour danser. Elie Wiesel, qu'Anne admire autant pour son œuvre sur la Shoah, lui qui fut déporté, que pour sa connaissance des textes sacrés, a prononcé quelques mots. On a cassé un verre pour rappeler la destruction du Temple de Jérusalem et, plus prosaïquement, éloigner les démons qui peuplent le folklore yiddish. *« Si je t'oublie, Jérusalem, que ma droite m'oublie. Que ma langue se colle à mon palais si je ne rappelle pas ton souvenir, si je n'élève pas Jérusalem au-dessus de ma joie »* : le marié a récité la belle phrase du psaume 137 de l'Ancien Testament. Il n'y a que Jacqueline Strauss-Kahn pour se souvenir qu'à la synagogue, son fils Dominique a eu comme une petite ruade, qu'elle rapportera plus tard aux premiers biographes du ministre. Face au rabbin qui lui demandait s'il voulait prendre pour épouse *« Anne Élise Sinclair »,* le marié a glissé un drôle de *« certes… ».* Il a fallu *« un strict rappel à l'ordre du rabbin pour qu'il réponde un oui plus franc… »,* s'est longtemps amusée sa mère.

Les voilà mariés. Ce n'est pas seulement un adoubement médiatique, pour ce ministre en pleine ascension. C'est l'élargissement de ses horizons et de ses ambitions. Il a vite été adopté par les nombreux amis de sa femme. Le riche homme d'affaires Jean Frydman aimait discuter avec Ivan Levaï et Anne Sinclair d'Europe 1, radio qu'il avait aidée à naître, et où le couple s'était connu. Mais déjà, lui et son épouse Daniela, défenseurs acharnés de la paix au Proche-Orient, ont proposé d'emmener Dominique en Israël, afin de lui présenter les dirigeants travaillistes Rabin, Peres et Barak, dont ils sont les intimes, comme tant d'autres célébrités.

Anne est connue, cultivée, attentionnée. Lui a sa carrière devant lui. Ils affichent leur bonheur insolent et leurs sourires dans tout Paris. *Paris Match,* qui flaire mieux que quiconque les légendes de l'époque et sait que pour saisir un jour les destinées tragiques, il faut accompagner les gloires naissantes, ne s'y est pas trompé. Dans le dernier numéro de l'année 1991, c'est par un cliché du couple Strauss-Kahn, glorieux et resplendissant, que le magazine ouvre sa *« parade des mariés ».*

2

La fortune

Avec Anne, Dominique change de vie. Tout est devenu merveilleux et facile. L'hiver, on s'évade en Suisse, pour dévaler les pistes de ski. On réveillonne à Venise. Au printemps, on goûte la douceur de Valbonne, sur la Côte d'Azur. L'été, le couple s'enfuit avec tous ses enfants, en Chine, au Mexique, ou simplement au bord de la Méditerranée.

Certains week-ends, ils traversent l'Atlantique jusqu'à New York, la ville où le père d'Anne, Robert Schwartz, trouva refuge en 1941. Elle a raconté à Dominique comment il avait poussé la porte de la délégation de la France libre aux États-Unis et, après avoir cherché dans le bottin un patronyme qui lui rappelle la France, trouvé son nom de résistant : « Sinclair ». Elle a aussi raconté sa naissance là-bas qui, depuis, lui a permis d'avoir une double nationalité franco-américaine. Comme Dominique, elle parle couramment l'anglais. En Amérique, ils sont presque comme chez eux. Parfois, le couple pousse jusqu'au Canada, chez Jean et Daniela Frydman, où Anne est invitée permanente. Les

Frydman possèdent un ranch en pleine nature, si paisible et loin des hommes que Valéry Giscard d'Estaing partit y soigner ses blessures après la défaite, le 10 mai 1981.

C'est un autre monde que découvre le nouveau ministre. Le mariage, confie-t-il, le met à *« l'abri du besoin pour toujours »*. Anne Sinclair n'est pas seulement la vedette de la télévision « la mieux payée de France » avec Patrick Poivre d'Arvor, comme le disent les journaux. Elle est une héritière. Petite-fille du célèbre marchand d'art de l'entre-deux-guerres, Paul Rosenberg, elle possède une partie de sa fabuleuse collection de tableaux. Des Braque, des Matisse, des Picasso d'une valeur de plusieurs dizaines de millions d'euros. « Strauss » a lui aussi vécu sa jeunesse au milieu de toiles fameuses de la peinture italienne. Mais elles n'étaient que les copies que sa mère, Jacqueline, en peintre amateur, s'est plu toute sa vie, avec ses pinceaux, à reproduire.

Les Strauss-Kahn n'ont jamais été pauvres. Lors des années radieuses à Agadir, lorsque Dominique était encore enfant, ils tenaient table ouverte et leurs soirées étaient connues pour leur chaleur et leur gaieté. Mais il a fallu se reconstruire une situation sociale, après le départ du Maroc, où la famille a tout perdu dans un tremblement de terre. Il a fallu vivre au gré des hauts et des bas des affaires de Gilbert. Dominique en a conservé une sorte de blessure. Dans son esprit, ce père qui restait parfois des après-midi entiers allongé ruminait, sans en parler à ses enfants, ses soucis d'argent.

C'est souvent quand on quitte sa famille pour se lancer dans des études supérieures qu'on se met à mesurer les différences sociales. À HEC, Dominique Strauss-Kahn rencontre d'autres mondes. Yves Magnan, l'un de ses copains de sous-colle et son aimable partenaire aux échecs, est le descendant de grands transporteurs marseillais, les Daher. Lorsqu'il a épousé Brigitte Guillemette, sa deuxième femme, issue d'un milieu très aisé, Dominique se souvient aussi que son beau-père avait refusé d'assister à la cérémonie, pour ne pas avoir à rencontrer ses parents qu'il n'estimait pas assez chics pour lui. *« Je ne veux pas faire un baisemain à ma cuisinière »*, avait-il cinglé, odieux, devant sa fille.

Anne Sinclair, elle, s'exaspère que la presse de droite illustre systématiquement avec son portrait ses articles sur la « gauche caviar », comme on appelle sous le second septennat de François Mitterrand ces socialistes qui ne rechignent pas à l'aisance. Elle n'a jamais entrevu de contradiction entre ses engagements et son train de vie. Les grandes figures du socialisme qu'elle admire, à commencer par Pierre Mendès France, appartenaient à cette bourgeoisie éclairée soucieuse de justice sociale. L'une de ses meilleures amies, Élisabeth Badinter, est une héritière plus riche encore qu'Anne par la fortune de son père, le fondateur de Publicis, Marcel Bleustein-Blanchet. Personne ne viendrait contester à son mari, Robert Badinter, son rôle dans le plus noble combat de la gauche des années 80, l'abolition de la peine de mort.

La nouvelle mariée entretient au fond un rapport assez simple avec l'argent. Pas besoin d'en compter toujours plus : la star de TF1 est sans doute la seule vedette du petit écran à n'avoir jamais créé sa propre société de production. Elle a la chance d'en avoir, elle en dispose donc avec générosité, sans se soucier de la fortune de ceux qu'elle aime. Ivan Levaï, son premier mari, enfant de l'assistance publique, n'avait aucun patrimoine. Dominique Strauss-Kahn a dû partager ce qu'il avait accumulé au fil de ses deux mariages, après ses divorces. Le chalet des Arcs est allé à Hélène Dumas. Brigitte Guillemette a vendu la villa de La Garde-Freinet. Le contrat de mariage qui l'unit à Anne a établi la séparation de biens, mais le couple vit dans l'appartement de la famille Sinclair, aux confins de ce XVIe arrondissement qui borde les allées du bois de Boulogne, et où ils viennent de célébrer leur mariage.

« Strauss » ne s'est jamais vraiment tracassé de voir les femmes contribuer, même financièrement, à son ascension. Hélène, sa première épouse, avait arrêté ses études pour subvenir aux besoins du foyer, quand Dominique passait son agrégation d'économie. Puis elle avait arrêté de se rendre aux réunions politiques du PS, pour s'occuper des trois enfants, quand il est devenu l'un des experts économiques de la gauche. Sa deuxième épouse, Brigitte, elle, lui a ouvert son carnet d'adresses et financé, sur les comptes de son agence, ces campagnes à l'américaine qui, lors de ses premières batailles locales, ont commencé à le révéler aux médias. *« Tu fais dix ans de politique, après tu te lan-*

ceras dans le monde des affaires… », avait suggéré la communicante. Non seulement il n'a pas arrêté la politique, mais avec Anne Sinclair, il est passé dans le monde brillant de la haute bourgeoisie. Mais financièrement, il n'est pas du tout à la hauteur.

Au ministère de l'Industrie, il tente de compenser ce déséquilibre par les apparats du pouvoir, les voyages, les réceptions. Cela n'échappe pas au ministre de l'Économie Pierre Bérégovoy, cet ancien ouvrier ajusteur qui se sent éternellement méprisé par une gauche d'héritiers qui tient désormais le haut du pavé. Dans *Le Canard enchaîné*, Bérégovoy en a tout de suite fait son angle d'attaque contre la nouvelle merveille du PS : « *Quand Cresson m'a parlé de Strauss-Kahn, je lui ai dit que c'était un emmerdeur. Il n'a pas été long à le démontrer. Monsieur ne voulait pas rejoindre Bercy. Monsieur voulait recevoir dans un hôtel particulier ! Rien n'est trop beau pour ses mondanités !* »

Bérégovoy n'a pas tort. Dominique a fait de son ministère l'un des endroits les plus courus de la République. Le soir, les grands patrons se pressent à ses dîners où, suprême faveur et véritable événement, paraît toujours Anne Sinclair. Mieux, il a adopté cette langue bourrée d'anglicismes de l'économie désormais mondialisée qu'ignorent encore la plupart des socialistes. Avec lui, les équipes sont des « staffs », les directions des « boards », et les postes se « swappent » comme à une bourse d'échange. En 1992, le ministre s'est rendu sur la côte Est des États-Unis rencontrer les *investment bankers* de Lazard Frères et de Goldman Sachs, une banque d'affaires américaine qui commence à le courtiser.

Parfois, Dominique Strauss-Kahn se dit qu'une part de son avenir se joue peut-être dans ce cercle du pouvoir et de l'argent, alors que la gauche, à bout de souffle face aux scandales, agonise. Pour beaucoup, la défaite des socialistes au printemps 1993 sonne le signal de nouvelles aventures. Juste avant qu'il n'abandonne le pouvoir politique, le patron de Renault, Raymond Lévy, lui a offert *Ça y est, je suis fou !*, un petit livre de l'Américain Raymond Smullyan bourré d'énigmes mathématiques présentées dans un style loufoque. Smullyan est mathématicien, amateur d'échecs et… magicien. Le cadeau est peut-être un clin d'œil à la personnalité que « Strauss » commence à révéler.

Malice ou prémonition ? Micheline Pelletier, l'amie fidèle d'Anne Sinclair, l'avait immortalisé, après son mariage, assis devant le piano à queue de leur salon, fumant le cigare, coiffé d'un borsalino. *Paris Match*, qui suit comme un feuilleton les pérégrinations du couple, a publié la jolie photo du *wonderboy* au charme insolent. En ce milieu des années 90, pour qui sait le saisir, le mauvais garçon se dessine fugacement sous le charme de l'aventurier. Dix ans avant son mariage, alors qu'il revenait de Pologne avec une délégation d'experts économistes, il avait raconté émerveillé à son père les longues limousines, les palaces du régime communiste, les dîners somptuaires. Gilbert Kahn s'en était inquiété : « *Dominique a reniflé le pouvoir, il ne va pas le lâcher.* »

L'ancien ministre est confronté à un autre mal de l'époque. La politique ne le nourrit plus et pour faire face à deux pensions alimentaires, un salaire de professeur d'université ne lui suffit pas. Avant même d'avoir quitté son ministère, il a envoyé plusieurs de ses collaborateurs en ambassade à une cinquantaine de grands patrons. Il s'agit de fonder un groupe de pression d'un nouveau style, appelé le Cercle de l'industrie.

Officiellement, c'est une assemblée de grands dirigeants réunis pour défendre à l'étranger l'industrie française. Un *« lieu de réflexion et d'influence »*, comme il se définit lui-même. Un outil de lobbying, aussi, auprès des fonctionnaires de Bruxelles. « Strauss » raffole du naturel avec lequel l'Allemagne autorise les liaisons des politiques avec le monde de l'argent, et cite toujours en exemple le patron de Daimler-Benz, longtemps pilier du SPD. Après le ministère, ce Cercle sera le deuxième étage de la fusée qui va le propulser dans les milieux du pouvoir.

Jamais il n'aurait pensé que l'affaire serait aussi simple. Trente-cinq grands patrons, de droite, de gauche, du public et du privé ont aussitôt accepté de payer la cotisation annuelle de 200 000 francs qui représente le ticket d'entrée du Cercle. Maurice Lévy (Publicis), Vincent Bolloré, Lindsay Owen Jones (L'Oréal), Louis Schweitzer (Renault) ou Louis Gallois (Aérospatiale), Guy Dejouany (Compagnie générale des eaux) ou Serge Tchuruk ont répondu présent. Raymond Lévy, tout juste retraité de la direction de Renault mais que son passé de polytechnicien a transformé en figure tutélaire de l'influent corps des Mines, en est le président. « Strauss » se contente bien volontiers du titre de vice-président, une fonction non rémunérée.

Sans se soucier des règles du pantouflage, il a recasé dans les entreprises que président les membres de ce nouveau club d'industriels ses anciens collaborateurs. Son chouchou, Stéphane Richard, qui deviendra quinze ans plus tard le directeur de cabinet de la ministre Christine Lagarde puis le patron d'Orange, a été recruté par Dejouany. Son ami et directeur de cabinet Paul Hermelin par CapGemini. Comme eux, des dizaines de hauts fonctionnaires de gauche ont rejoint, avec la défaite des socialistes, les rangs du privé. Comme les fonctionnaires de droite l'ont fait en 1981, ils se lancent dans l'expérience inédite de la reconversion dans les affaires.

Le Cercle vit très convenablement. Deux secrétaires à mi-temps, un chauffeur et un retraité de Renault dévolu à l'administration. Publicis s'est chargé de bombarder ses consultants pour s'occuper de la communication. Tous les deux mois, on déjeune sur la terrasse du groupe publicitaire ou chez Ledoyen, ce grand restaurant niché au bas des Champs-Élysées. Régulièrement, une petite délégation de cette fine fleur d'industriels, Dominique en tête, s'en va à Bruxelles ou invite à Paris les commissaires européens. Ce lobbying assumé singe les méthodes des entreprises américaines, voire, pour l'ancien ministre de l'Industrie, flirte avec le conflit d'intérêt, mais qui s'en inquiète ?

« Strauss » a été plus discret pour organiser sa seconde activité, la seule qui soit vraiment lucrative. Son doctorat d'économie lui permet de devenir avocat. Il a prêté serment bien longtemps auparavant, le 13 décembre 1978, mais n'entend pas plaider. Il veut copier son ami Alain Minc : du conseil au patrons, largement rémunéré. Le 1er septembre 1993, il a donc monté sa propre société, DSK Consultants. Trois initiales qui résonnent un peu comme celles de John Fitzgerald Kennedy, mais qui empruntent surtout à l'usage des avocats anglo-saxons. Dans la poche de son veston, *Libération* a remarqué *« une fantaisie mondaine »* : une pince à billets, frappée d'un DSK doré.

Sur les actes officiels qui marquent la fondation de DSK Consultants, toute la famille en est : un arbre généalogique entier préside aux nouvelles destinées de l'ancien ministre. Sa mère, Jacqueline, Anne Sinclair, son frère Marc-Olivier, sa sœur Valérie ont tous signé les statuts de cette société anonyme dont l'unique consultant et bénéficiaire est Dominique lui-même. Sa fille Vanessa y trouve même l'occasion de payer ses études. Une amie de la famille, Jacqueline Franjou, est venue compléter ce cercle de confiance qui a paraphé les statuts.

Jacqueline est la détentrice de beaucoup des secrets du couple en général et de Dominique en particulier. Conseillère en communication, organisatrice de réceptions, elle était conseillère pour le transport aérien au ministère de l'Industrie en même temps que salariée d'Air-Inter... Jacqueline Franjou veille aussi sur le festival théâtral de Ramatuelle, celui-là même où Anne et Dominique se sont plusieurs fois retrouvés, lorsque leurs amours étaient encore clandestines. L'été, elle y arrange volontiers les avant-premières et les cocktails pour les membres du Cercle de l'industrie, et prend en charge au besoin les salaires d'Evelyne Duval, la secrétaire dont « Strauss » ne peut se passer mais qui a perdu, elle aussi, ses émoluments avec la défaite de la gauche.

C'est un joyeux mélange des genres que cette société DSK Consultants. Les locaux sont ceux du Cercle de l'industrie, au 171 de l'avenue Charles-de-Gaulle à Neuilly. Les clients sont aussi les membres du Cercle. Surtout lorsque les entreprises appartiennent aux secteurs de l'énergie, du nucléaire ou des télécommunications, là où « Strauss » compte des amis, où l'argent coule à flots, où les intermédiaires sont légion. Alcatel-Alsthom, EDF, la Cogema, la Sofres ont recours à ses services. On achète autant le brio de l'économiste et de l'avocat que le prestige de cet ancien ministre qui vit avec une star. Chaque fois, la facture tourne autour de 500 000 francs.

Tout semble réussir aux Strauss-Kahn. En mari attentionné, Dominique a offert à sa femme le cadeau dont elle rêvait, une élégante Mercedes au volant gainé de cuir beige, dotée d'un téléphone. Afrique du Sud, Argentine, Indonésie, les voyages du couple se font de plus en plus lointains. L'économiste accompli jouit des plaisirs de l'existence. François Mitterrand s'agaçait déjà des fréquentations de celui qu'il avait tant hésité à nommer ministre de l'Industrie. Dans les coulisses, Lionel

Jospin, son mentor, s'irrite à son tour de le voir tutoyer quelques pointures du CAC 40 et soupire : *« Il faudra qu'un jour Dominique choisisse entre la politique et les patrons. »*

Il n'est pas le seul à faire des affaires, en ces années d'excès où Bernard Tapie est devenu l'idole de la gauche. Au Parti socialiste, certains militants sont aussi pris par cette fièvre contagieuse. C'est le cas de la bande d'ex-étudiants socialistes qui, il y a quelques années, s'est emparée d'une véritable poule aux œufs d'or : la Mnef. La Mutuelle a profité de l'arrivée dans les facs des derniers enfants du baby-boom et de l'explosion des effectifs étudiants, au cours des années 80. Chargée de la sécurité sociale de 800 000 cotisants, elle gère une manne de plus d'un milliard de francs par an, enjeu d'une très violente bataille qui s'est achevée il y a quelques années.

Une bande de jeunes trotskistes, conduite par un certain Jean-Christophe Cambadélis, un beau brun toujours élégant, s'est alliée à la fine fleur du mitterrandisme, emmenée par un séduisant étudiant en médecine, Jean-Marie Le Guen. François Mitterrand est alors très soucieux d'empêcher la mainmise des communistes, des gauchistes et du Ceres sur le mouvement étudiant. Il les encourage à prendre d'assaut la citadelle mutualiste. Tous les coups sont permis, puisque l'Élysée est à la manœuvre et que la rue de Solférino ferme les yeux. Alliance de ces trotskistes les plus sectaires que l'on appelle les lambertistes, et des socialistes les moins regardants, la Mutuelle est devenue un système adulte et bien verrouillé.

Lorsque Dominique Strauss-Kahn croise ses dirigeants, en ce début des années 90, la Mnef ressemble d'ailleurs davantage à un cercle de banquiers ambitieux et sans scrupules qu'à une PME de bons vivants peuplée de jolies filles et de joueurs de poker bagarreurs. Cambadélis a toujours porté un costume quand les autres, étudiants, gardaient leur jean. Il promène désormais la tranquille nonchalance de celui qui ne craint pas pour son avenir. Il repère les meilleurs militants dans ce que son ami Jean-Marie Le Guen a imprudemment appelé un jour une *« pouponnière »*. À la Mnef, on croise une jeune fille encore timide et un peu ronde qui restera longtemps l'attachée parlementaire du député « Camba », Anne Hommel. Elle est alors amoureuse d'un autre salarié de la Mutuelle, Christophe Borgel, devenu président du syndicat étudiant Unef-ID.

Marc Rozenblat, l'homme des accords inavouables passés dans les couloirs, conserve certains jours ce long manteau de cuir qui lui tombe aux chevilles et ses gants qu'il ne range jamais – au cas où. Mais cet autre lieutenant lambertiste est devenu aujourd'hui un as des cours de bourse. Olivier Spithakis, le trésorier de la Mutuelle, a été nommé directeur général. L'ancien étudiant en gestion de Marseille, franc-maçon de la Grande Loge, est déjà gagné, rigolent ses amis, par l'embonpoint du parfait capitaliste. « Spit » vit dans un quatre-pièces de fonction, se déplace en voitures de service, et s'attarde, cigare aux lèvres, aux meilleures tables de Paris. Signe de son ascension sociale, les formes remarquables de sa « secrétaire particulière » font jaser étudiants et élus socialistes. Que trouvent-elles donc toutes à ce petit homme aux paupières tombantes ? pestent les jaloux.

À leurs larges épaules et leurs mâchoires carrées, les plus avisés reconnaissent les ex-meneurs lambertistes. Ceux qui, en Mai 68, criaient *« Rentrez chez vous ! C'est fini le jardinage ! »* en se moquant des jeunes gens à cheveux longs perchés sur les barricades. On devine que s'ils ont perdu leurs « blazes » – leurs pseudos –, ils conservent leur goût de l'ordre, leur amour des faux nez, leur passion du complot et, surtout, la volonté de s'adjoindre des hommes « sûrs ». Le socialiste Patrick Mennucci, qui soigne autant son accent que ses chaussures bicolores, a fait monter spécialement pour les congrès parisiens ces hordes de chauffeurs de taxis marseillais, habitués d'ordinaire à faire le coup de poing avec le service d'ordre de la CGT du Vieux-Port. Il est devenu directeur de la Mnef dans les Bouches-du-Rhône. Son ex-femme est commissaire aux comptes. *« Il y a des gens que je planquais. J'ai hérité cette pratique de mon passé politique. Je double les postes sur les sujets que je ne maîtrise pas »*, expliquera plus tard à la justice le directeur général de la Mnef pour justifier l'embauche de quelques amis. Dans la bande figurait Marie-France Lavarini, future complice d'Anne Sinclair à *7 sur 7*.

« Strauss » n'a rien vu de la longue bataille que la petite bande a menée à coups de barres de fer et de congrès truqués, d'urnes et de salles bourrées, pour s'emparer de ce trésor de guerre. Mais il croise désormais rue de Solférino les artisans de ce coup de maître. S'il n'a pas brillé à la fac de Nanterre, « Camba » est devenu l'un des meilleurs experts des jeux de courants au sein du PS, depuis qu'il l'a rejoint en 1986 avec dans ses bagages des contingents entiers d'étudiants. Il a aussi aidé son copain Le Guen à « voler » la fédération socialiste de Paris aux amis de Jean-Pierre Chevènement, qui la contrôlaient depuis 1971. Depuis, Jean-Marie voit en Jean-Christophe le *« leader d'une génération »* et lui prédit, dans l'ordre, la direction du PS, Matignon puis l'Élysée.

Depuis qu'il s'est mis à les fréquenter plus assidûment, Dominique a compris que Cambadélis et Le Guen ont envie de bouger. Ces deux hommes pressés sont à la recherche d'un chef de file. Des camarades de leur âge, qui ont moins intrigué pour faire élire François Mitterrand, sont déjà ministres, soupirent-ils. Eux viennent de perdre, comme « Strauss », des circonscriptions parisiennes durement acquises en 1988 : l'une, pour Cambadélis, dans le XIXe arrondissement de Paris, l'autre, pour Le Guen, dans le XIIIe arrondissement. Au moins les deux administrateurs de la Mnef savent-ils comment arrondir leurs fins de mois. « Camba » fait « sociologue » pour une filiale de la Mutuelle étudiante et joue pour une deuxième filiale le *« chargé des contacts auprès des ambassades ou des universités »*. Le Guen figure depuis 1982 dans tous les organigrammes de la maison. Ses postes de directeur médical de la Mutuelle, jusqu'en 1993, puis de

« conseiller stratégique », lui ont permis de récolter quelque 25 000 francs par mois.

En cette fin d'année 1996, c'est Le Guen qui, avec Spithakis, sollicite les services de l'avocat d'affaires qu'est devenu « Strauss ». Un an plus tôt, déjà, il a réussi à emmener le ministre Strauss-Kahn en Asie, à l'invitation de France-Taïwan, dont il est le vice-président, et « Spit » le trésorier. Personne ne sait trop bien à quoi sert cette association qui a pour vice-président Jacques Cresson, le mari de celle qui, à Matignon, a donné à Dominique Strauss-Kahn son premier portefeuille. Mais c'est l'un des groupes d'amitiés parlementaires les plus courtisés par les entreprises d'aéronautique et d'armement. Curieux hasard, ses activités ont trouvé à s'abriter rue Tiphaine, à Paris, dans l'immeuble de la Mnef.

La Mutuelle possède ses propres avocats d'affaires. C'est pourtant DSK Consultants qui est sollicité lorsque Raspail participation développement – une filiale qui propose aux étudiants de s'occuper de leurs repas, de la cafétéria, de leurs logements et de leurs vacances – donne des signes de faiblesse. Raspail est au bord du gouffre. Il faut trouver de l'argent frais pour la sauver avant qu'un scandale n'éclate. Car de mauvaises rumeurs commencent à courir sur la Mutuelle étudiante. En 1982, un rapport de la Cour des comptes a déjà épinglé sa gestion calamiteuse et rien ne semble avoir bougé.

Les contrôleurs de l'État s'étonnent du train de vie dispendieux de ses dirigeants, et notamment de Spithakis, dont le salaire de 60 000 francs mensuels est doublé chaque mois grâce à des rémunérations annexes. Les cotisations étudiantes sont-elles utilisées à bon escient ? Pourquoi ces dotations exorbitantes octroyées à SOS Racisme, ces étranges transactions immobilières ? Et l'achat de ce deux-mâts de douze mètres, censé accueillir des séminaires, mais qui mouille à Monaco pour le Grand Prix automobile, à Cannes pour le festival, ou croise l'été au large de la Grèce, avec Jean-Marie Le Guen à son bord ?

À quel besoin répond cette nébuleuse de filiales et de sous-filiales ? N'est-il pas étrange, enfin, que le siège de Policité, une agence de communication, se trouve comme par hasard dans les locaux de l'une de ses filiales ? L'agence est chargée de la plupart des travaux de publicité de la Mutuelle et des campagnes de nombreux élus socialistes, dont celles de Dominique Strauss-Kahn, de Jean-Marie Le Guen et de Pierre Moscovici. Les soupçons enflent, sans que la direction du PS y réponde et que les gouvernements successifs y prennent garde. *« Vous en connaissez, vous, des gens qui n'aident pas leurs amis ? »*, interroge Spithakis. En ces années d'affairisme à tout crin, mais aussi d'omnipotence socialiste, les dirigeants de la Mnef croient en leur parfaite impunité, et Dominique Strauss-Kahn est bien décidé à vendre ses conseils au meilleur prix.

Il faut renflouer Raspail participation développement ? « Strauss » compte justement un ami, Henri Proglio, à la tête d'une filiale de la riche Compagnie générale des eaux. Les deux hommes se sont connus sur les bancs d'HEC. Dominique, déjà séduisant, moquait alors ce petit bonhomme brun, fils de marchands des quatre saisons d'Antibes.

Avec ses copains, ils l'appelaient *« le Petit Chose »*. À l'époque, ils n'étaient pas du même bord : « Dominique » venait d'adhérer à l'UEC, l'Union des étudiants communistes. Le jeune Henri, lui, était un « sudiste », comme on appelait les admirateurs de la droite dure et musclée. Mais trente ans ont passé et, entre l'ancien ministre de l'Industrie et le numéro deux du tout-puissant Jean-Marie Messier, incontournable patron de la CGE, le temps des bastons à Jouy-en-Josas, où siège la prestigieuse école de commerce, est bel et bien révolu.

En ce début d'année 1997, un accord est conclu avec la Compagnie générale des eaux, qui, via une de ses filiales, entre dans le capital de Raspail participation. Quel est son intérêt ? Mystère. Mais la Mutuelle étudiante est sauvée. Pour ses bons offices, l'avocat Dominique Strauss-Kahn touche en toute discrétion 603 000 francs d'honoraires de la Mnef, dont les dirigeants recommencent à respirer. Ni transmis au parquet ni publié, le vieux rapport de la Cour des comptes semble bel et bien enfoui dans les sables.

Quelques mois plus tard, miracle, Chirac et Juppé décident dans l'improvisation de changer de majorité. Dominique Strauss-Kahn part à la reconquête de sa circonscription perdue de Sarcelles, convaincu qu'il n'entendra plus parler de sa transaction.

3

De Sarcelles à L'Aventure

Qu'on est loin de Paris, à quinze kilomètres seulement de la capitale ! Comme les grands ensembles de la ville nouvelle ressemblent peu aux salons feutrés où Dominique Strauss-Kahn conclut ses deals ! C'est l'un des charmes et des talents de l'ancien ministre : il est à l'aise partout, avec chacun. Avenant, chaleureux, jamais bégueule. Sarcelles, cité bigarrée de 60 000 habitants, dans la banlieue nord de Paris, réputée l'une des plus pauvres de France, n'était pourtant pas une prise facile pour un ancien ministre en mal de circonscription.

Havre d'un grand nombre de rapatriés d'Algérie, la ville n'est pas vraiment riante, quoique moins grise que d'autres grâce à cette pierre de Saint-Maximin qui a aussi servi à bâtir les grands immeubles haussmanniens. Cent communautés – nord-africaine, juive, arménienne, puis tamoule, pakistanaise ou antillaise – animent les marchés de la ville et se côtoient tous les jours dans les cages d'escalier. Toutes les religions du monde, dit du moins la légende, sont présentes à Sarcelles. Mais aussi le chômage, la délinquance, les violences, la drogue, ces maux endémiques des banlieues françaises. Le tout dans un département, le Val-d'Oise où, jusqu'en cette fin des années 80, les élections se font à droite. L'ancien bastion communiste est passé directement au RPR lors des dernières municipales.

C'est en 1988, juste après le redécoupage Pasqua, que le PS a décidé d'envoyer un nouveau venu dans cette circonscription « gagnable ». À l'époque, Dominique Strauss-Kahn est élu de… Haute-Savoie. Qui s'en souvient ? Sarcelles n'était pas son premier choix. Deux ans plus tôt, pour des législatives qui se jouaient à la proportionnelle, Lionel Jospin a parachuté à Annecy le jeune professeur d'économie de trente-six ans, tout juste papa de la dernière de ses cinq enfants. Il est chargé de reprendre une circonscription à la droite, maîtresse de ces vallées depuis la guerre.

Comme souvent, il a débarqué dans les Alpes avec un brin d'arrogance. Il va trouver à l'hôtel de ville d'Annemasse le secrétaire fédéral du PS, Robert Borrel, un fils de paysans devenu agrégé de lettres : *« Je suis désolé, mais c'est moi qui prends la place l'an prochain. Le parti m'envoie car il a besoin de jeunes qui montent. »* Sur les affiches préparées par sa femme, Brigitte Guillemette, il porte chemises rayées, sourire Colgate et joues glabres de golden boy. Les socialistes locaux observent, consternés, tout le gratin de la mitterrandie défiler sur leurs terres pour soutenir le brillant économiste : Pierre Mauroy, Paul Quilès, Jean Le Garrec, Marcel

Debarge, Michel Delebarre, Henri Nallet… Et même Lionel Jospin, qui vient dévaler les pistes en costume de ville et tenir meeting avec la chanteuse Nicoletta, pour soutenir son poulain. Il a fini par gagner mais c'est pour bientôt repartir.

« Mis à part ma passion pour le ski, je n'avais aucune attache en Haute-Savoie », explique désormais à Sarcelles, en 1988, le nouveau candidat à la 8e circonscription du Val-d'Oise, cette fois réputée acquise à la gauche. La R5 rouge du jeune père de famille est encore immatriculée 74, mais déjà, sur les marchés, il se sent davantage chez lui. Il tape dans le dos des Marocains, pique une olive, hume un bouquet de feuilles de menthe. *« Une chèvre aurait été élue »*, convient-il modestement le soir de sa victoire.

Depuis il s'attache à ne rien négliger. Lors de son mariage en 1991 avec Anne Sinclair, il a tenu à passer devant le rabbin de la communauté juive de Sarcelles, pour témoigner de son attachement à sa terre d'adoption. Au sein du gouvernement, il a réussi à convaincre un an plus tard son collègue Bernard Tapie, le tout frais ministre de la Ville, de parcourir avec lui le grand ensemble, pour la plus grande joie des enfants. Chaque fois qu'il le peut, il revient ici avec sa femme. Et l'attraction, entre les étals, en période d'élection, ce n'est pas le ministre, mais celle qu'on « voit à la télé » chaque dimanche soir et qui se prête au jeu des autographes, distribue des baisers et même, c'est la mode à l'époque, des pin's TF1. *« Qu'y puis-je si Mme Lellouche, elle, est strictement inconnue ? »*, soupire DSK quand son rival Pierre Lellouche s'indigne devant le CSA, le Conseil supérieur de l'audiovisuel, de cette *« utilisation sans vergogne de la notoriété d'Anne Sinclair »*…

Sarcelles est bien plus proche de Paris qu'Annecy et le ministre s'y sent à l'aise, peut-être parce qu'elle lui rappelle, comme il le dit, l'Agadir de son enfance. Agadir… c'est là que ses parents, Gilbert et Jacqueline, ont laissé une part de leur aisance et de leur bonheur. Chaque fois qu'il y songe, Dominique revoit sa mère en robe longue dans des soirées de fête, son père gai et prospère parmi les notables, la ville blanche et ses bains de mer. Jacqueline Strauss-Kahn, surtout, n'en finit pas de ressasser ces années bénies : « Quand nos amis recevaient la visite de métropolitains, aime-t-elle raconter, et qu'ils leur demandaient : "Que fait-on le soir à Agadir ?", ils répondaient : "On va chez les Strauss !" » Il sait bien que ces moments heureux sont restés enfouis avec des dizaines de leurs voisins dans les décombres de leur immeuble, effondré après ce tremblement de terre du 29 février 1960, qui a épargné sa famille parce qu'ils étaient allés dîner ce soir-là chez des amis. Sarcelles a pour lui le parfum de cette nostalgie.

Pour la conquérir, il a emmené avec lui le premier pilier de sa garde rapprochée : Jacques Langlade. Ce jeune collaborateur du préfet de Haute-Savoie était devenu là-bas l'attaché parlementaire du nouveau député. À Sarcelles, Dominique Strauss-Kahn en fait son directeur de cabinet. Parlant peu, écoutant beaucoup, épiant chacun derrière ses petites lunettes, Langlade, dont la sœur entrera vite à la mairie, promène dans Sarcelles son grand imperméable d'homme de l'ombre.

Il faut quelques années supplémentaires au « parachuté » pour trouver François Pupponi. Un homme qui veut faire carrière doit toujours dénicher ce second qui peut tenir la maison quand il est absent, cet autre lui-même qui le représente en toute circonstance et sait parler à sa place sans jamais se prendre pour lui. *« Dominique, il faut faire autrement »*, lui a glissé en 1993 ce jeune inspecteur des impôts socialiste au visage sympathique, après que, comme tant de socialistes, le député du Val-d'Oise a perdu sa circonscription. En quelques années, il va devenir ce complice qui, chaque fois que Dominique Strauss-Kahn gravira une marche du pouvoir, pourra prendre sa place – maire, député – en veillant aux intérêts de son prédécesseur.

François Pupponi est de treize ans son cadet. Comme les autres, ce militant du Ceres a d'abord vu d'un mauvais œil le parachutage du ministre de l'Industrie dans cette ville où il espérait prospérer : son père n'était-il pas naguère maire adjoint de la municipalité ? En 1989, il a froncé les sourcils comme les autres militants quand le nouvel arrivant a expliqué qu'il voulait *« manager Sarcelles »*. Il a deviné, aussi, que ses posters 4 sur 3 sans poing ni rose allaient agacer les Sarcellois plus qu'ils ne les séduiraient, et compris que le socialiste allait à la défaite en négligeant ses alliés communistes. Mais il a saisi plus vite que ses camarades que le parachuté était là pour longtemps.

Dominique Strauss-Kahn a toujours aimé ceux qui défendent virilement l'amitié, inconditionnelle, à défaut d'être toujours regardante. François Pupponi est « un Corse de Paris », comme on dit. Fils d'un instituteur socialiste installé à Sarcelles au début des années 60 et d'une mère assistante sociale et responsable syndicale, il a vu ses parents accueillir le week-end, à la maison, des réfugiés chiliens fuyant Pinochet, qui racontaient les tortures subies à Santiago. François a créé à quinze ans, au lycée, le MJS, le Mouvement des jeunes socialistes local. Mais avant de se lancer en politique, il rêve d'abord d'une vie sur sa « terre », en Corse.

Il devient le premier inspecteur du tout nouveau centre des impôts de Calvi, cette jolie ville de Balagne qu'il fera ensuite découvrir à Pierre Moscovici. Comme pour d'autres Corses du continent, cette île qu'il n'a connue qu'en vacances, dans son village de Sainte-Lucie-de-Tallano, prend un tout autre goût, l'hiver. Il a gardé des souvenirs paradisiaques de ses étés dans le Sartenais, des rues chaudes et sans voitures, pleines de cousins et d'amis comme Antoine Greani, futur maire de Sainte-Lucie, disparu en 2011. Ou son frère, Jean-Pierre, qui deviendra chef de partie dans un petit cénacle qui fera un jour parler de lui, le cercle Wagram, un établissement de jeu près des Champs-Élysées.

Les rêves d'enfants ne sont pas toujours la réalité des adultes. En 1988, François Pupponi retrouve Paris et la direction nationale des enquêtes fiscales, où il voit défiler les plus grandes fortunes de la rive gauche. À ses amis, il explique qu'il fait partie de l'élite de l'administration, des *« cow-boys du fisc »*. Tant et si bien qu'aujourd'hui encore, à l'heure où il faut remplir ses feuilles d'impôts, François Pupponi continue à aider ses camarades du parti, comme le pauvre Julien Dray, pour prévenir les mauvais coups.

« Il faut faire autrement. » Quand Dominique Strauss-Kahn prend enfin la mairie de Sarcelles, en 1995, il fait de Pupponi son adjoint. Le Corse est entré dans la famille : ne dit-il pas du maire qu'il est déjà comme son *« grand frère »* ? Pour le secrétariat général de la ville, « Strauss » choisit tout bonnement… son oncle. Stéphane Keita est le fils de sa grand-mère, né d'un premier mariage puis adopté par le grand-père, Marius. Ce grand garçon métissé est aussi énarque. Sérieux et fiable, il est l'œil de Dominique et son représentant dévoué. Au ministère de l'Industrie, il a déjà été le chef de cabinet de « Strauss ». Connaissance de l'administration et liens familiaux, que peut-on demander de mieux à son plus proche collaborateur ? Partout où il passe, on l'appelle *« la tombe »*.

Le nouveau maire audite les finances de la ville, augmente et redistribue les impôts locaux pour alléger la dette, renégocie les contrats avec les opérateurs, concourt pour toutes les subventions, développe une communauté d'aglomération, où il placera plus tard son cher Langlade, et réussit – jolie prouesse – à piquer à la ville voisine de Montmorency sa sous-préfecture. Ce n'est pas rien ! Sur l'autoroute qui sépare la ville de l'appartement du XVIe arrondissement de Paris où DSK vit désormais avec Anne Sinclair, Pupponi et lui papotent finances locales, embauches et appels d'offres, et échangent confidences et petits secrets.

On les croise à l'heure du déjeuner devant le centre administratif des Flanades, dans la pizzeria de Georges Assaraf. Celui qu'on surnomme le « maire-bis », et pas seulement parce qu'il fournit parfois les petits fours pour les cérémonies de vœux de l'hôtel de ville. Propriétaire de nombreux bars et restaurants à Sarcelles, le restaurant d'Assaraf est idéalement placé pour voir passer tous ceux qui sortent ou entrent dans la mairie, et la rumeur sarcelloise parle de bien étranges visiteurs. On aurait ainsi aperçu dans la salle d'attente de la mairie « Joël le Turc », belle gueule aux faux airs de Robert De Niro, fiché au grand banditisme et récemment assassiné, et son grand ami « Philippe le SS », un as du « tir instinctif », habitué, l'été, des plages de Porto-Vecchio. En 2004, Assaraf fera lui-même de la prison : dans deux de ses établissements, le Norway et le Majestic, on a trouvé des machines à sous.

« Tu vois celle-là ? Je tape deux coups sur la table, et elle écarte les jambes en dessous. » Au conseil municipal, devant les élues de tout bord, les grivoiseries glissées par Dominique Strauss-Kahn à l'oreille de ses voisins sont à peine racontables. Les jours où le maire veut emporter un vote difficile, il n'est pas rare qu'il convie Anne Sinclair, dont la seule présence apaise les débats. Quand les enjeux sont moins importants, il se dissipe. Lance des œillades, réclame leurs numéros de téléphone aux femmes qu'il croise. Souriant et un peu hâbleur, sûr de lui

et parfois imprudent. Il tente sa chance avec plusieurs journalistes du *Parisien*, courtise même – sous ses yeux ! – l'épouse, noire, d'un rédacteur du quotidien en lui glissant à l'oreille : *« C'est beau l'exotisme ! »* Promet de petits jobs, trouve des appartements à de jeunes Sarcelloises, bref, use de son charme et de son pouvoir local.

Une autre histoire, bien plus gênante alors que s'approchent les élections législatives provoquées par la dissolution, reste soigneusement cachée. Lors d'une rencontre organisée par la mairie, Dominique Strauss-Kahn a croisé les yeux d'une autre jeune fille, noire elle aussi. A fixé son regard sur elle pendant tout son topo, jusqu'à lui faire croire qu'elle était seule au monde. *« Présente-moi ta fille ! »*, lance quelques minutes plus tard le nouveau maire à André M'Bissa. Les deux hommes se tutoient : André est un militant socialiste de la première heure qui a aidé, comme tant de membres de la communauté africaine, le ministre parachuté à prendre la mairie de Sarcelles. Le père ne soupçonne rien. Entre le candidat à la députation et la jeune étudiante fraîche et passionnée en double maîtrise à la Sorbonne, une liaison dangereuse se noue. *« Ça va, Marie-Victorine ? »*, demandent François Pupponi et Jacques Langlade lorsqu'ils croisent la jolie black dans le centre commercial de la ville.

On est très loin des cités du Val-d'Oise lorsqu'on est attablé à La Closerie des lilas, sur la rive gauche de Paris. Ici, tout le monde ignore les rumeurs sarcelloises qui enflent mais finissent toujours étouffées. Le propriétaire de La Closerie, Miroslav Siljegovic, est un Serbe sympathique qui tape dans le dos aussi bien du professeur Bernard Debré, du chanteur Renaud, de l'ancien chef nationaliste corse François Santoni (assassiné depuis), que des pénalistes en vogue, ou encore des éditeurs du VIe arrondissement, familiers de cette institution du boulevard Montparnasse. Il a connu François Pupponi par l'intermédiaire d'un ancien membre du commando Delta à Alger (le bras armé de l'OAS), le Corse Pierre-Dominique Giacomoni, dit « Dumè la terreur ». Celui-ci a publié une autobiographie intitulée *J'ai tué pour rien*, dans laquelle il revendique cinquante-deux opérations terroristes à lui tout seul. Il a pris sa retraite à Sainte-Lucie, justement le village du maire adjoint de Sarcelles.

Pupponi retrouve aussi Dominique Strauss-Kahn dans le Paris des Champs-Élysées. Au Lutin, chez Ange, bistrot proche de la place des Ternes, réputé pour ses apéros conviviaux et la faconde de son propriétaire, on croise des policiers de tout grade, des chanteurs du showbiz, des avocats, des croupiers ou des chefs de parties du cercle Wagram voisin. Et parfois, il faut bien le dire, autour du bar où le patron allonge le rosé corse et les piscines – des ballons de champagne rafraîchis de glaçons –, quelques personnages en délicatesse avec la justice, qui picorent de délicieuses assiettes de charcuterie et de fromages.

Souvent, les habitués du Lutin finissent à L'Aventure, un peu plus haut, de l'autre côté du rond-point des Champs-Élysées. Car c'est plutôt tard le soir que l'on se rend dans ce club-restaurant où, sur la terrasse, errent quelques gloires fanées de la variété, des jolies filles à l'allure très parisienne, des joueurs de football et des quadragénaires venus s'encanailler en célibataires, des journalistes aussi. À l'intérieur, sous les miroirs et les velours carmin, on peut passer la soirée au comptoir, dîner pour très cher si on est un touriste, ou, comme les habitués, descendre au sous-sol écouter de la musique des années 80.

À vingt ans, François Pupponi était un jeune homme réservé, qui avait bien d'autres intérêts que les boîtes de nuit. À L'Aventure, il observe comme les autres les filles qui passent, mais comprend que l'endroit est sûr. Bruno Mangel, le propriétaire des lieux, qui connaît aussi très bien le patron du Flore et de La Closerie, est surtout un ami de vingt ans de Frédéric Péchenard, un fidèle depuis l'enfance de Nicolas Sarkozy.

Pour les politiques de droite comme de gauche, Péchenard est un « flic » un peu à part. Très cultivé, et fortuné : n'est-il pas le seul policier à fréquenter les tennis et la piscine du Polo, ce club élégant de la haute bourgeoisie ? Tous les derniers jeudis du mois, au premier étage de La Closerie, cet officier de l'élite de la police judiciaire retrouve pour dîner ses collègues de La Poularde, un club mythique de haut gradés de la PJ connu des seuls initiés, parmi lesquels quelques retraités reconvertis dans le privé, comme Jo Querry, le responsable de la sécurité des hôtels Sofitel, à Paris, New York ou Marrakech. On s'y échange les histoires du Tout-Paris et des blagues à faire rougir un corps de garde.

En juin 1997, quelques jours après avoir été élu député du Val-d'Oise avec près de 60 % des suffrages, l'un des habitués de Miroslav, Dominique Strauss-Kahn, devient ministre de l'Économie et des Finances du gouvernement de Lionel Jospin. Il invite François Pupponi à déjeuner : *« Vas-y, petit, prépare-toi. Dans quinze jours, tu es maire. »* À cet homme zélé qui entend tout, qui voit tout, il laisse les clés de Sarcelles. Lui va prendre la citadelle de Bercy.

4

Le ministre

Le ministre arrive à pied ! Tous les fonctionnaires se penchent aux fenêtres pour assister au spectacle. De mémoire d'inspecteurs des Finances, on n'a jamais assisté à une telle passation de pouvoir. Main dans la poche, Dominique Strauss-Kahn, entouré de ses secrétaires d'État et de ses conseillers, remonte d'un pas tranquille les cours en enfilade de Bercy. En présentant son gouvernement, le 4 juin 1997, le nouveau Premier ministre Lionel Jospin a parlé d'une *dream team*. Mais qui d'autre que ce quadragénaire à la décontraction follement anglo-saxonne pourrait mieux l'incarner ?

La presse ne s'y est pas trompée. Cette entrée en matière, digne d'une série américaine, fait sensation. Dominique Strauss-Kahn est une des stars du gouvernement. Même son nom, trop long pour les gros titres, a été transformé. Pour répondre aux nécessités pratiques autant qu'à ce style qu'il a inauguré, le nouveau ministre des Finances a gagné le droit de n'être désigné que par ses initiales. Trois lettres qui signent la célébrité et l'inscrivent dans la magie bostonienne des Kennedy. Un mois à peine après son arrivée, les journalistes américains de *Business Week* ont décrété que DSK est *« l'homme qui peut remettre la France sur les rails »*. Et ils ne sont pas les seuls à être ainsi envoûtés.

Depuis qu'il a pris possession de Bercy, toute l'atmosphère de ce paquebot de béton, habituellement peuplé de visages gris et de costumes austères, est comme transformée. Une bande de quadragénaires aux manches de chemise retroussées a envahi les coursives. Dans les bureaux, on parle franglais. Des avocats d'affaires, des universitaires, une brochette de brillants cerveaux sont venus bousculer le carcan des grands corps de l'État. Le soir, lorsque le ministre mène avec une fausse nonchalance les débats au sein de cet incroyable commando, même les plus stricts des fonctionnaires ont le sentiment enivrant d'avoir soudain du brio.

DSK se méfie des pesanteurs du temple de l'économie française. Il n'ignore pas que, depuis des années, l'administration toute-puissante de Bercy tient la dragée haute aux gouvernements et aux ministres qui se succèdent. Par tempérament, il croit en la supériorité de l'intelligence. Par expérience, il n'a jamais été fasciné par ces énarques dont la plupart méconnaissent la recherche, l'entreprise et les patrons. Par goût de la politique, il a décidé de régner sur la « machine » sans se laisser absorber par ses rouages. *« La plaie de ce ministère,* répète-t-il depuis son arrivée, *c'est sa consanguinité. »*

Il n'a pas eu à chercher loin pour comprendre le piège dans lequel sont tombés la plupart de ses prédécesseurs. Déjà, lorsqu'il était ministre de l'Industrie, de 1991 à 1993, il s'exaspérait de l'arrogance de ces inspecteurs des Finances qui raffolaient de Pierre Bérégovoy justement parce qu'ils le dominaient. En 1993, en pleine cohabitation, il a regardé avec intérêt le ministre du Budget de la droite balladurienne, ce jeune Nicolas Sarkozy que lui a présenté sa femme Anne Sinclair, reprendre la main sur eux. Mais depuis 1995 et son élection à l'Élysée, Jacques Chirac à nouveau les croit infaillibles. Lui-même et son Premier ministre Alain Juppé se sont gardés de les contredire. *« Juppé, en bon inspecteur des Finances lui-même, croit qu'ils sont le phare de la pensée économique »*, moque l'universitaire DSK. Il sait bien, lui, de quelles catastrophes ils sont capables. Toujours sûrs d'eux, jamais sanctionnés.

C'est notamment sur la foi d'une note de la Direction de la prévision, qui règne en vestale à Bercy, que le Président vient de décider cette dissolution qui vaut à la gauche l'occasion inespérée de revenir au pouvoir. La note, qu'Alain Juppé a solennellement remise à Lionel Jospin lors de leur passation de pouvoir à Matignon, énumérait point par point les éléments d'une grave dégradation de la situation financière du pays. Sûrs de ne pouvoir qualifier la France pour l'euro, certains de leur échec aux législatives, prévues en 1998, Jacques Chirac et Alain Juppé ont préféré anticiper et provoquer une élection un an plus tôt. Erreur funeste. À peine la gauche est-elle arrivée au pouvoir que la croissance économique est repartie ! Une aubaine pour le nouveau ministre de l'Économie auquel

Lionel Jospin, en vieil ami autant qu'en politique, a laissé les coudées franches.

L'équipe Strauss-Kahn est un modèle du genre. Une sorte de mini-*dream team*, elle aussi. Pour ne pas effrayer le Trésor, autre citadelle au cœur de Bercy, et mieux tenir la machine, il a nommé à la direction de son cabinet un inspecteur des Finances, qui plus est polytechnicien. Comme s'il connaissait ses propres défauts, il l'a choisi d'un caractère en tout point contraire au sien. François Villeroy de Galhau a trente-huit ans. C'est un catholique grand teint, prude et raisonnable, père de cinq enfants, qui soutient que l'action économique doit permettre le développement matériel mais aussi spirituel des hommes. Un énorme bosseur, aussi.

DSK l'a repéré quelques années plus tôt, lorsque Villeroy était le conseiller budgétaire de Pierre Bérégovoy à Bercy. Il a également été l'un des principaux négociateurs pour la France du traité de Maastricht qui a lancé l'euro. Son cœur n'incline pas vers la gauche, mais il est de cette catégorie de grands serviteurs de l'État qui peuvent se mettre à son service, à la condition qu'elle se montre rigoureuse. Major de sa promotion de l'ENA, il est admiré par toute une génération d'inspecteurs des Finances. Les plus brillants d'entre eux se battraient pour travailler à ses côtés. Ils seront plusieurs à en être, parmi lesquels Frédéric Lavenir, énarque et diplômé d'HEC, Nicolas Théry, énarque lui aussi, et, un an plus tard, Matthieu Pigasse, un jeune administrateur civil de trente ans issu de la direction du Trésor, qui se pique d'aimer le rock et rêve de diriger un journal.

Pour faire bon poids à ce semblant d'orthodoxie et bannir cette « consanguinité » qui lui fait si peur, Strauss-Kahn a tenu à diversifier son recrutement. Il a appelé auprès de lui Gilles Finchelstein, son analyste ès opinions, spécialiste des études, mais aussi la « plume » qui met ses idées en musique. Il a connu ce jeune homme calme, humble et souriant en toute circonstance, alors qu'il officiait à la fondation Jean-Jaurès, le cercle de Pierre Mauroy. Il s'est fait un ami de ce pince-sans-rire qui, collectionneur comme lui des meilleures citations de présidents du Conseil ou de ministres, comprend si bien ses *private jokes* politiques. À Bercy, il charge le jeune homme qui s'est présenté sans succès aux dernières élections municipales d'Élancourt de suivre, à l'Assemblée, les questions d'actualité.

Afin d'échapper à l'univers « franco-français » qui est toujours la règle dans les gouvernements, il a aussi fait venir Stéphane Boujnah, un jeune avocat d'affaires, spécialisé dans les fusions-acquisitions industrielles internationales, passé par les réseaux rocardiens et cofondateur de SOS Racisme. Boujnah a l'habitude de travailler en anglais et DSK en a fait l'un de ses critères : « *Je ne veux pas que la seule image de la France soit celle des fromages qui puent* », dit-il en riant devant ses collaborateurs. Il aura aussi pour mission d'établir des relations régulières avec le 10 Downing Street où Tony Blair révolutionne la politique anglaise et tente une troisième voie « sociale-libérale ». Aux yeux de Lionel Jospin, Blair est une sorte de social-traître. DSK, au contraire, admire les succès du Britannique, sa jeunesse et sa maîtrise exceptionnelle de la communication.

Quant à sa porte-parole à l'international, Nina Mitz, elle fait partout sensation. C'est à cette splendide femme blonde aux faux airs de Jeanne Moreau, parfaitement anglophone, que revient la mission de construire l'image du nouveau ministre dans la presse européenne et américaine, mais aussi de superviser ce qui doit être sa grande action : le passage de la France à l'euro. On trouve également dans l'équipe un syndicaliste venu de la CFDT de Nicole Notat, Philippe Grangeon. Le chef de cabinet sera Stéphane Keita, cet « oncle » plus jeune que lui qu'il avait chargé de son cabinet à Sarcelles. Quand, pour s'amuser, le ministre l'appelle « Tonton », le cabinet sourit. Mais chacun comprend que le lien qui les unit est bien plus complexe que celui qui est suggéré par l'organigramme du cabinet.

Michèle Sabban, dont le bureau est tapissé de photographies de Dominique, sera son attachée parlementaire et sa conseillère pour la promotion… des femmes. Mais la véritable nouveauté reste l'arrivée d'un universitaire, Jean Pisani-Ferry, titulaire d'un DEA de mathématiques et professeur à Centrale et à Polytechnique. Aussi étrange que cela puisse paraître, c'est l'un des rares économistes à avoir intégré un cabinet ministériel à Bercy. L'homme expose sa nouvelle lecture de John Maynard Keynes : le vrai keynésianisme consiste à réduire les déficits publics en période de croissance et à les laisser filer quand le climat se dégrade. Lorsque les hauts fonctionnaires l'écoutent, ils sentent imperceptiblement que quelque chose a changé.

Tous ces jeunes gens sont brillants, originaux, différents. Un concentré d'intelligences et d'éclectisme. Une même passion pour leur patron. Lorsque Dominique entraîne les plus sportifs d'entre eux pour un week-end au ski, à la fin d'une semaine harassante, tous le suivent. « Strauss », qui a le goût du danger, et aime aussi bluffer, slalome systématiquement hors piste, en plein couloir d'avalanche. Excès de confiance ou prémisses d'une obéissance parfois aveuglante ? Ses conseillers acceptent tous de le suivre. Il leur délègue beaucoup en retour : *« Dites : le ministre veut que…, et faites au mieux. S'il y a un problème, alors appelez-moi. »* Un mode de management qui lui permet de se consacrer à l'essentiel et enthousiasme ces jeunes gens.

Sous l'aimable férule de François Villeroy de Galhau, leur groupe a tôt fait de s'imposer face au scepticisme de l'administration, aux rivalités ministérielles, aux combats parlementaires et aux arbitrages politiques internationaux. Leur rythme de travail, surtout, en impose. Il fascine Gilles Finchelstein, le plus intello de la bande. Lors de son entretien avec le ministre, en juin 1997, ils sont tombés d'accord pour donner à son poste des contours un peu flous : pour ne pas se laisser happer par les urgences, pour échapper à l'excitation de l'instant qui, parfois, masque l'essentiel, « Finchel » aura droit – luxe suprême – de « perdre du temps ». Vain projet. Le premier jour, on a posé sur son bureau une note signée FVG, pour François Villeroy de Galhau. En haut de la page, trois autres lettres, « *TTU* » : « Très, très urgent ». La nuit, les mails sont même parfois « *TTTU* ». L'emploi du temps du ministère et de ses conseillers s'est calqué sur celui de la finance internationale.

Strauss-Kahn a des intuitions et des désirs d'innovation décoiffants. Il a exigé de partir quatre jours en Californie à l'université de Stanford, dans cette Silicon Valley où s'installent les entreprises de la nouvelle économie. Qu'un ministre quitte ainsi la France aussi longtemps, pour une sorte de voyage d'étude, c'est une révolution à Bercy. Et c'est quelque chose que de voir ce dirigeant parfaitement anglophone réclamer aux « geeks » des nouvelles technologies leur « business plan », essayer avec passion les nouvelles miniatures d'ordinateurs et de téléphones, repérer avec gourmandise ces produits qui n'ont pas encore déferlé sur l'Europe.

Le ministre est dans son élément : l'intelligence. « *La France est un pays d'ingénieurs*, dit-il souvent. *Nous pourrions devenir nous-mêmes les producteurs de ces nouvelles technologies.* » À Lionel Jospin, il a énoncé son axiome : l'intelligence produit de la science qui produit de la technologie qui produit de la croissance, qui produit des emplois. Bien des socialistes jugent encore que cette économie du Net n'a pas gagné la France profonde. Mais DSK a été frappé, en Californie, par la certitude du patron de Cisco, leader mondial des réseaux qui bientôt fonctionneront sans fil : « *Dans la nouvelle économie, ce ne sont pas les gros qui mangent les petits, ce sont les rapides qui mangent les lents.* »

Il est revenu à Paris les bras chargés de téléphones mobiles dernier cri et de micro-ordinateurs qu'il distribue à tout le gouvernement. Pour autant, il se consacre aussi aux grands dossiers du ministère et notamment à ce passage à la monnaie unique qui doit se concrétiser au premier jour de l'an 2000. Aucune séance de l'Eurogroup n'est négligée et le ministre met un point d'honneur à s'y exprimer, autant que possible dans la langue de ses interlocuteurs. De quoi faire la différence lors des sommets et se construire une image solide auprès des gouvernements étrangers. Dans une conférence franco-allemande avec son homologue du moment, Oskar Lafontaine, toute la presse a été bluffée par le duo : le ministre germanique au nom huguenot répond en français aux médias de l'Hexagone, tandis que le ministre français, dont le patronyme a des consonances germaniques, converse dans leur langue avec les journalistes de la presse d'outre-Rhin.

L'axe franco-allemand et même, miracle, l'Europe, paraissent soudain s'incarner. Tour à tour, le *Financial Times, Time, Newsweek* relaient les positions de la France. En octobre 1997, le très conservateur *Institutional Investor* estime que DSK est *« l'homme qui sait calibrer la solidarité et l'efficacité »*. Le 30 mai 1998, *The Economist* lui décerne le titre d'*« euro-coach »*. Une forme de consécration. La *Frankfurter Allgemeine Zeitung* écrit son dithyrambe : *« Si l'intelligence et l'expertise en matière économique étaient les seules conditions pour occuper les plus hautes fonctions de la V*[e] *République, Dominique Strauss-Kahn serait certainement président. »* Plus tard, lorsqu'il fera campagne pour le FMI, dirigeants étrangers et chroniqueurs des plus gros titres de la presse internationale s'en souviendront.

Sa séduction, son sens de la psychologie, son goût pour le jeu et la politique font partout merveille. Le voilà qui veut relancer la coopération de la France avec les pays du Maghreb. *« La Méditerranée, c'est la Baltique ! »*, affirme-t-il. Il multiplie donc les voyages au Maroc, au Liban, en Algérie. Un jour qu'il doit se rendre en Tunisie, il prend soin d'emmener avec lui les quelques membres de son cabinet dont les noms résonnent de consonances locales, ainsi que deux personnalités de la communauté juive tunisienne de Sarcelles. Son homologue à Tunis a prévu un grand dîner dans un restaurant de la Casbah avec la moitié de son gouvernement.

Pour honorer cette délégation où les juifs pieds-noirs sont nombreux, le ministre de l'Économie tunisien a fait servir uniquement des poissons, au cas où certains conseillers mangeraient cacher. Délicate attention qui n'échappe pas à DSK, dont les souvenirs d'enfance bruissent encore d'Agadir, lorsque juifs et Arabes jouaient ensemble aux billes en bas de l'immeuble qui s'effondra dans le tremblement de terre. Le ministre français propose aussitôt que l'on ne serve pas de vin, comme une attention en retour. Il n'y a autour de la table que des juifs ou des musulmans laïcs. Qu'importe, ces délicatesses consolident la fraternité.

Évidemment, ces succès suscitent des jalousies. À la tête d'un grand ministère des Affaires sociales,

Martine Aubry doit mettre en place les emplois jeunes et les 35 heures que DSK a imaginés lui-même, *« sur un coin de table »*, soulignent ses proches avec cette désinvolture imitée de leur patron. *« Trop bureaucratique »*, avait jugé pour sa part la fille de Jacques Delors lorsque Dominique avait « vendu » les emplois jeunes à Jospin. Elle s'exaspère, maintenant, de constater la confiance dont son rival bénéficie à Matignon. Jospin a souvent du mal à trancher et Aubry est quelquefois maladroite en plaidant sa seule cause, quand lui sait dépasser les intérêts de Bercy.

Mais comment fait-il ? Là aussi, le ministre a une méthode. Il énumère calmement toutes les solutions possibles, comme si lui-même n'en avait choisi aucune. Rassurant, il déroule pas à pas chacune des hypothèses en poussant imperceptiblement celle qui, en fait, a ses faveurs. Pour finir, Lionel Jospin se range presque toujours à son avis. *« Il y a deux sortes de politiques,* confie souvent « Strauss » à ses conseillers. *Ceux qui font croire qu'ils ont plus de pouvoir qu'ils n'en ont réellement. Et ceux qui font croire qu'ils en ont moins qu'ils n'en ont réellement. Mon objectif est d'appartenir à la deuxième catégorie. »* Tout le monde ou presque en convient : il a beau n'être que le numéro sept du gouvernement dans l'ordre protocolaire, il est devenu le ministre le plus influent.

Dominique estime la méthode et la rigueur de Lionel Jospin. Respecte l'homme politique, aussi. Lorsque l'un des conseillers de Bercy tourne en dérision la rigidité proverbiale du Premier ministre, DSK stoppe toujours net le moqueur : *« Écoute : Strauss-Kahn, c'est 20 000 voix à Sarcelles. Jospin,*

14 millions en France. C'est donc lui le patron ! » Jospin, de son côté, admire ses « *facilités* ». Lors des séminaires du gouvernement, le Premier ministre note soigneusement tout, de son écriture bien formée, dans un grand cahier. DSK, lui, débarque sans fiches, avec son seul talent de pédagogue. Quand le patron de Bercy raconte à la presse, satisfait, qu'il a inventé la plate-forme économique du Parti socialiste « *sur une plage* », son arrogante désinvolture fait bondir Martine Aubry, mais amuse Lionel Jospin.

Au-delà du charme qu'il exerce sur lui, le chef du gouvernement comprend l'utilité de son ministre. À l'étranger, Dominique Strauss-Kahn vante la France avec brio et conviction. Mais il vend autant le reste du monde à ces Français qui se croient toujours au centre de tout, jalousent l'Amérique, méconnaissent la Chine et s'imaginent meilleurs que leurs cousins européens. Encore plus intéressant, la droite aussi est désarmée par ce socialiste qui choie les entreprises. Les patrons, ceux-là mêmes qui se pressent au Cercle de l'industrie, ont quasi table ouverte à Bercy. Même le président du Medef, Ernest-Antoine Seillière, pourtant peu suspect d'indulgence à l'égard du gouvernement, y va de son compliment : « *Nous avons un très bon ministre des Finances, peut-être pas le meilleur de l'univers, mais il fait de son mieux pour ne pas ajouter aux handicaps des entrepreneurs !* »

Jospin s'offusque parfois de ce que son ministre préféré « *baigne dans le patronat* », comme il blâme son ministre des Affaires européennes, Pierre Moscovici, sur la taille de ses cigares. Reproches de forme, à vrai dire. Jospin s'est laissé convaincre par DSK d'oublier l'engagement de garder 100 % de France Télécom pour, au contraire, lancer l'État dans des opérations d'ouverture de capital des entreprises publiques. Jamais on n'aura autant privatisé, même à l'époque d'Edouard Balladur.

L'année 1999 s'achève aussi sur un double record : celui du plus important déficit jamais enregistré et de la plus forte pression fiscale jamais connue, atteignant le taux historique de 45,3 % du PIB, un record mondial. DSK n'a pas su tirer avantage de la croissance pour engager la réforme des retraites, mais il a en revanche réussi à stabiliser la progression de la dette. C'est un résultat certes modeste, mais qui, en soi, est déjà un progrès. Il a encore du temps, croit-il, pour réaliser ses ambitions.

Dominique Strauss-Kahn vient d'avoir cinquante ans, et ne s'est peut-être jamais senti aussi accompli. Le 9 juillet 1999, il fête son anniversaire au Balajo, rue de Lappe, dans le quartier de la Bastille. En vérité, le ministre a déjà atteint son demi-siècle le 25 avril précédent, mais il représentait ce jour-là la France à Washington, au sommet des ministres des Finances et des banques centrales du G7. Dans ce temple du bal musette qu'affectionnait Mistinguett, deux cents personnes ont été conviées. La famille, les enfants des différents mariages, et même Hélène Dumas et Brigitte Guillemette, les deux premières épouses de Dominique, ainsi, évidemment, qu'Ivan Levaï, si fidèle à Anne malgré leurs remariages.

Dans les milieux du pouvoir où l'on adore les fêter, les anniversaires sont souvent les baromètres des réussites et des succès. Depuis les noces, l'assemblée s'est encore élargie. Michel Rocard, Bernard-Henri Lévy et Arielle Dombasle, Alain Minc ont répondu présent. Mais on reconnaît aussi Maurice Lévy, Antoine et Simone Veil, l'ami Paul Hermelin, le vieux copain Alex-Serge Vieux, que DSK avait aidé à s'inscrire à Stanford avant d'en faire, lorsqu'il était à l'Industrie, son conseiller pour les nouvelles technologies de l'information. Et puis, bien sûr, Jean-Marie Le Guen et Pierre Moscovici, qui a gentiment embauché au ministère des Affaires européennes François Pupponi, afin de l'aider à améliorer ses revenus lorsque celui-ci a abandonné son salaire d'inspecteur des impôts pour devenir maire de Sarcelles, dont le mandat est si mal payé.

L'invité vedette est naturellement le Premier ministre. Lionel Jospin entraîne l'assemblée à entonner avec lui *Le Temps des cerises*, sa chanson préférée. Ce sont les conseillers du ministre, ravis de passer la soirée avec ce patron qu'ils admirent, et Anne Sinclair, radieuse, qui chantent le plus fort. Valérie, la sœur de Dominique, a fait distribuer aux convives les textes de quelques dizaines de tubes de la variété française, dont elle a détourné en partie les paroles. Jeux de mots égrillards et allusions au goût de DSK pour les femmes gênent bien un peu Simone Veil et Michel Rocard, mais le reste des invités rit aux éclats.

Pour finir, c'est en chœur que l'assemblée entonne devant le tout frais quinquagénaire un vieux standard de Michel Polnareff dont on a, là encore, travesti les paroles, pour rire : *« On ira tous au paradis… sauf lui ! »* Oui, sauf lui.

5

L'ivresse du pouvoir

Est-ce le pouvoir qui veut ça ? La personnalité du ministre lui-même ou la jeunesse de ceux qui l'entourent ? Il règne, au sein du cabinet Strauss-Kahn, une atmosphère d'exaltation inhabituelle dans ces couloirs feutrés de Bercy. Le rythme harassant d'un ministère, la débauche de travail, les voyages incessants et la passion de réussir ne sont jamais propices à une vie de famille tranquille et régulière. Mais c'est bien plus que cela. Ces jeunes gens survoltés vivent dans une griserie permanente, celle qu'apportent les succès de leur patron, une ivresse du pouvoir qui fleure parfois un parfum d'érotisme.

Les rares femmes de l'équipe se sont mises à s'habiller plus court, à porter des chemisiers plus échancrés. Les conseillers se vantent de faire lanterner dans les antichambres les ministres français et les émissaires des gouvernements étrangers. Lionel Jospin s'en est ému à deux ou trois reprises. Dans les couloirs, des jeunes gens affairés haussent les épaules : *« Qu'ils attendent ! »* Le soir, cette petite équipe de quadragénaires en bras de chemise alterne les discussions de haut vol sur les marchés mondialisés et des blagues salaces qui font rosir le directeur de cabinet François Villeroy de Galhau.

Dominique Strauss-Kahn, surtout, a un comportement inhabituel. Il n'est pas homme à renoncer aux plaisirs. Jamais on n'avait vu autant de silhouettes féminines se glisser, par l'ascenseur privé, jusqu'à l'appartement de service réservé au ministre. Tous les conseillers ont noté qu'il est impossible de le trouver à partir de 17 heures et qu'il reste injoignable jusqu'au dîner. Il n'y a que Villeroy de Galhau pour assurer sans sourciller que *« le ministre est allé faire une course »*. Le directeur de cabinet de DSK est un véritable saint. Avec ses fines lunettes et ses tempes dégarnies, toujours d'humeur égale, il travaille comme un fou, abattant l'énorme chantier mis en route par le ministre jusque tard dans la nuit. DSK le retrouve parfois comme il l'a laissé, devant une pile de dossiers, quand, vers 23 heures, il revient travailler après avoir passé quelques heures auprès d'Anne Sinclair ou dans un dîner.

Le ministre est encore séduisant. L'embonpoint guette cet éternel gourmand, mais lorsqu'il disserte, avec cette nonchalance affectée, de la situation économique de la Chine ou des États-Unis, il est rare que l'auditoire ne soit pas charmé. Ses manières, pourtant, dépassent très largement l'habituel désir de séduction des politiques. Dans les sommets internationaux, les interlocuteurs étrangers ne peuvent ignorer l'insistance avec laquelle il dévisage certaines femmes des délégations venues à sa rencontre.

Certes, il n'est pas le seul. L'Allemand Gerhard Schröder traîne lui aussi une réputation de don Juan, avec ses quatre mariages et ses multiples conquêtes. Mais Strauss-Kahn, tout de même…

Est-ce la célèbre *french touch* qui surprend et amuse toujours un peu les étrangers ? Ou sa manière à lui de prendre le dessus sur ses interlocuteurs ? Ses conseillers ont fini par opter pour la deuxième option. Il drague ouvertement l'interprète de la délégation allemande. Au-delà de la gaudriole, c'est, croient-ils, pour mieux savoir à travers elle ce que pense le chancelier. Ils décèlent dans chacun de ses gestes, dans ses yeux qui s'attardent sur un décolleté, cette séduction intellectuelle et physique avec laquelle eux-mêmes ne peuvent rivaliser.

En tout cas, ils lui trouvent toujours mille excuses. La tension du moment. Le nécessaire repos du guerrier. Le goût du jeu. Une légèreté de bon aloi. Même les femmes qui l'entourent ne trouvent rien à redire, séduites elles aussi. Certaines, comme la jeune militante sarcelloise Véronique Bensaïd, devenue à Bercy son attachée parlementaire, diront plus tard avoir assisté de la part *« d'assistantes ou d'élues »* à *« des numéros de claquettes dignes des plus grandes prostituées pour coucher avec lui*[1] *»*. D'autres viendront évoquer un *« harcèlement sexuel »* dont le ministre serait victime ou simplement témoigner qu'il n'a jamais eu avec elles un geste déplacé. Et lui ? Jamais il ne fait mine d'envisager

1. Rapporté par Michel Taubmann, *Le Roman vrai de Dominique Strauss-Kahn*, Éditions du Moment, 2011.

qu'il est difficile pour ces assistantes qu'il courtise de dire non à un homme dont la presse et le monde politique font l'éloge jour après jour. *« Je vous fais peur ? »*, interroge-t-il parfois celles qu'il entreprend sans perdre le temps de les séduire. Il a fini par se persuader qu'il laisse aux femmes la liberté de l'éconduire.

Qui devine, au sein de ce cabinet en ébullition, les coups que l'on pare, les drames qu'on évite de justesse ? Qui, hormis peut-être Stéphane Keita, l'intime de toujours, connaît les catastrophes dont on réchappe ? En ce début février 1998, Dominique Strauss-Kahn reçoit un coup de téléphone sur le portable du ministère, un numéro qu'il ne donne pourtant qu'avec parcimonie. *« C'est André. Ma fille est morte. »* Dominique Strauss-Kahn, hébété, raccroche sans dire un mot.

Le ministre a trop bien compris. Depuis le mois d'octobre, il n'a plus donné signe de vie à Marie-Victorine M'Bissa, la jeune fille avec laquelle il avait noué une liaison à Sarcelles quelques mois plus tôt. Plus de rendez-vous dans les hôtels internationaux de la porte Maillot. Impossible, débordé, a-t-il expliqué à l'étudiante défaite de chagrin qui avait pris pour autant de promesses les mots fiévreux lâchés par son amant. En réalité, Marie-Victorine est vivante. Mais elle a avalé des comprimés et s'est enfermée à double tour dans sa chambre. Elle a laissé sur la table du séjour du pavillon de Sarcelles une lettre destinée à son père, veuf depuis peu. En bas de la feuille, un numéro de téléphone, que M. M'Bissa compose après celui des pompiers.

Quelques semaines plus tôt, Marie-Victorine a prévenu son père de sa liaison. *« Tu as des sentiments pour Dominique, mais qu'est-ce que tu vas faire avec lui, c'est un vieux ! »*, lui a répondu André, aussi pudique que catastrophé. *« Il est marié, tu commences ta vie par des complications. Si tu continues, tu as déjà le bonheur derrière toi. »* Il n'a pas tort. *« Pour une raison que j'ignore, le silence s'est installé entre nous »*, écrit la jeune fille dans la lettre qu'elle a laissée avant sa tentative de suicide. *« Il y a un an [...], j'ai su que je ne pourrais plus vivre sans avoir cet homme dans ma vie »*, ajoute-t-elle d'une écriture régulière. *« Tu liras dans mon journal intime tout ce qui s'est passé entre nous. [...] Je ne veux plus pleurer. Plus de force. »*

Au service des urgences de l'hôpital de Gonesse, quand Marie-Victorine M'Bissa sort du coma, elle aperçoit, au milieu des appareils de réanimation, François Pupponi à son chevet. Attention touchante et militante, croit d'abord son père. Avant de comprendre, un peu plus tard, que si le maire de Sarcelles et son directeur de cabinet, Jacques Langlade, se montrent aussi empressés, c'est qu'ils ont d'abord craint que l'ingestion de médicaments n'aboutisse à une issue fatale. Momentanément rassurés, ils veulent désormais empêcher tout scandale.

Pour une histoire comme celle-ci, combien d'autres ignorées ? Car Dominique Strauss-Kahn, au fond, n'a rien changé à son obsession de la conquête, celle dont il dissertait autrefois devant son ami Denis Kessler en envisageant de comptabiliser ses proies au bas de l'avenue des Champs-Élysées. Sa phrase favorite est celle que lançait le théoricien Joseph Schumpeter devant ses amis éblouis : « *Je veux devenir le meilleur amant d'Autriche, le meilleur cavalier d'Europe, et le plus grand économiste du monde.* » Jamais en repos, toujours gagnant, ou presque. Avant une émission de télévision, alors qu'on lui prépare des notes et des arguments, on le trouve préoccupé de demander à la maquilleuse à quelle heure elle termine son travail. Aux assistantes, il réclame leur numéro de téléphone. Parfois, lors des séances de nuit à l'Assemblée, on le voit profiter d'une suspension des débats pour s'éclipser avec une femme qu'il vient de rencontrer avant de revenir une heure plus tard, et certains lui trouvent un air de grand fauve rassasié.

Il y a, dans le milieu politique, tout un petit personnel aimanté par le pouvoir et le charisme de ceux qui l'exercent. Des dizaines de secrétaires, de petites mains qui vivent dans un rapport de sujétion, une sorte de quasi-domesticité policée. Des assistantes qui ont pour « leur » député ou « leur » sénateur des attentions d'épouses. Beaucoup des hommes qui peuplent ce monde encore très masculin viennent à Paris la semaine, laissant leur famille en province pour ne la retrouver que le week-end. C'est ainsi : quand on rencontre un élu avec son attachée parlementaire, on imagine toujours la relation secrète qu'ils pourraient entretenir. À l'Assemblée, les séances de nuit sont propices à l'exercice d'une philosophie du plaisir qui ressemble à l'adage des VRP en voyage : *« Lorsqu'il y a décalage horaire, il n'y a pas d'adultère. »*

Dans le travail, Dominique Strauss-Kahn ne fait pourtant preuve d'aucune misogynie. Son amie Michèle Sabban, qui passe au sein du Parti socialiste pour une militante féministe, a une mission : la promotion des femmes dans l'économie française et au sein du ministère. Lui-même a insisté pour que ses collaboratrices reçoivent des salaires semblables à ceux de leurs collègues masculins. Les concernant, il ne tolère pas les plaisanteries graveleuses. Ou du moins pas devant elles. Pour les hommes, il ajuste son discours à chaque interlocuteur.

Devant l'avocat Stéphane Boujnah, qui vient de divorcer, devant les célibataires de son équipe, les mérites comparés des unes et des autres nourrissent les conversations. La courtisanerie passe aussi par ces sourires entendus et cette complicité égrillarde que les conseillers de Bercy adoptent parfois devant leur patron. Même ceux que le sujet mettrait, dans d'autres circonstances, mal à l'aise se prêtent de bonne grâce à ce jeu imposé par le ministre. Jamais, en revanche, d'allusion devant Villeroy de Galhau, qui vit avec celle qu'il a épousée à l'âge de dix-huit ans. À chacun, une facette et un seul morceau d'emploi du temps. La dérobade comme un art…

Il ne fait pourtant aucun doute, pour ceux qui l'entourent, qu'Anne Sinclair garde le rôle essentiel. Dominique explique toujours à ses proches que le sexe ne se conjugue pas forcément avec l'amour.

Anne est du répertoire de l'amour. Elle a abandonné en 1997 la présentation de *7 sur 7*. Officiellement, parce qu'elle considère ne plus pouvoir *« faire son boulot correctement »* depuis que son mari est entré dans le gouvernement Jospin. Officieusement, parce que son émission s'essouffle. Elle n'avait trouvé aucun inconvénient, six ans plus tôt, à interroger les politiques lorsque Dominique Strauss-Kahn était ministre de l'Industrie. N'a-t-elle pas interviewé le président François Mitterrand en compagnie de Christine Ockrent, compagne de Bernard Kouchner, alors que chacune avait son mari au gouvernement ?

Depuis 1984, elle a reçu dans son confessionnal politique tout ce que la fin du siècle a connu de célébrités : Gorbatchev et Madonna, Robert Maxwell et l'Abbé Pierre, Patrick Bruel, Bernard Tapie et Jacques Delors, qui, en décembre 1994, est venu expliquer chez la star qu'il ne serait pas candidat à l'élection présidentielle. *« Anne Sinclair était aux élus ce que Max Meynier était aux routiers et Macha aux insomniaques »*, écrit alors Christophe Barbier dans *L'Express.* Couronné par une demi-douzaine de Sept d'or, le magazine télévisé du dimanche soir était devenu une référence. Pourquoi s'acharner, alors que les audiences piquent du nez ?

Elle a accouché tous les espoirs français en tête à tête, et le raconte d'ailleurs cette année-là dans un livre qu'Alain Duhamel, pourtant inconditionnel de sa consœur, ne peut s'empêcher de trouver *« discrètement narcissique »*. Entre un chapitre consacré à Nicolas Sarkozy et un autre à Alain Juppé, la star de TF1 a aussi choisi de croquer D., comme elle l'appelle : Dominique, son mari. *« Comment ne pas faire le portrait de l'homme que l'on aime et qui vous donne chaque jour un peu plus l'envie de vivre ? »*

Lorsque Anne Sinclair l'accompagne dans ses lointains voyages, Dominique se montre fier des regards que la journaliste attire. Lorsqu'il organise des dîners à Bercy, les hauts fonctionnaires se damneraient pour en être et se tordent le cou pour apercevoir sa femme. Un institut de sondage qui mesure l'image de DSK a voulu mesurer aussi celle de son épouse. Résultat : 100 % de notoriété. Elle est d'ailleurs présente à tous les rendez-vous importants de l'agenda ministériel, aux grandes conférences de presse et dans les dîners d'État à l'Élysée où le président Jacques Chirac convie, par tradition républicaine, ces ministres de cohabitation dont il envie l'entregent et le sens politique.

C'est encore elle qui donne leur prestige à ces remises de décorations, à Bercy, au cours desquelles Dominique tricote les discours et les portraits des récipiendaires, jusqu'à leur fabriquer des vies parallèles. « Strauss » se souvient alors des joutes verbales de son enfance, où son père l'entraînait au pilpoul, ce vieil exercice talmudique destiné à révéler « l'unité des contraires » et devenu un art de la dialectique. Au ministère, on appelle ces démonstrations d'esprit « les séances *Amicalement vôtre* », parce qu'elles allient, comme dans le duo anglo-américain du feuilleton, la séduction et la légèreté. Dans ces moments-là, même le prude Villeroy de Galhau succombe au charme puissant de son patron : *« Il colore la vie de ceux qui l'entourent… »*

Dans les journaux, rien ne filtre ou presque des emplois du temps du ministre, de ces rendez-vous qui se superposent, de ces parenthèses mystérieuses. Un petit écho dans *France-Soir*, le 24 septembre 1999, a fait sursauter, toutefois, son service de presse. Le quotidien rapporte la dernière plaisanterie qui court les dîners en ville : *« Connaissez-vous la différence entre Daniel Cohn-Bendit et DSK ? Dany est un libéral libertaire, DSK un libéral libertin. » Paris Match*, qui n'adore rien tant que de photographier les politiques « à domicile », continue pourtant de mettre en scène le duo Sinclair/Strauss-Kahn comme un couple tranquille et installé. La veille de l'écho de *France-Soir*, le magazine a d'ailleurs publié un nouveau cliché de DSK aux fourneaux, tablier noué autour des hanches, occupé à cuisiner pour son épouse *« les recettes d'un grand chef de la finance »*.

L'image du ministre est au zénith. Plus pour longtemps.

6

Le scandale

Dominique est parfois déroutant de désinvolture et Lionel Jospin s'en inquiète.

Ce ne sont pas les affaires de femmes qui l'alarment. Dans sa rigueur toute protestante, Jospin s'est toujours interdit de s'interroger sur les rumeurs qui remontent jusqu'à lui. *« Il traite avec sérieux les affaires sérieuses, cela me suffit »*, dit-il à son directeur de cabinet Olivier Schrameck. Ce n'est pas l'image qui colle au favori du gouvernement qui le gêne non plus. On accuse Strauss-Kahn d'être un « droitier », la belle affaire !

Non, c'est tout autre chose qui le préoccupe. Dès juin 1997, le sénateur Michel Charasse, ancien ministre du Budget, a sonné une discrète alerte : *« Attention à la Mnef. »* Nul ne sait encore que, quelques mois avant d'arriver à Bercy, DSK a touché un chèque de 603 000 francs d'honoraires de la Mutuelle, en reconnaissance du rôle qu'il a joué dans le renflouement de sa filiale déficitaire par la Compagnie générale des eaux. Après avoir enterré un premier rapport, la Cour des comptes examine depuis l'été 1998 les pratiques de la Mnef. Ami et interlocuteur de Strauss à la Générale des eaux, Henri Proglio a lui aussi prévenu le ministre des ennuis qui s'annoncent.

Et voilà qu'une grande jeune femme brune, journaliste à *Libération,* a mis son nez dans le dossier. Armelle Thoraval s'est d'abord intéressée à la petite bande des lambertistes qui, d'Olivier Spithakis à Jean-Marie Le Guen en passant par Jean-Christophe Cambadélis, a mis la main sur la mutuelle étudiante. Elle ne dispose, au départ, que d'un dossier touffu et difficile à exploiter, mais, pugnace et frondeuse, elle a passé des après-midi entiers à éplucher les registres du commerce, les factures, à recouper les témoignages. C'est un travail long, ingrat et parfois elle peine à reconstituer le tableau d'ensemble des relations troubles qu'entretiennent ces députés socialistes, venus à la politique par le syndicalisme étudiant, et ces cadres de la Mutuelle qui paraissent vivre sur un très grand pied. Mais elle s'obstine.

La journaliste n'a pas la partie facile. Si *Libération* est d'abord un repaire d'anciens maoïstes, quelques-uns de ses chefs sont d'ex-militants trotskistes passés par cette mouvance lambertiste où personne n'oublie jamais tout à fait d'où il vient. Or les hommes de la Mnef viennent eux aussi de cette frange radicale de l'extrême gauche. Au sein de la Mnef, surtout, le patron, Olivier Spithakis, semble suivre pas à pas l'avancée de son enquête. Un jour, alors qu'elle était partie travailler, un « voisin » a sonné à sa porte et, prétextant une fuite d'eau, s'est introduit dans son appartement où se trouvaient son bébé et la baby-sitter. Elle ignore encore que ce « voisin », qui sera condamné des années plus tard est un détective privé mandaté par Spithakis. Elle ignore également qu'une note des RG colportant les rumeurs les plus rocambolesques sur son compte est remontée jusqu'au patron des Renseignements généraux, Yves Bertrand, avant d'atterrir sur le bureau de Lionel Jospin à Matignon. On l'y présente, au choix, comme une membre de l'Église de scientologie, ou comme l'ancienne bonne amie éconduite et amère de Cambadélis. Autant de mensonges visant à la déstabiliser.

Armelle Thoraval a noté les liens qui unissent Cambadélis et Le Guen au ministre de l'Économie. Les deux députés passent beaucoup de temps dans les couloirs de Bercy. Leurs noms apparaissent vite dans le dossier qu'elle épluche et finissent par la mener jusqu'à Dominique Strauss-Kahn. Et à ces 603 000 francs reçus pour son rôle de conseil dans le rachat par la CGE de Raspail participation, la filiale en difficulté de la Mnef.

Le ministre a normalement un agenda des plus chargés. Il a cependant jugé opportun d'annuler un important séminaire afin de recevoir, le 8 juillet 1998, cette Armelle Thoraval qui vient de lui téléphoner. Et il laisse la jeune femme lui poser sa batterie de questions. Manifestement, elle flaire le contrat de complaisance et le travail fictif. « *Mon rôle de conseil, c'est un rôle de conseil, c'est-à-dire que, comme tout avocat d'affaires, j'ai conseillé la Mnef sur la stratégie à suivre, j'ai relu les documents, j'ai fait en sorte qu'il y ait un accord* », explique-t-il pour la convaincre. Curieusement, il n'a que très peu de souvenirs de l'opération, des clauses techniques du protocole d'accord, ni même des hommes qui l'ont mis en œuvre. Mais pour *« prouver que tout est transparent »*, il sort de ses archives la lettre de mission de la Mnef et un document mentionnant sa rémunération.

En ce début d'été, l'article de *Libération* sort dans une indifférence générale. Ou presque. Les conseillers de la Cour des comptes qui enquêtent sur la gestion de la Mnef l'ont tout de même archivé dans leur dossier. Un autre homme s'y intéresse cependant. François Hollande a proposé un rendez-vous à Armelle Thoraval au café Le Cluny. Le premier secrétaire du Parti socialiste, lui-même ancien magistrat à la Cour des comptes, s'interroge sur cette enquête qui paraît mettre en cause deux parlementaires de son parti et, éventuellement, le membre phare du gouvernement Jospin. Il voudrait savoir ce que la journaliste pense du ministre et de ces députés.

À Bercy, Dominique Strauss-Kahn se sent parfaitement tranquille. Il n'imagine pas une seconde que l'enquête de *Libération* puisse connaître la moindre suite judiciaire. Même lorsque la Cour des comptes transmet au parquet, en septembre, un rapport accablant sur la Mnef et qu'une information judiciaire contre X est ouverte pour *« faux, usage de faux, abus de confiance, recel »* et *« prise illégale d'intérêt »*, le ministre de l'Économie reste serein. L'enquête du parquet semble avancer à un rythme d'escargot.

Au sein de son cabinet, il a tout de même chargé quelques conseillers, comme Philippe Grangeon, l'ancien syndicaliste de la CFDT, de s'occuper de l'affaire. Il lui a fourni pour cela les notes et les factures en sa possession. Et notamment cette lettre de mission de la Mutuelle datée du 14 décembre 1994 qui certifie la réalité de son intervention auprès de la CGE, ainsi que ses émoluments. Lorsque, près d'un an après l'article d'Armelle Thoraval, les enquêteurs remontent jusqu'au ministre, Grangeon leur transmet, à la demande de DSK, l'ensemble du dossier. Apparemment, le patron de Bercy joue toujours la transparence.

Il n'y a qu'une seule difficulté, et elle est de taille. Dominique Strauss-Kahn n'a pas dit toute la vérité à son conseiller. En réalité, la lettre de mission que Grangeon a transmise en toute innocence aux enquêteurs a été rédigée bien plus tard, et cela, seul le nouveau ministre le sait. Ou presque. En quelques semaines, la brigade financière l'a compris, elle aussi. Une simple vérification auprès de France Télécom a montré aux policiers que le numéro de téléphone qui figure sur l'ordre de mission de la Mnef à DSK n'était pas encore en service le 14 décembre 1994. La lettre a donc été rédigée après coup puis antidatée, et les juges disposent de suffisamment d'éléments pour mettre en examen le ministre de l'Économie et des Finances.

Comment DSK a-t-il pu commettre une aussi grossière erreur ? *« Une pure négligence »*, assureront plus tard ses conseillers. En vérité, l'affaire de la Mnef est l'une des manifestations les plus éclatantes d'un des travers psychologiques du personnage : le goût du risque doublé d'une croyance absolue en sa bonne fortune ou, au choix, d'un sentiment d'impunité. *« Ou je m'en sors bien, ou je m'en sors mal »,* lâche parfois « Strauss » dans un aphorisme tout méditerranéen qui signe autant son penchant pour l'aventure que son fatalisme invétéré. *« Il croit pouvoir faire du vélo sans les mains. S'il tombe ? Même pas mal ! »,* résument ses amis.

Les plus psychologues de ses collaborateurs évoquent, pour éclairer ce trait de caractère, une des photos qui trônent sur son bureau. Un cliché de ses parents. Gilbert Strauss-Kahn, ce séducteur qui abritait autrefois l'aventure clandestine de son fils avec Anne Sinclair. Jacqueline, sa mère, ancienne journaliste aux cheveux bruns et courts, dont le premier réflexe a toujours été de couvrir les bêtises de son fils aîné : *« Ce n'est pas grave »*… Cette fois, pourtant, ça l'est.

La ministre de la Justice Élisabeth Guigou est l'une des premières informées de l'avancée des investigations qui concernent son collègue du gouvernement. Elle ne l'alerte pas et ne cherche pas à étouffer l'affaire. En arrivant à Matignon, Lionel Jospin a déclaré qu'il n'interviendrait pas auprès des procureurs et des juges. Les scandales suscités par les pressions multiples de ses prédécesseurs de droite pour bloquer les enquêtes sur la mairie de Paris, au temps où Jacques Chirac y régnait, ou encore sur le financement du RPR, l'ont convaincu que l'une des vertus cardinales du nouveau pouvoir qu'il entend incarner sera d'affirmer l'indépendance de la justice. Élisabeth Guigou a été prévenue.

Cette jolie femme blonde, ancienne protégée de François Mitterrand, est l'une des rivales de DSK. Comme son amie Martine Aubry, elle s'agace de l'influence qu'il conserve sur le Premier ministre. Elle s'inquiète, parfois, qu'il puisse prétendre lui succéder à Matignon, au cas où la gauche remporterait la présidentielle. Elle n'apprécie pas non plus cette façon qu'il a de lorgner les femmes et sa désinvolture, quand elle s'applique à être si sérieuse. Bref, la garde des Sceaux ne le porte pas dans son cœur et a décidé de suivre à la lettre les préceptes de non-intervention sur la justice édictés par Matignon.

Lorsque, le 28 octobre 1999, les magistrats du parquet se réunissent pour étudier la demande de mise en examen des deux juges d'instruction, Dominique Strauss-Kahn s'est envolé pour un voyage officiel de trois jours au Japon et au Vietnam avec Anne Sinclair et l'un de ses fils, David Levaï. L'indispensable Gilles Finchelstein et sa porte-parole pour la presse étrangère, Nina Mitz, les accompagnent. Entre séances de travail et rendez-vous, la petite troupe a volé vingt-quatre heures pour profiter des musées, entreprendre une escapade sur l'une des îles de l'archipel japonais et dîner dans un salon de leur hôtel. Quand, tout à coup, résonne un coup de fil urgent : Élisabeth Guigou demande à parler à Dominique. Lorsque le ministre revient, plus pâle qu'à l'ordinaire, toute l'assemblée comprend que quelque chose de grave vient de se produire.

Visé nommément par un réquisitoire supplétif, le ministre va être mis en examen. La soirée est gâchée. Si DSK semble aussi mal à l'aise, c'est qu'il n'a pas seulement menti à ses collaborateurs en les engageant à remettre aux enquêteurs ces documents parmi lesquels figure la fameuse lettre de mission antidatée. Il a aussi caché la vérité à Anne Sinclair et la dispute qui les oppose, le lendemain matin, dans leur chambre d'hôtel, est à la mesure du gâchis qu'ils pressentent. Pendant que David, le fils d'Anne et d'Ivan, va et vient entre le lobby de l'hôtel et la chambre où s'est enfermé le couple, les conseillers de Dominique Strauss-Kahn tiennent un conseil de guerre, auquel s'est joint au téléphone un nouveau venu : l'avocat Jean Veil. *« Je peux peut-être rendre service à Dominique »*, vient de glisser le fils de Simone Veil à Anne Sinclair, grande amie de la famille.

C'est peu dire que le petit cénacle est partagé sur ce qu'il doit faire. Démissionner pour mieux se défendre ? Rester pour affirmer son innocence ? Affolés par la lecture de *Libération* qui dévoile les procès-verbaux d'un dirigeant de la Mnef accablants pour le ministre, certains conseillers appellent DSK. À l'autre bout du monde, Dominique les réconforte, et les gronde même un peu : c'est la parole de ce témoin contre la sienne et ils osent hésiter ? Convaincu, le cabinet rédige, à sa demande, un communiqué *« démentant catégoriquement [...] les allégations prêtées à un ancien cadre de la Mnef »*.

Au téléphone, Jean Veil trouve les mots pour rassurer le ministre, mais le met aussi en garde contre toute tentation de minimiser l'affaire. Car chacun pense aussi, évidemment, à Lionel Jospin, et retourne dans sa tête les considérations politiques qui doivent déjà envahir l'esprit de ce Premier ministre si à cheval sur les principes. De son gouvernement pluriel, en 1997, il avait pris soin d'écarter les personnes en délicatesse avec la justice. Une *dream team* ne fait rêver que si elle est irréprochable, surtout en période de cohabitation et face à un Président cerné par les « affaires ». En ce petit matin froid et désert comme un dimanche, DSK débarque à Paris avec sa lettre de démission en poche, mais espère encore que le Premier ministre repoussera cette issue.

Ni Dominique Strauss-Kahn ni Anne Sinclair, sanglée dans un imperméable, n'imaginent qu'à Roissy les paparazzis guettent ce retour précipité. Des caméras filment leur couple alors qu'ils rangent les bagages dans le coffre de leur voiture. Les images font le tour des JT de 20 heures. Déjà, les titres accusent : *« DSK pris dans l'affaire de la Mnef », « Lionel Jospin affronte son premier revers majeur ».* Dans le secret de son bureau, le Premier ministre confie à l'un de ses conseillers : *« Il faut décrocher Dominique avant que la pression ne soit trop forte. »*

En ce week-end du 1er novembre, il s'est évadé avec sa femme Sylviane Agacinski à La Lanterne, cette résidence que l'État met à la disposition des Premiers ministres, au cœur du parc qui enserre le château de Versailles. Il faut être l'ami de Lionel Jospin pour être reçu là, un dimanche matin, en couple, déjouant toute la presse aux aguets. *« Le pouvoir lui a tourné la tête »*, peste le chef du gouvernement, accablé par cette histoire. Mais il a tenu à ce geste public qui signifie qu'il ne lâche pas son ministre. Il le reçoit une seconde fois, à Matignon. Dès que l'affaire sera réglée, au printemps, espère DSK, le ministre de l'Économie pourra retrouver sa place au gouvernement, dit-il. En attendant, le Premier ministre demande, ou plutôt accepte, en langage diplomatique, cette démission si douloureuse.

C'est un coup dur pour le couple. Strauss-Kahn ne fait aucun reproche à Jospin. C'est dans son caractère. Il a joué, il a perdu. Peut-être croit-il d'ailleurs qu'une prouesse, un coup de chance ou un tour de magie sorti de son cerveau peut encore le sauver. Anne Sinclair, elle, est folle de rage. Elle ne peut croire que Lionel n'ait pas pu, pas voulu, intervenir pour protéger cet ami et le ministre clé de son équipe. Elle refuse d'admettre que la ministre de la Justice n'ait pas levé le petit doigt pour tenter de sauver ce collègue du gouvernement. Dans les jours qui suivent, elle prend sa plume pour s'indigner auprès d'Élisabeth Guigou, provoquant avec la garde des Sceaux une explication orageuse.

Elle n'est pas la seule à penser ainsi. Tous les amis des Strauss-Kahn font corps. Devant les micros qui se tendent ou dans des communiqués, les patrons, Jean-Luc Lagardère, Serge Dassault, Jérôme Monod, le P-DG de la Lyonnaise des eaux,

Antoine Bernheim, pilier de la très influente Banque Lazard, Pierre Gadonneix, le président de GDF, ceux du Cercle de l'industrie et tous ces décideurs qui avaient table ouverte à Bercy prennent publiquement fait et cause pour le ministre. Les politiques, eux aussi, ne cachent pas leur peine. Pierre Moscovici, son fidèle, mais aussi Michel Rocard, Martine Aubry et même le RPR Pierre Lellouche, son rival à Sarcelles, ou encore les journalistes de *L'Humanité* expriment leurs regrets.

L'ami Henri Proglio, surtout, vient témoigner devant la justice. Le nouveau patron de la Générale des eaux n'est-il pas le premier concerné ? Son témoignage est capital. En justifiant de la réalité de sa mission, c'est lui qui va sauver Strauss-Kahn. Haut fonctionnaire reconverti dans les affaires, Antoine Veil, qui recevait naguère Dominique Strauss-Kahn au Club Vauban et dont le fils, Jean, est l'avocat, se propose en renfort pour attester que le montant des émoluments n'a rien de scandaleux : il touche, dit-il, les mêmes sommes pour ses conseils.

Inconscient de l'ampleur du scandale, Bernard-Henri Lévy se fend d'un éditorial pour engager son ami à se présenter… à la mairie de Paris, en 2001. « *Affronter les électeurs serait la seule façon, non seulement pour lui mais pour chacun, de sortir de ce cercle terrible et de réaffirmer haut et fort, en son principe, la présomption d'innocence,* écrit-il dans *Le Point* du 12 novembre 1999. *Lorsque, en démocratie, apparaît un conflit si manifeste entre les trois pouvoirs, c'est à leur maître commun, au seul souverain qui tienne, c'est-à-dire au peuple, de s'en instituer l'arbitre. Dominique Strauss-*

Kahn avait mille raisons de livrer cette bataille électorale. Il en a désormais mille et une. »

Du bout des lèvres, Lionel Jospin avait donné son accord à la candidature de DSK à l'Hôtel de Ville, quelques semaines avant que n'éclate le scandale. Mais aujourd'hui, n'en déplaise à BHL, l'intéressé n'y songe plus. « *J'espère qu'il reviendra bientôt parmi nous* », lance le Premier ministre lors des questions d'actualité, devant les députés. Mais le ministre démissionnaire croit-il encore à cette promesse-là ?

Pour cet au-revoir qu'il ne veut pas prendre pour un adieu, son cabinet a dressé à Dominique une haie d'honneur. « *Si je démissionne, je le dis avec force, ce n'est en aucune manière parce que je me sens coupable* », explique le ministre devant les caméras. Le matin même, ses conseillers ont préparé le discours qu'il lit maintenant devant la presse massée dans le salon d'honneur. DSK y a ajouté quelques mots plus personnels, prononcés avec une autre voix, un autre ton, après un long silence. « *Comme homme, en ce moment douloureux, je veux dire aussi à mon épouse, à ma famille, à mes amis…* » Debout au premier rang, à côté du conseiller Stéphane Keita, l'épouse écoute sans faillir, comme flattée. Et lorsque le ministre démissionnaire abandonne son pupitre pour la rejoindre, Anne Sinclair enlace son mari et avance avec lui, souriante, sous l'œil des caméras.

« *Je suis ministre de tout* », plaisantait-il naguère devant sa femme. Le voilà maintenant qui doit affronter les regards pleins de reproches de certains de ses conseillers. Ceux-là n'ont pas supporté de voir le ministre, acculé, avouer son mensonge.

D'autres se sont mis à pleurer, comme si seules les larmes pouvaient servir d'exutoire à la déception que vient de leur infliger ce patron autrefois adulé. Quelques-uns ont claqué la porte. Pour Philippe Grangeon, que le ministre avait spécialement chargé de prendre en charge le dossier Mnef au cabinet, DSK, c'est fini. Les autres choisissent de lui pardonner, même s'ils ont beaucoup perdu. Son chef de cabinet, Stéphane Keita, devait quitter Bercy et rejoindre la Barclays après Noël. Tout était conclu ou presque. Depuis « l'affaire », la banque londonienne n'a pas donné suite à sa promesse d'embauche.

Des rumeurs bien informées assurent que, derrière la Mnef, d'autres affaires grondent. Le secrétaire d'État au Budget, Christian Sautter, qui ne devait assurer qu'un intérim, a organisé un dîner d'adieu. Déjà il a fait déménager tout le cabinet Strauss-Kahn du sixième au cinquième étage, installant ses hommes à sa place. Et, dans la coulisse, les amis de Laurent Fabius préparent à leur tour l'après-DSK.

7

Le conseiller spécial

Il y a quelque chose entre la cellule de moine et celle d'un détenu dans ce bureau sans livres, sans télévision, sans cadres ni photos, où le ministre démissionnaire a trouvé refuge. Entre les quatre murs couleur saumon de la rue de Babylone, siège parisien de l'hôtel de la région Île-de-France, où s'ennuie avec lui une plante grasse, l'homme n'est plus que l'ombre de lui-même.

« Je vous présente le sosie de DSK ! » Devant les assistantes ébahies et devant Dominique, l'aimable Jean-Paul Planchou, ce vieux copain socialiste qui vient de lui offrir un bureau, a choisi la plaisanterie pour détendre l'atmosphère, mais au fond elle ravive la douleur de son ami. Chaque jour, cette incrédulité qui saisit les employés de la Région face à l'ancien ministre est comme une souffrance supplémentaire. Depuis trois ans qu'elles le suivent à la télévision, ces petites mains ne parviennent pas à croire que la star du gouvernement s'est échouée à leurs côtés. Hélène Roques, une jeune diplômée de Sciences-Po chargée par Planchou d'accueillir le ministre, a

résumé en une phrase, devant le nouveau venu, le sentiment général : *« J'aurais dû arriver jusqu'à vous à la force du poignet, mais c'est vous qui venez jusqu'à moi et je comprends que ce n'est pas une bonne nouvelle… – Cela ne va pas durer »*, a répondu DSK à la jeune fille. Mais y croit-il seulement lui-même ?

Les ors du pouvoir, ses excès, son stress et ses plaisirs semblent désormais appartenir à un lointain passé. Les premiers jours, une demi-douzaine de patrons ont bien demandé à le rencontrer. Dans ces milieux, on trouve judicieux d'« acheter à la baisse » et DSK n'a plus la valeur d'autrefois. Mais maintenant que Laurent Fabius l'a remplacé au ministère de l'Économie, les couloirs qui mènent à son bureau sont vides, ou presque. Le téléphone oublie de sonner. Un déménageur a rapporté de Bercy des monceaux de cartons et le ministre a chargé la jeune Hélène de trier ses dossiers et d'en passer la plupart à la broyeuse. Lorsqu'il entend le ronflement de la machine trouer le silence de ses après-midi, Dominique Strauss-Kahn jette un œil autour de lui et lâche devant les assistantes qui l'ont pris en pitié : *« Voilà ma prison ! »*

Rien, en ce début d'année 2000, ne semble pouvoir réconforter l'imprudent de ses mésaventures. La France est passée à l'euro sans lui, dans une organisation impeccable dont on l'a à peine félicité. Souvent, il relit les lettres de soutien, de regrets et de félicitations que sa secrétaire a soigneusement classées dans un cahier, comme dans un recueil de condoléances. Dans ce bureau qui semble presque factice et où le temps paraît suspendu, même la lecture des journaux lui est devenue insupportable. « *Tous les matins, j'ai l'impression de lire ma nécro* », soupire-t-il devant ses rares visiteurs. *Le Monde*, qu'il pensait son allié, a monté à la une un titre choc qui a fait bondir Anne Sinclair : « *La faute de M. Strauss-Kahn* ». La journaliste a passé un coup de téléphone outré à Jean-Marie Colombani, qui animait naguère *Questions à domicile* à ses côtés. Trop tard. Dominique, lui, a appelé Franz-Olivier Giesbert pour se plaindre de la couverture du *Figaro*. En vain. Chaque matin, le couple a l'impression que les nouvelles sont encore pires que la veille.

En cet hiver maudit, chaque nuage qui s'éloigne semble remplacé par un autre qui s'approche. Quelques semaines après avoir quitté Bercy, la fidèle Evelyne Duval, celle qui, au téléphone, sait jauger l'imposteur, celle qui, derrière un simple prénom, flaire la femme qu'il faut éconduire ou l'interlocuteur qu'il faut faire patienter, est inquiétée par la justice. La juge Eva Joly lui reproche le salaire qu'elle a touché au Cercle de l'industrie, où elle avait suivi Strauss-Kahn en 1993, et qui aurait été réglé par une filiale du groupe Elf. Pour la deuxième fois en deux mois, DSK est mis en examen, cette fois dans le gros dossier de corruption et de trafic d'influence lié à l'argent du pétrole qui occupe tant la presse. Encore des juges qui fouillent les papiers, interrogent sur le pourquoi de l'avance en liquide d'un billet de train, questionnent sur le règlement d'une facture oubliée… Postés en face de l'immeuble de la région Île-de-France, des paparazzis ont réussi à shooter et des caméramen à filmer l'une des perquisitions : dans l'embrasure de la fenêtre, on devine en ombres et lumières un pénitent poli mais, se disent ses amis, très las, pour la première fois peut-être de sa vie.

Les années noires, celles de la déroute de la gauche et du désœuvrement de ses chefs, semblent avoir rattrapé toute la bande. Pauvre Jean-Christophe Cambadélis ! Il n'est pas seulement inquiété dans le dossier Mnef. En 1993, tandis que Dominique Strauss-Kahn se lançait à corps perdu dans ses activités d'avocat d'affaires, ce fondateur du Manifeste contre le Front national qui avait mis les jeunes dans la rue pour défendre les étrangers, a fait affaire avec un gestionnaire de foyers passé dans sa jeunesse par la direction du FN. En dehors du soupçon d'un emploi fictif, la circonstance est moralement aggravante. En ce début d'année 2000, le conseiller de Paris a écopé de cinq mois de prison avec sursis.

Et voilà que, à TF1, Patrick Le Lay s'est mis en tête de « virer » Anne Sinclair. Après son départ de *7 sur 7*, la chaîne de Francis Bouygues l'avait nommée directrice générale adjointe, chargée notamment d'Internet. Pâtit-elle des ennuis de son époux ? Paie-t-elle ce revers de fortune ? Le Lay estime en tout cas qu'elle ne fait pas l'affaire dans ses nouvelles fonctions, et veut y mettre fin. La voilà, elle, la star des médias, licenciée du jour au lendemain !

Heureusement, la garde fidèle du couple, au premier rang de laquelle Gilles Finchelstein, ce conseiller attentif et discret, veille pour rapporter qu'ils sont nombreux à croire encore en eux, en lui. Rodés aux argumentaires militants, communicants déjà experts en éléments de langage, ils répètent le même mot pour excuser leur patron : légèreté. L'adjectif n'est pas seulement un défaut : il évoque celui qui, doué, brillant, insouciant, n'a pas le goût ni le désir de s'embarrasser de détails trop matériels. *« Dominique a peut-être péché par légèreté, mais la justice va le blanchir, il reviendra... »*, répètent-ils à tout vent.

À la maison, le téléphone sonne encore moins – ou alors, ce sont des journalistes qui le traquent au bout du fil. Espère-t-il un non-lieu dans l'affaire de la Mnef ? Quid d'un renvoi devant le tribunal correctionnel ? Quels liens entre le ministre, le PS et le pétrolier Elf ? Y aurait-il du financement politique occulte dans l'air ? Dans les colloques universitaires ou internationaux que l'ancien locataire de Bercy tient à honorer malgré tout, certains qui autrefois le saluaient avec déférence passent désormais sans le reconnaître. Ou, pire, oublient de lui serrer la main. *« J'en ai ras le bol, vraiment marre »*, soupire l'ancien ministre.

À ce moment précis où certains désertent et se détournent, un homme s'approche pourtant du ministre en disgrâce. Né à Paris, il a grandi dans les Hauts-de-Seine et enfin à Sarcelles, où ses parents, chauffeurs de taxi d'origine tunisienne, se sont installés lorsqu'il avait dix ans. L'histoire officielle dit que le jeune homme de vingt-huit ans et le ministre en délicatesse avec la justice se seraient rencontrés devant l'immeuble de Publicis, où Dominique Strauss-Kahn avait rendez-vous, au mois de novembre 1999, avec Maurice Lévy. Il gare sa voiture derrière celle de DSK, et hèle sans vergogne l'ancien locataire de Bercy croisé quelques mois plus tôt dans une tribune VIP de la Coupe du monde de football. *« Dominique ! M. Strauss-Kahn ! »*

L'histoire officieuse, racontée par Albert Haddad, artisan de l'élection du député à Sarcelles, où il règne sur la communauté séfarade, n'est pas tout à fait la même, mais beaucoup plus amusante. Chaque semaine ou presque, Ramzi Khiroun, qui, après de vagues études d'économie, fait le régisseur publicitaire pour des feuilles parlementaires et des rectos versos d'échos politiques, passe boire le café chez son ami Albert. Albert, conseiller municipal, ouvre toujours sa porte à Ramzi : son fils fréquentait le jeune homme au collège. *« Présente-moi Strauss-Kahn »*, lui répète le garçon, jusqu'à l'usure. En vain.

Qu'à cela ne tienne : un jour de 1999 qu'il aperçoit la Safrane de DSK quittant la ville, Ramzi la prend en filature jusqu'à la capitale. *« Ouvrez, ouvrez, je suis un ami à Albert ! Je ne suis pas un voyou ! »* Porte de la Muette, Ramzi Khiroun double DSK et le force à piler. Celui-ci saisit son portable et sonne son copain Haddad : *« Il y a un type qui vient de me faire un tête-à-queue et se recommande de toi. »* Le conseiller municipal socialiste a alors ces mots : *« Il peut t'être précieux, mais reste tout le temps sur le qui-vive. Tu le laisses parler, après tu vois… »*

Scène de car-jacking ou rencontre aux Champs-Élysées, peu importe où et comment les présentations se font. Avant que DSK ne reprenne sa berline, plus d'une heure de palabres se serait écoulée. Le jeune Sarcellois veut mettre en garde son député : d'autres affaires judiciaires l'encerclent dangereusement, il le tient d'« amis » bien placés. DSK écoute les offres de service, lève une paupière : *« Tu mises sur moi comme sur un cheval ? »*, questionne encore ce drôle de garçon qui lui paraît aussi vif que plein de toupet, et ne dit pas franchement oui, mais pas vraiment non.

Élancé, teint cuivré, Ramzi Khiroun a de faux airs d'Omar Sharif et, avec ses pommettes hautes et son cheveu d'ébène, l'élégance naturelle d'un héros de feuilleton égyptien. Mais pour quel rôle ? L'étrange mèche blanche au-dessus de son front, qui le distingue depuis toujours, n'aide pas à choisir. En une heure, DSK n'a eu le temps de saisir qu'une chose : soit ce Ramzi ment, et il ment bien ; soit il dit vrai, et il est déjà indispensable. Il possède de toute façon une qualité appréciable : son culot d'acier.

Ramzi commence par conduire la voiture de l'ancien ministre des Finances, puis pose des notes qu'il a rédigées sur le bureau du boss, avant d'attendre sagement de le conduire quand il veut, où il veut. *« Tu vas voir qu'il va dormir sur le paillasson »*, s'agacent les collaboratrices de Dominique Strauss-Kahn, qui ne comprennent pas qu'on ne congédie pas l'importun. Après être devenu un officier de sécurité, Khiroun se met à dispenser ses conseils de vive voix. Et se précipite, évidemment, quand un troisième orage éclate sur la tête du « patron », comme il l'appelle déjà : l'affaire de la cassette Méry.

Soucieux de laisser une trace de ses années passées au cœur du système de financement des campagnes électorales du RPR, Jean-Claude Méry, l'un de ses principaux collecteurs de fonds, atteint d'un cancer incurable, a consigné à titre posthume, sur une vidéo, souvenirs et révélations. Or DSK, apprend-on en cette toute fin d'été 2000, a détenu un temps cette cassette, remise par l'avocat de Karl Lagerfeld. Et le voilà accusé d'avoir octroyé, en tant que ministre de l'Économie, une remise fiscale de 160 millions de francs au couturier star de Chanel, en échange de ce qui pourrait devenir un merveilleux objet de chantage contre la droite. Dominique Strauss-Kahn reconnaît avoir détenu la fameuse cassette. Il déclare cependant ne jamais l'avoir regardée et l'avoir perdue. Mais le voilà bientôt convoqué par le juge pour être entendu.

« Fais attention aux photographes », a prévenu Nina Mitz, son ancienne conseillère à Bercy. *« Ramzi va me débrouiller ça »*, répond du tac au tac son ancien patron en prenant des airs mystérieux. Le nouveau « conseiller » possède en effet une théorie précise et affutée sur les politiques, la télé et les affaires. *« Une image de vous entre deux flics, avec un manteau sur la tête, ou traqué par les flashes derrière une vitre de voiture, ça vous poursuit dans les JT toute votre vie »*, argumente le communicant, qui n'a pas oublié la

célèbre photo de Roland Dumas embarqué entre les juges Joly et Vichnievsky au début de l'affaire Elf.

L'ancien ministre est séduit par l'argumentaire et emmène le jeune homme chez son avocat, Jean Veil. *« Jean, voilà ton cauchemar »*, s'amuse Dominique Strauss-Kahn en faisant les présentations. Entre le fils de chauffeurs de taxi et l'ancien élève de l'École alsacienne qui venait saluer Jacques Chirac dans le salon de ses parents avant de passer à table, l'affaire n'était pas gagnée. Mais DSK a insisté : *« Il ne fait pas ce que tu fais, tu ne fais pas ce qu'il fait. En travaillant ensemble, on va s'en sortir plus rapidement. »*

Du pénaliste, Khiroun, qui maîtrise déjà les fondamentaux du droit de la presse, apprend quelques astuces qu'il n'oubliera jamais. Avant toute chose, il faut toujours expliquer aux médias qu'on est entendu par la justice *« à sa demande »*. Une fois que l'on se trouve devant les magistrats, il faut ensuite parler le moins possible : état civil, oui, non, éventuellement quelques réponses lapidaires, et encore, c'est déjà trop. Il faut ensuite tenter, en accord avec le juge, de déplacer la date de l'audition pour déjouer l'attention de la presse. C'est ainsi qu'en avril 2001, DSK est entendu vingt-quatre heures avant la date annoncée par le juge parisien chargé de l'affaire de la cassette Méry, prenant tous les journalistes de vitesse.

En retour, Khiroun explique à Dominique Strauss-Kahn et à son conseil comment neutraliser tous les chasseurs d'images, y compris les plus rusés.

Plus *bodyguard* que nature avec ses cheveux coupés ras et son costume ajusté, Ramzi se charge lui-même des repérages. Inspecte avant les convocations les alentours du pôle financier, rue des Italiens, où Eva Joly instruit le dossier Elf. Dessine les meilleurs trajets pour éviter les allées et venues trop voyantes chez le juge qui, au Palais de justice, dans l'île de la Cité, enquête sur les conditions d'enregistrement et le cheminement de la cassette Méry.

Ramzi est apprécié de tout le monde : les huissiers, les policiers des Renseignements généraux, les chauffeurs, mais aussi les paparazzis et les journalistes d'investigation lancés aux trousses de son mentor et avec lesquels il entreprend de « traiter ». Résultat ? *« Excepté une photo qui représente Dominique debout et digne face au juge d'instruction, lors de la perquisition à son bureau au Conseil régional d'Île-de-France, en 2000, aucune image n'immortalise cette période sombre »*, se vante bientôt le nouveau conseiller en image[1].

« Je suis un caméléon », répétait souvent Dominique Strauss-Kahn à sa deuxième femme, Brigitte Guillemette. Capable de se transformer au contact de ceux qu'il approche, de se tapir, de se fondre dans le décor. *« Khiroun est un Zelig »*, commente souvent Jean-Christophe Cambadélis en s'étonnant que le « gamin » soit partout, aux conseils nationaux du PS, aux sorties d'audition, aux colloques organisés par les clubs strauss-kahniens sur la social-

---

1. Rapporté par Michel Taubmann, *Le Roman vrai de Dominique Strauss-Kahn*, Éditions du Moment, 2011.

démocratie ou l'Europe, et tout simplement au restaurant avec son champion. Alors que l'ancien ministre a retrouvé son siège de député à Sarcelles, à l'issue d'une législative partielle, on ne le voit plus désormais que flanqué de Khiroun. Ils rejoignent le périphérique et l'autoroute A1 dans un 4 × 4 rutilant, rigolards, complices, et quand un journaliste se trouve par hasard avec eux, ils prennent au téléphone des airs très mystérieux.

En juin 2001, la décision est prise de ne pas saisir la Cour de justice de la République dans l'affaire de la cassette Méry. En octobre, Eva Joly rend un non-lieu dans le volet de l'affaire Elf qui concerne DSK. En novembre, Dominique Strauss-Kahn est relaxé par le tribunal correctionnel de Paris dans l'affaire de la Mnef. Un triomphe judiciaire. Jean Veil, encore peu connu dans le petit monde des pénalistes, prend son envol. *« Il n'y a qu'un avocat : lui »*, répète son nouveau client, léger, radieux. Quant à Ramzi, il est adopté, adoubé, choyé, protégé. Un garçon comme ça, on le garde près de soi, se dit le député du Val-d'Oise fraîchement blanchi, à la veille du grand rendez-vous de la présidentielle.

Il a déjà en tête la pouponnière idéale pour garder au chaud les talents en attendant l'alternance : une drôle d'agence de com.

8

L'agence

Anne a acheté un palais ! Lorsque tout à coup la roue semble tourner dans le mauvais sens, mieux vaut changer de décor, et la journaliste a décidé d'offrir à son mari une maison de l'autre côté de la Méditerranée. Dominique a gardé de son enfance la nostalgie du Maroc, de sa cuisine et de ses parfums. Le visage d'Anne y est connu. Le 16 mai 1993, la journaliste star est venue interroger Hassan II avec son équipe de *7 sur 7* et l'entretien a failli tourner à l'affrontement.

Lorsqu'elle a cité le nom de la famille Oufkir, les ministres assis derrière le roi se sont levés d'un bond. La journaliste n'a pas cillé. Lorsqu'elle a évoqué les *« centres de détention »*, Tazmamart et Kelaat M'Gouna, où étaient encore emprisonnés des milliers de prisonniers politiques, tous ceux qui suivaient le rendez-vous dominical de TF1 ont cru que cette fois le roi allait la congédier : *« Kelaat M'Gouna, c'était un centre de tourisme, madame, de tourisme, oui. C'est la capitale des roses ! »*

Mais Hassan II est mort, depuis. Son fils, Mohammed VI, a pris sa succession en 1999, à trente-six ans, et Dominique a tissé des liens avec certains de ses conseillers, lorsque le roi n'était encore que le prince héritier et lui l'économiste de Bercy. C'est un pays qui a le sens des hiérarchies. Lorsqu'on a du pouvoir, lorsqu'on est lié surtout à la famille royale, tout ou presque vous est permis. Dominique Strauss-Kahn et Anne Sinclair seront les bienvenus.

Le couple a visité une vingtaine de maisons, à Agadir et à Marrakech. Anne vient de remporter son procès aux prud'hommes et de recevoir ses indemnités de licenciement de TF1 : 1,86 million d'euros, non imposables selon la loi. Elle a vendu la maison familiale de Valbonne. Elle entend bien trouver la perle rare, un lieu d'exception où se reposer et recevoir les amis.

Marrakech n'est pas la ville de leur premier élan. La mer est loin et, l'été, la chaleur parfois insupportable. La Palmeraie, où se pressent les Occidentaux, est très surcotée et prend de plus en plus des airs de ghettos de riches, avec ses hôtels ceints de hauts murs couverts de jasmin. Il n'y a que les vieux quartiers de la Ville rouge pour conserver du charme. C'est là, dans la Médina, à quelques pas du palais du roi gardé par des sentinelles en uniforme d'apparat, que Bernard-Henri Lévy a acheté quelques années plus tôt un somptueux palais. Une demeure sublime, avec fontaines et patios. Il vient justement de leur signaler qu'à cinquante mètres, *« une ruine »* est à vendre.

Juste à côté de la mosquée, dans une rue en impasse orientée au sud, la « ruine » est la propriété de l'ex-belle-fille de Clint Eastwood. Depuis toujours, dans le quartier, on sait que son premier occupant avait épousé à la fin du XIXe siècle une parente du sultan Hassan Ier. La demeure est donc apparentée à la famille royale. Ce sont en fait deux riads et Anne a vu d'emblée la très belle affaire qui s'offrait : l'ensemble coûte officiellement à peine 500 000 euros. Sollicité par les Strauss-Kahn, l'architecte marocain Élie Moyal a proposé de réunir les deux bâtiments qui composent l'ensemble. Les travaux, à première vue pharaoniques, ont duré deux ans, mais le résultat est spectaculaire.

Le premier riad a été entièrement rénové dans le plus pur style marocain. Au cœur de la cour carrelée de zelliges bleus, se trouve le bassin qui fait office de piscine. Autour, de plain-pied, les chambres des invités, toutes climatisées. Le deuxième riad est réservé aux propriétaires. Lui aussi dispose d'un patio planté de cyprès, d'orangers, de rosiers et d'un gros palmier qui dispense son ombre au-dessus d'une fontaine. À l'étage, une vaste chambre et une salle de bains en contrebas. Au rez-de-chaussée, les époux disposent chacun d'un salon. Celui d'Anne est meublé de banquettes de style arabo-andalou qu'elle affectionne, tandis qu'un grand bar et un écran de télévision géant occupent le salon de Dominique. Des artisans locaux sont venus rénover les caissons en cèdre des plafonds. Trois terrasses s'ouvrent sur la ville. Sur l'une d'entre elles, Anne Sinclair a fait aménager un salon couvert avec une pergola, où elle aime manger les gâteaux du marchand du coin en admirant, le soir, la mosquée Koutoubia illuminée.

C'est somptueux et étonnamment protégé. L'aile nord de la propriété donne sur un terrain en friche qui, bien que convoité par les promoteurs, s'est vu refuser tous les projets immobiliers. Aux alentours, l'ancien secrétaire d'État français Thierry de Beaucé exploite déjà avec un associé un hôtel de luxe avec jardins sur 3 500 mètres carrés. À quelques mètres, l'un des héritiers de la maison Hermès a fait construire sur le toit de son riad une piscine à laquelle on accède par un ascenseur. Bernard-Henri (Lévy) et Arielle (Dombasle) règnent sur leur palais.

Lorsqu'ils arrivent de Paris, la plupart des amis sont sidérés par autant de luxe. Un majordome, un cuisinier et deux femmes de chambre veillent au confort de chacun. Le riad des Strauss-Kahn est devenu un lieu de rassemblement de tous ceux qui n'ont pas lâché Dominique dans l'adversité. Le soir, lorsque Anne fait apporter les tajines et préside ces grandes tablées réunissant Patrick Bruel, Michel Field, l'avocat Jean Veil, le président de la région Île-de-France Jean-Paul Huchon et enfin les grands enfants de la famille recomposée, chacun a l'impression que la vie a recommencé.

DSK apprécie les plaisirs mais n'aime le farniente que lorsqu'il est choisi. Il voudrait en finir avec cette traversée du désert. Il déteste surtout qu'on l'estime fini, alors que la gauche entière se prépare à la présidentielle de 2002. Quiconque paraît tabler encore sur son avenir lui semble aimable. N'importe qui lui soufflant qu'il a encore sa chance peut capter son oreille. Et justement, il a trouvé un soir, dans un port, un garçon qui croit encore beaucoup en lui.

Un jour, au soleil couchant, alors que le catamaran sur lequel ils avaient embarqué pour une croisière vient de mouiller pour la nuit dans une crique, les Strauss-Kahn reconnaissent sur le bateau voisin Stéphane Fouks. Une rencontre qu'ils imputent au « hasard », un travers bien connu des puissants qui feignent de ne pas comprendre cette sociologie des lieux de l'establishment et s'exclament : « *Toi ici ! Incroyable !* » Un match de foot sur la plage a été aussitôt improvisé, avec une noix de coco en guise de ballon, et personne n'a envisagé de se séparer pour le dîner.

Fouks n'est pas un intime, mais pas non plus un inconnu pour Dominique. Le jeune homme est venu plusieurs fois à Bercy rendre visite au ministre, accompagnant son patron, Jacques Séguéla. Séguéla a un peu perdu de son inspiration et de sa touche magique des années 80, lorsque, avec Jacques Pilhan, il veillait sur les affiches et les slogans de François Mitterrand. Il continue cependant de régner sur l'agence RSCG qu'il a fondée avec Bernard Roux, Alain Cayzac et Jean-Michel Goudard, avant qu'elle ne devienne une filiale d'Havas. Dans son sillage, des dizaines de jeunes gens brillants, comme Fouks, rêvent d'imiter sa carrière de publicitaire et, un jour, de posséder ce carnet d'adresses unique où se mêlent grands patrons et politiques, argent et pouvoir.

Dominique se souvient fort bien d'avoir demandé à son conseiller Gilles Finchelstein de le recevoir. Les amis Cambadélis et Le Guen, qui l'ont connu dans les rangs de l'Unef-ID, ce syndicat étudiant fondé en 1980, lui avaient déjà dit le plus grand bien de ce garçon un peu rond. C'est un jeune ambitieux qui a longtemps gravité dans les réseaux rocardiens. Un de ces types sans trop de foi ni de loi, intelligents et drôles, qui vous tutoient d'emblée mais conservent instinctivement le sens des rapports de force. Aimable et hâbleur, Fouks a conservé de sa jeunesse ce culot bien trempé qui faisait rire ses camarades de fac lorsqu'il arrivait en retard en cours et lançait à la cantonade : *« Excusez-moi, j'étais en réunion chez le ministre. »*

À l'arrivée de Lionel Jospin à Matignon, sa blague d'antan est devenue réalité. À la cafétéria de la fac Tolbiac, avec ses deux meilleurs copains, Alain Bauer et Manuel Valls, ils se partageaient le monde en se demandant qui, du trio, serait ministre le premier. Ses copains de la « cafet » lui ont ouvert les portes du pouvoir. Le premier, franc-maçon influent au sein du Grand Orient de France, s'est spécialisé dans la criminologie et conseille le ministre de l'Intérieur Jean-Pierre Chevènement. Le second a rejoint Jospin et gère la communication gouvernementale du Premier ministre. Et lui ? Il conseille, influence et croise sur les mers d'anciens ministres encore pleins de « potentiel ».

Fouks est un « pubard », mais il est aussi bien

plus que cela. Fin psychologue, il connaît l'angoisse et la fragilité des dirigeants qui, sous les oripeaux du pouvoir, cherchent d'abord à être rassurés. Stéphane a toujours été d'un naturel arrangeant. Déjà, en 1988, quand Patrick Salomon, le patron d'Euro RSCG Corporate, l'avait recruté, il se tenait à l'écart de ces jeunes collaborateurs qui venaient encombrer le directeur avec leurs états d'âme et leurs questions sans réponse. Lui traversait sans s'arrêter les couloirs de l'agence, tête baissée, saluant le boss d'un *« tout va bien, patron, pas de souci ! »* jovial et apaisant. Le milieu politique découvre tout juste le terme américain qui fait florès depuis vingt ans dans les entreprises : il est un coach-né.

En Dominique Strauss-Kahn, il a flairé le potentiel d'une intelligence, malgré les mystères qui entourent le personnage. De retour à Paris, il est bien décidé à rester dans son périmètre, maintenant que l'horizon politique et judiciaire de celui qui vient de retrouver son siège de député du Val-d'Oise s'est éclairci. Alors quand Dominique vient lui recommander un *« mec génial »*, Ramzi Khiroun, Stéphane n'hésite pas longtemps avant d'embaucher le protégé de l'ancien ministre.

Il ne fait pas un mauvais placement. Lionel Jospin, si sévère au moment du scandale de la Mnef, a demandé à Dominique Strauss-Kahn de devenir son porte-parole pour la campagne présidentielle qui s'annonce. Fouks s'est déjà placé pour concocter, avec Euro RSCG, la stratégie de communication du candidat. Khiroun, lui, ne dispose encore que d'un demi-bureau, mais le voilà d'un coup dans la *war room* de l'Atelier, le siège de la campagne socialiste, au cœur de la machine présidentielle, où il s'assoit, silencieux, entre Pierre Moscovici, Jean Glavany, Jacques Séguéla et Lionel Jospin.

C'est peu dire que ce 21 avril 2002, l'élimination humiliante, dès le premier tour, du candidat de la gauche par Jean-Marie Le Pen vient les cueillir à froid. Dans la grande bataille des règlements de comptes qui suit, chacun rejette la faute sur l'autre. Euro RSCG, surtout, est au cœur de la tempête. Les affiches lie-de-vin, trop grandes pour les panneaux électoraux, le slogan « Présider autrement » qui paraissait déjà anticiper la victoire, l'autorité un peu pète-sec de Nathalie Mercier, une nouvelle recrue d'Euro RSCG chargée d'encadrer les journalistes, toutes ces maladresses ont créé un peu plus de désordre dans une campagne qui n'en manquait pas. Assez injuste, en vérité : sur le film qui immortalise la campagne, et que l'agence de Stéphane Fouks avait poussé à confier à celui qui avait filmé quatre ans auparavant l'épopée des Bleus, deux personnalités paraissent plus lucides que les autres : François Hollande et Jacques Séguéla.

Stéphane Fouks, de toute façon, n'est pas homme à se laisser abattre. Il laisse les querelleurs lui tomber dessus en souriant et sans protester. Déjà, au sein de l'agence, bon nombre de ses poulains ont pris langue avec les nouveaux ministres de droite afin de continuer à assurer les campagnes du gouvernement Raffarin. Lui persiste à miser sur Dominique qui a, dès le soir du 21 avril, appelé à voter Jacques Chirac contre Jean-Marie Le Pen. C'est un désaccord de plus pour Jospin, qui n'appelle pas à choisir. C'est aussi le signe que l'ancien ministre de l'Économie n'a pas abandonné ses propres ambitions. C'est décidé : non content de porter le flambeau d'une social-démocratie moderne, il sera l'un des leaders de cette gauche morale qui préfère perdre les élections que son âme. Et Stéphane Fouks, dans ce long chemin qui s'annonce, sera son allié précieux.

Le jeune homme a un véritable savoir-faire dans les médias. Vingt fois, DSK l'a vu « vendre » à la presse, en quelques formules ramassées, une mesure impossible, transformer en défi exaltant un ratage de la campagne électorale. Il n'a pas son pareil pour offrir aux journalistes ces récits imagés qui font les bons papiers. Trois anecdotes, un ou deux bons mots, quelques petites réserves qui laissent croire à la distance, et un tableau d'ensemble élogieux dont il est le seul véritable auteur. Son film préféré est le western de John Ford, *L'homme qui tua Liberty Valance.* Il en répète à ses troupes l'aphorisme amoral : *« When the legend becomes fact, print the legend »*, quand la légende dépasse la réalité, imprimez la légende…

Parfois, là où Dominique était tenté d'enterrer une idée d'une de ses expressions favorites – *« c'est de la couille ! »* –, il a regardé Fouks, en magicien de la publicité, repeindre de couleurs éclatantes un caillou qui ne vaut rien. Même ses amis patrons du Cercle de l'industrie payent à prix d'or les conseils que Stéphane distille lors de petits déjeuners servis dans les palaces parisiens. Henri Proglio, Michel Pébereau ont recours à lui. Ce n'est pas qu'il fasse vraiment montre d'une capacité d'analyse supérieure, ni même d'une vision stratégique exceptionnelle. Souvent, son talent consiste surtout à repérer le désir d'un patron ou d'un politique, puis à reprendre tout haut, en fin de réunion, la bonne idée autour de laquelle tournait son client sans savoir l'exprimer. Mais son carnet d'adresses, lui, est exceptionnel.

À un patron, il raconte avec verve une anecdote politique. Aux ministres, il brosse les coulisses de l'économie. Et laisse supposer ainsi, par un entrecroisement des milieux et des mœurs, sa vaste capacité d'influence. Ces relations incestueuses et si typiquement françaises ne sont pas pour rien dans son succès, mais il sait enrober le tout de citations et de références théoriques : « *Pour faire ce métier,* assure-t-il en souriant, *il faut avoir lu McLuhan, Sun Tzu, Machiavel et Jacques Pilhan. Il faut ensuite aimer la science-fiction, c'est-à-dire l'anticipation.* »

À Dominique, il a aussi fait miroiter cette culture de la modernité qui séduit tant le docteur en économie. « *La communication est devenue un métier d'assemblier, de plate-formiste intégrateur,* soutient-il devant DSK. *Il faut comprendre la finance, les relations internationales et les évolutions sociologiques. La politique exige du décloisonnement. C'est une école de communication globale.* » Anne, en professionnelle des médias, relève et apprécie que Stéphane connaisse si bien son ancien patron d'Europe 1, Jean-Luc Lagardère, et tutoie la plupart des directeurs de journaux. Ce garçon cool est un peu de leur monde, entre croisières en catamaran et belles voitures. Mais devant Anne, Stéphane ne manque jamais de rappeler ce passé rocardien qui la rassure. C'est sûr, il est de gauche.

Fouks a les moyens d'aider Dominique Strauss-Kahn dans ses ambitions. En septembre 2002, il a été nommé à la tête de la galaxie française d'Euro RSCG. Une vraie promotion. Communication institutionnelle, stratégie d'influence, lobbying, image globale, il a parmi ses clients les grandes firmes de l'économie française et leurs présidents, ainsi qu'une demi-douzaine de membres du gouvernement, de droite comme de gauche, que le jeune patron ne craint pas de réunir ensemble – parfois dans un palais ministériel –, lorsqu'il se voit épingler, par l'un d'entre eux bien sûr, une rosette sur son veston.

La génération de Jacques Séguéla et de Jean-Michel Goudard – le S et le G d'Euro RSCG – était au fond venue à la communication politique sur le tard, en prolongement des succès rencontrés dans la publicité commerciale. Ils proposaient d'appliquer à la politique les méthodes du marketing. Moins romantique, Fouks a compris avant les autres que dans la pub et la politique, ce ne sont pas les méthodes qui sont les mêmes, mais les donneurs d'ordre : celui qui se trouve aujourd'hui dans un cabinet ministériel dirigera demain la communication d'une entreprise publique ou pantouflera chez un annonceur du privé.

Fouks embauche donc à tour de bras. Aquilino Morelle, la plume de Jospin à Matignon, n'a plus d'emploi ? Le voilà à Euro RSCG C&O. Sans même que Dominique le lui demande formellement, il a aussi recruté Gilles Finchelstein et Anne Hommel. La jeune fille timide de la Mnef, l'ancienne assistante parlementaire de Jean-Christophe Cambadélis, cherchait un job. Stéphane lui a trouvé un refuge. En somme, les plus fidèles petites mains et conseillers de Dominique sont désormais les salariés du publicitaire.

Rarement leader politique s'était aussi étroitement lié à une grande agence de lobbying à vocation internationale. Ni Dominique ni Anne ne l'entendent pourtant ainsi. On peut bien, dans les milieux politiques, traiter Stéphane Fouks de Machiavel des temps modernes, il n'a ni clients ni employés, il n'a que des « amis ». C'est par « amitié » qu'il répond aux journalistes qui l'interrogent. Par « amitié » qu'il a délégué auprès de Dominique l'un de ses bras droits, Laurent Habib, un ancien professeur de droit qui a plongé dans la publicité et dont l'intelligence et les blagues triviales tour à tour le rassurent et l'égaient. Par « amitié » aussi qu'il vient de temps à autre à Marrakech admirer les dernières trouvailles de décoration d'Anne. Par « amitié » enfin qu'il offre aux ex-conseillers politiques en déshérence ces emplois si bien rémunérés que l'on désigne dans le milieu comme des stages « parking ».

Grâce à lui, les proches de DSK ont trouvé une nouvelle façon de se consacrer à la politique. Et découvert un nouveau train de vie. Ramzi Khiroun, surtout, s'est transformé. Pendant la semaine, ses costumes, sobres et discrètement ajustés, laissent apercevoir doublures et boutonnières parme. Le week-end, la mise est étudiée : sur le jean taille basse, la veste militaire à la Che Guevara est subtilement revisitée par des épaulettes et des poignets fuschia. Très vite, le père de famille s'est offert les plus beaux bolides, qui sont aussi les plus voyants. Dominique Strauss-Kahn le moque gentiment, mais monte volontiers à ses côtés pour parcourir Paris et se rendre à Sarcelles.

Aux colloques de « À gauche, en Europe », le think tank de DSK, aux déjeuners de « Socialisme & Démocratie », fan club des amis de l'ancien ministre, *« Ramzi s'assied même s'il n'a pas d'assiette »*, peste Michèle Sabban, conseillère régionale d'Île-de-France et strauss-kahnienne entre les strauss-kahniennes. On n'aime jamais ceux qui font trop d'ombre autour du prince. Elle ne se plaint cependant qu'à voix basse : parmi tous les conseillers de Dominique, Khiroun est peut-être devenu le plus intouchable.

Au sein d'Euro RSCG, Gilles Finchelstein, Anne Hommel et lui n'ont pas seulement gagné les moyens de vivre presque à l'égal de leur patron. Ils apprennent aussi le véritable pouvoir, celui qui bouscule les lignes et n'a peur de rien. Ils découvrent les réunions où se décide la politique africaine, lorsque l'agence conseille un président du continent noir, ou travaille pour une grande entreprise française implantée dans ces pays où la paix ne règne qu'au prix d'un compromis fragile. Ils côtoient, au début de ces années 2000, ces nouveaux réseaux qui, dans les ex-Républiques d'Union soviétique, se livrent de rudes batailles pour capter pétrole, gaz et matières premières.

Le 28 septembre 2004, voilà Ramzi Khiroun à Vienne. Dans une clinique privée, on vient d'hospitaliser d'urgence Viktor Iouchtchenko. Ce jour-là, les médecins ignorent encore que le candidat à l'élection présidentielle ukrainienne, le visage défiguré en quelques heures par une maladie inconnue, a été empoisonné à la dioxine. À la clinique, Ramzi veille. Euro RSCG, qui a pour client l'oligarque ukrainien Viktor Pintchouk, l'opposant de Iouchtchenko, l'a délégué pour étouffer les premiers soupçons. Les équipes médicales viennent d'ailleurs de publier un communiqué catégorique : *« Les allégations selon lesquelles Viktor Iouchtchenko a été empoisonné sont totalement infondées en termes médicaux. »*

Reprise par Reuters, l'information est relayée dans l'ensemble de la presse internationale. Ce n'est qu'en décembre, à la veille de l'élection qui porte finalement Iouchtchenko au pouvoir, que le *Financial Times* et *La Croix* révéleront le pot aux roses. Ce sont Ramzi Khiroun et Yffic Nouvellon, les deux salariés d'Euro RSCG, qui ont rédigé le fameux communiqué excluant une tentative d'assassinat de l'opposant ukrainien. Les deux hommes ont maladroitement laissé aux journalistes présents leurs cartes de visite, avant de quitter la clinique en catimini. Euro RSCG, qui commence par démentir toute intervention, finit par convenir qu'elle s'est faite « *à la demande de la clinique* ». Le directeur de l'établissement de soins rétorque, furieux, qu'il a coupé les ponts avec Euro RSCG dès qu'il a compris les liens qui unissaient l'agence à l'oligarque Pintchouk.

Pintchouk, patron milliardaire de l'empire Interpipe que la presse européenne présente régulièrement comme un « *grand philanthrope* » de l'Est, finance depuis 2004 le Yalta European Strategy, un séminaire qui œuvre au rapprochement entre l'Ukraine et l'Union européenne. Stéphane Fouks est membre du conseil d'administration du forum et Pintchouk est l'un de ses gros clients. Chaque année, Dominique Strauss-Kahn compte parmi les prestigieux invités du forum de Yalta.

Qu'importent ces liaisons dangereuses ! En 2007, la prochaine élection concentrera tous les regards sur la France, théâtre de son retour présidentiel.

9
Imprudences

L'ancien ministre n'est pas si mal placé dans les sondages qui testent les candidats pour la prochaine présidentielle, en 2007. Au Parti socialiste, Pierre Moscovici, Jean-Christophe Cambadélis, Jean-Marie Le Guen et Christophe Borgel veillent autant que possible sur un courant qui n'existe pas formellement – DSK n'en veut pas –, mais qui attire les ambitieux. Toutes les semaines, ils retrouvent Gilles Finchelstein, Ramzi Khiroun et Anne Hommel pour préparer la candidature de Dominique aux primaires socialistes, prévues à l'automne 2006.

Même Stéphane Fouks commence à prendre les choses au sérieux. Jusque-là, il déléguait son bras droit Laurent Habib, avec lequel il entretient des relations teintées de rivalité. Maintenant, il assiste lui-même aux réunions les plus importantes. Pour que les choses prennent tournure, Anne Sinclair a proposé de leur trouver un lieu pour travailler. Depuis des mois, c'est elle qui loue cet appartement parisien, situé rue de la Planche, au cœur de la rive gauche, à deux pas du Bon Marché. La femme du candidat est généreuse. Elle a aussi payé les bureaux et les ordinateurs. Et parce que Dominique avait décidé de se mettre à l'arabe, elle prend des cours avec lui, pour lui donner du cœur à l'ouvrage.

L'encourager, c'est bien le mot. Hormis son épouse, qui croit toujours en lui sans faillir, ses amis doutent parfois de sa détermination à se lancer dans l'infernale course présidentielle. Certes, il a conservé ce talent unique pour rendre l'économie accessible. On l'invite toujours autant dans les colloques internationaux et les universités étrangères. Les journaux publient sans barguigner ses tribunes et, les soirs d'élection, on continue de le réclamer sur les plateaux de télévision.

Mais c'est comme s'il restait humilié, d'une certaine façon, par son départ du gouvernement. Rien n'indique qu'il ait décidé de s'astreindre à la discipline, au sérieux et à la rigueur nécessaires. Dans les dîners, il paraît distrait, comme ailleurs, les yeux toujours braqués sur ses téléphones portables, pianotant sans fin des messages dont personne ne devine la teneur ni les destinataires. Aux réunions politiques de son équipe, il arrive très souvent en retard, sans avoir rien préparé. Au fond, on dirait qu'il fait semblant.

En 2003, lors du congrès de Dijon, celui qui devait préparer la reconstruction du Parti socialiste après la défaite cinglante de Lionel Jospin, il a franchement inquiété ses amis. On l'attendait pour un discours rassembleur autour de la motion majoritaire de François Hollande, à laquelle il s'est rallié. Il est monté nonchalamment à la tribune, une main dans la poche comme à son habitude, tenant dans l'autre un brouillon de discours griffonné dix minutes plus tôt. Cambadélis, qui sait que la répartition des postes au sein du PS dépend aussi de l'autorité des chefs de courants, en a été outré : « *Si tu n'es pas prêt à t'engager vraiment, autant arrêter tout de suite les frais !* » Depuis, Dominique assure qu'il est prêt à se lancer dans la bataille de la présidentielle. Ses amis font donc comme s'ils avaient chassé tout doute de leur esprit.

C'est l'un des travers de l'équipe : la plupart de ses membres manquent sérieusement de discernement sur leur mentor. Ils le savent dilettante, jouisseur, hésitant sur ses ambitions, mais ils ont tant besoin qu'il réussisse qu'ils taisent le plus souvent leurs réserves. Rares sont ceux qui récusent ses choix, plus rares encore ceux qui contestent son comportement. Comme à Bercy, ceux qui l'entourent semblent restés sous l'emprise d'une séduction qui les rend partiellement aveugles.

Dominique se montre pourtant de plus en plus imprudent. Avec les femmes, surtout. Tant qu'il se contentait de repérer une jeune fille dans une réunion à Sarcelles ou dans les couloirs de l'Assemblée, on pouvait compter sur la discrétion des affidés de sa circonscription ou sur cette solidarité masculine qui retient les députés de gloser sur le comportement de leurs pairs. Mais il prend parfois des risques insensés. Comme s'il voulait imposer à tous sa sexualité libérée ou, qui sait, inconsciemment, provoquer un petit scandale. Il débarque au bar de l'hôtel Lutetia où se croisent chaque jour éditeurs, journalistes et… membres du Parti socialiste, en tenant par la taille des jeunes inconnues de son entourage. Continue de réclamer à tour de bras des numéros de téléphone, des rendez-vous à toutes celles qu'il croise, avant de les assaillir de messages compulsifs.

Jusque-là, c'est Stéphane Keita, « l'oncle » si discret, qui veillait sur son emploi du temps. Il connaît les défauts du patron. Comme les autres, lui aussi a beaucoup fermé les yeux. Avec une petite différence. Stéphane Keita est un préfet. Il a gardé le sens de la règle et, souvent, refusé de couvrir les jeux les plus dangereux de Dominique. Dans le petit club des intimes, sa présence rassure. Pour l'expliquer, dans la strauss-kahnie, on cite cette phrase du psychanalyste Jacques Lacan : *« Le réel sait dire non. »*

Mais le préfet s'en est allé, et aujourd'hui, c'est Ramzi Khiroun qui joue les chefs de cabinet officieux. Dans les milieux du pouvoir, c'est un rôle déterminant. On y voit tout de l'intimité d'un patron, d'un ministre, d'un candidat à la présidentielle. Un bon chef de cabinet élimine les écueils, avertit des dangers, devient une sorte de garde-fou contre l'extérieur et au besoin contre soi-même. Ramzi entend le job d'une tout autre manière. Dans son esprit, cela consiste d'abord à prévenir les accidents dans la vie de Dominique et à éviter que ses débordements n'entraînent des conséquences trop fâcheuses. Son adresse mail résume, d'une certaine façon, son accès à l'intimité de son patron : il a choisi curieuxdesyeux@…

Au fond, c'est tout un système qui se met en place, sophistiqué et très bien cloisonné. Des amis aisés et complaisants, comme Alex-Serge Vieux, l'ancien « Monsieur nouvelles technologies » du ministère de l'Industrie, prêtent à Dominique les studios ou petits duplex dont il a besoin aux quatre coins de Paris. Il dispose ainsi d'un appartement avenue d'Iéna, loué par son ami Alex mais dont il s'est porté *« caution bancaire »*, apprendra-t-on plus tard. Officiellement, c'est un lieu où il va « travailler ». C'est évidemment une garçonnière, qui a l'avantage d'être toute proche du bar-restaurant L'Aventure. Une autre se trouve rue Mayet, au cœur de Paris, à trois pas du club l'Overside, rue du Cherche-Midi, qu'aime fréquenter DSK. Un dernier ami a prêté les clés d'un troisième logis près de la place de la Bastille.

Autour de DSK, chacun tient son rôle. Anne Hommel laisse dire à la presse, qui croit briser un tabou, que Dominique Strauss-Kahn est un « homme à femmes », un de ces grands séducteurs comme l'histoire et la littérature en connaissent tant. Fouks, devant les journalistes qui parfois le questionnent, prend le ton bienveillant avec lequel on excuse la gourmandise d'un enfant : *« Eh oui, il ne sait pas dire non… »* Ramzi, lui, veille à éviter la propagation de rumeurs plus précises ou moins glorieuses. Il surveille les livres qui paraissent, dissuade certains auteurs qui voudraient, un jour, écrire la biographie de DSK. Il en encourage d'autres, au contraire, et organise dans les halls de grands hôtels ou dans les meilleurs restaurants des rencontres privilégiées avec cet as de l'économie qui reste, pour lui, un espoir de la gauche.

Il s'est aussi chargé d'une délicate mission : tranquilliser Anne Sinclair. Depuis les trois non-lieux que son mari a obtenus en justice, la journaliste tient Ramzi, sinon pour leur principal instigateur, du moins pour un grand bienfaiteur. Gare à ceux qui critiquent son allure de voyou ou ses méthodes d'intimidation un peu limites avec la presse. Aussitôt, l'ancienne star de *7 sur 7* sort ses griffes. Un jour, sur une route proche de Montbéliard, le député du Doubs, Pierre Moscovici, qui se trouvait dans la même voiture que le couple, s'est inquiété de son influence. Anne s'est retournée et a coupé court aux critiques : « *Il a été là quand on était au fond du trou.* » Souvent, elle dit aussi : « *Il sait gérer les images.* » Si elle, la star des médias, se met aussi à y croire…

Il faut dire qu'Anne Sinclair est toujours la dernière à admettre qu'on critique l'entourage de son mari, et a fortiori Dominique. Cette journaliste accomplie, couronnée par de multiples Sept d'or, se comporte, tout à coup, comme une entreprise de communication à elle toute seule. Cette femme qui a accouché tous les puissants du monde pendant treize ans, cette vedette aux yeux bleus que la France entière continue d'aduler, cette quinquagénaire fortunée qui n'a plus rien à prouver, déploie une volonté forcenée pour défendre son homme, cramponnée à cette image de couple idéal mythique dont raffole *Paris Match*.

En 2002, ses amies les plus fidèles ont reçu la démonstration éclatante de l'emprise que son mari exerce sur elle. Il venait de trouver dans le téléphone portable d'Anne le texto ambigu d'un patron ami du couple. Anne Sinclair racontera elle-même, dix ans plus tard, cette infidélité passagère à deux de ses biographes, mais sans en livrer le récit exact. Sans ce contrechamp qui, comme on dirait à la télévision, lui donne toute sa vérité. Car après une vive scène de jalousie, DSK a en effet quitté la maison. Pendant des mois, Anne a paru sombrer au plus profond de la dépression. Défaite, allongée sur son canapé, elle avalait des tranquillisants et ne répondait plus au téléphone. Ses amies, Rachel Kahn et Élisabeth Badinter, se sont d'abord inquiétées. Quand elles ont compris, elles sont restées atterrées.

Les deux témoins du mariage d'Anne ont assez vite jaugé Dominique. Elles ont entendu les échos de ses soirées libertines. Élisabeth, qui connaît tout Paris, a rapidement compris ce que ce comportement recelait de conséquences explosives. Rachel, elle, n'a pas voulu croire tout de suite les racontars. Jusqu'à ce qu'elle aperçoive un soir Dominique, attablé dans un restaurant, à trois tables de la sienne, embrasser une femme en regardant du coin de l'œil si l'amie de son épouse l'observait bien. Rachel Kahn, consternée, a pourtant choisi de se taire. Mais Élisabeth Badinter, exaspérée de voir Anne aussi défaite, est venue lui dire ce qu'elle pense de son mari. Au nom de l'amitié plus que du féminisme que cette adversaire de la burqa a pourtant théorisé, la philosophe a parlé d'humiliations et, devant Anne qui s'accusait de tous les maux pour mieux dédouaner Dominique, elle a tenté de lui donner une leçon de lucidité.

Les Cassandre sont rarement accueillies à bras ouverts. Anne Sinclair prend très mal les critiques contre son mari. Pendant plusieurs mois, elle rompt tout contact avec l'épouse de Robert Badinter. Les amis de la journaliste ont compris qu'elle préférait s'accommoder de la réalité plutôt que se fâcher avec cet homme qu'elle continue d'admirer et d'aimer follement. Désormais, ils fermeront les yeux sur cette histoire et sa part de mystère, en se disant qu'au fond, cela ne les regarde plus tout à fait.

À son poste, Ramzi Khiroun ne peut, en revanche, relâcher sa vigilance. L'été 2003, on a ainsi frôlé à deux reprises la catastrophe. Un an plus tôt, une jeune romancière à l'allure adolescente, Tristane Banon, avait pris rendez-vous avec Strauss-Kahn. Fille d'une élue socialiste de l'Eure, Anne Mansouret, cette frêle jeune femme blonde avait obtenu grâce à sa mère un rendez-vous avec DSK pour un livre, disait-elle, construit autour de témoignages de personnalités. Un ouvrage qui devait s'intituler *Mes erreurs avouées.* Elle ne racontera que bien plus tard, le 5 février 2007, lors d'une émission présentée par Thierry Ardisson, *93, faubourg Saint-Honoré,* qu'*« avec lui, cela s'est très mal passé »*, que malgré ses *« non, non »*, il n'avait pas renoncé à l'embrasser, qu'ils avaient fini par se battre, et qu'ensuite l'ancien ministre n'avait cessé de lui envoyer des textos : *« Je vous fais peur ? »*

Dans les semaines qui suivent son entretien avec l'ancien ministre, elle a néanmoins confié à des amis et des journalistes que DSK aurait tenté d'abuser d'elle. Sa mère, proche de Laurent Fabius, s'est confiée à ce dernier et au premier secrétaire du Parti socialiste, François Hollande. Il a reçu Tristane Banon et, gêné, lui a suggéré de porter plainte. La jeune femme renonce, mais bientôt dans Paris court l'idée que décidément *« Dominique exagère ! »*. C'est sa chance : plutôt que de choquer, son comportement prête toujours à sourire. *« Tu sais comme il est... »*, soupirent ses amis en levant les yeux au ciel.

À chaque alerte, ceux qui s'acharnent à le mettre en garde passent, au choix, pour des envieux ou des pudibonds. *« Tout de même, tu as couché avec plus de femmes en un mois que moi en toute une vie »*, lui lâche un jour un de ses conseillers. *« Tu dis ça parce que tu es jaloux ! »*, lance DSK pour seule réponse, dans un petit rire détaché. C'est toujours la même chose. Qu'on lui parle de son besoin compulsif de conquêtes, il rappelle que rien ne l'interdit et renvoie les autres à un puritanisme ridicule. Ce sont eux les inhibés, les prudes, les vieux jeu. Eux qui ont l'esprit étriqué.

Avec Tristane Banon, l'alerte a été suffisamment sérieuse, cependant, pour que Ramzi Khiroun s'en préoccupe. Fin août 2003, il a téléphoné chez Anne Carrière, la maison d'édition de la jeune fille, pour demander à relire le chapitre concernant DSK. Explications officielles de Ramzi : *« Dominique commençait juste à remonter la pente après les affaires. Je demande un rendez-vous à l'éditeur Alain Carrière qui, après m'avoir reçu très courtoisement, me donne le texte de l'interview. En le lisant, je suis sidéré. Le style de Tristane Banon est assez grotesque. Elle décrit Dominique en termes si admiratifs qu'ils prêtent à sourire. »* Le conseiller en image obtient la suppression des pages litigieuses et une nouvelle couverture sans, cette fois, la photo de l'ancien ministre de l'Économie. À un journaliste qu'il embarque dans son 4 × 4, Ramzi désigne, narquois, le siège arrière : *« Tu vois ! Le truc que tu voulais tant lire, il est là ! »* Fin provisoire de l'histoire.

Cet été 2003 est cependant plein de périls pour Dominique Strauss-Kahn. Le 24 juillet, *Le Nouvel Observateur* a en effet choisi de faire sa couverture sur le libertinage et un petit article a aussitôt alimenté la rumeur. Il raconte une soirée échangiste sous un titre accrocheur : *« Le ministre est là. »* C'est un véritable reportage : le journaliste s'est invité lui-même à cette soirée. *« Les femmes ont la tenue : robes courtes, dessous sexy, jupes en cuir. Beaucoup se connaissent : familiers du même groupe, ils participent aux mêmes soirées privées. »* Le clou de l'article reste cependant le principal invité : *« Mais ce soir il y a un plus : le ministre doit venir. Un vrai ministre. »*

Apprenant à l'avance, grâce à ses réseaux et ses amitiés, la publication de l'article, Ramzi Khiroun a bondi au siège du *Nouvel Observateur* pour récupérer un numéro du magazine, la veille de sa sortie en kiosque. À son grand soulagement, le journaliste Hubert Prolongeau n'a pas livré le nom du « ministre ». Mais dans l'équipe de DSK, on découvre tout à coup avec effarement jusqu'où va l'imprudence du patron. Cette fois, ce n'est plus d'une frénésie de conquêtes dont il est question, mais de soirées échangistes. Ce n'est plus d'un secret liant deux personnes qu'il s'agit, mais d'une pratique partagée par plusieurs.

Le journaliste n'a manifestement raté aucun détail de la soirée. *« Soudain il arrive. C'est bien lui. Un léger frémissement parcourt les troupes. Deux femmes l'accompagnent, jeunes, grandes et minces. "Il fait plus gros qu'à la télé, tu trouves pas ?" Son sourire est presque électoral »*... La fin de l'article est plus inquiétante encore. *« Aussitôt, c'est la ruée. Les énergies trop longtemps prisonnières se libèrent, et ces dames se précipitent. La République va-t-elle être en deuil par étouffement ? Mais non. Le malheureux, un temps débordé, maîtrise vite la situation. Sent-il le poids des regards qui convergent vers lui ? Il le cache bien en tout cas. Une fille sur le sexe, une autre sur le visage, il s'active. "Tu crois qu'il peut vraiment devenir président ?", murmure une des spectatrices à sa voisine. »*

L'étonnant article paraît au creux de l'été, juste après la très médiatique arrestation d'Yvan Colonna, et sans doute est-ce l'une des raisons pour lesquelles il ne crée qu'un émoi relatif. Les lecteurs de *L'Obs* n'ont pas cherché à mettre un nom sur la personnalité dont il est question. Le terme de

« ministre » a égaré pareillement une partie des journalistes. Au nom du respect de la vie privée dont s'enorgueillit la presse française, aucune enquête n'a suivi le reportage. DSK, lui, plaisante sans vergogne devant l'une de ses conseillères : *« Ramzi aurait dû faire le mort. On aurait pu croire que c'était Sarkozy. Maintenant, tout le monde sait que je suis le ministre... »*

À Matignon, justement, Jean-Pierre Raffarin est outré. Le Premier ministre craint que l'on ne soupçonne un membre de son gouvernement. Le ministre de l'Intérieur, Nicolas Sarkozy, reçoit ce jour-là trois journalistes : *« Sait-on de qui ils parlent ? »*, teste-t-il, inquiet peut-être qu'on imagine qu'il s'agit de lui. Au premier étage de La Closerie des lilas, où la fine fleur de la police se retrouve quelques jours plus tard pour une ripaille bien arrosée, Jo Querry, l'homme qui s'occupera bientôt de la sécurité du groupe Accor et des hôtels Sofitel, pose la même question à Bernard Squarcini : *« C'est qui ? – Ben, Strauss-Kahn »*, répond le numéro 2 des RG. *« C'est qui ? »*, demande à son tour l'avocat Jean-Pierre Mignard à ses amis du *Nouvel Observateur*. Et François Hollande, l'ami de Mignard, est à son tour au courant. Le premier secrétaire du PS n'est pas homme à interroger la presse sur ce qu'elle sait de la vie des uns et des autres. Mais il est sidéré par tant d'imprudence.

« Tu crois qu'il peut vraiment devenir président ? » La chute de l'article d'Hubert Prolongeau a dessillé les yeux de Stéphane Boujnah. Quelques mois après la démission forcée de Dominique Strauss-Kahn du

ministère de l'Économie, l'avocat d'affaires s'en était allé travailler deux ans en Californie. Mais à l'automne 2002, il est revenu auprès de son ancien mentor. Depuis des mois, il s'inquiète de la désinvolture de son patron, de cette façon qu'il a de masquer ses angoisses sur son avenir sous la recherche effrénée de plaisirs. *Le Nouvel Observateur* lui a donné l'occasion d'ouvrir la discussion.

« Les Français n'ont pas le même rapport au sexe que les Anglo-Saxons, se lance-t-il. *Ils ne portent pas de jugement moral sur la façon dont les hommes politiques mènent leur vie de couple. Mais cet axiome reste valable si la vie privée reste privée. En allant dans ces soirées échangistes, tu vas heurter les Français dans leur pudeur. Ta sexualité ne gagne pas à être connue. Il y avait un journaliste ! Tu te rends compte ? »*

Pour Dominique Strauss-Kahn, cet argument est justement sa meilleure défense : *« Bien sûr qu'il peut y avoir des journalistes dans ces soirées, mais c'est justement parce qu'ils y vont, eux aussi, qu'ils ne diront jamais rien ! »* Maintes fois, l'ancien ministre y a en effet croisé des stars de la radio ou de la télévision, des directeurs de magazines. Il connaît mieux que personne cette connivence si particulière qui lie ce petit milieu. Et il sait que, précisément, ce secret libertin est sa protection.

Stéphane Boujnah revient une dernière fois à la charge. Son argument est cette fois plus politique : *« Les femmes représentent la moitié du corps électoral,* énonce-t-il. *Si tu multiplies ainsi les conquêtes de façon compulsive et que cela se sait, les électrices peuvent avoir soudain le sentiment que tu ne considères pas les femmes et que tu les cantonnes à la satisfaction de tes désirs. Cela peut être désastreux !* » Dominique Strauss-Kahn n'entend pas davantage cette nouvelle démonstration. Pour finir, c'est Boujnah qui jette l'éponge. Il quitte l'équipe, certain qu'il ne peut plus rien. « Strauss », lui, s'avance vers les primaires socialistes sans rien changer à son comportement. Ni se douter que c'est une femme, justement, qui va se dresser sur son chemin.

10

La rivale

Depuis qu'il s'est mis à songer plus sérieusement aux primaires socialistes, il a tout imaginé. La compétition avec Laurent Fabius, ce dandy cérébral qu'il tient toujours un peu pour son rival. La bataille avec François Hollande, ce premier secrétaire du PS qui l'agace tant, avec son bon sourire provincial et son art consommé de la synthèse. La querelle avec cette gauche du parti qui le tient pour un « droitier », un libéral, un « américain », bref, le candidat des riches. DSK a même anticipé la difficile négociation avec Lionel Jospin, dont il craint les envies de revanche après l'humiliation du 21 avril 2002. Mais Elle ! C'est simple, il n'y avait jamais pensé.

Depuis des années, il tient Ségolène Royal pour une personnalité de second plan. Ils ont pourtant fait partie, à deux reprises, des mêmes gouvernements. Mais, souligne-t-il avec condescendance, *« elle n'y exerçait que des fonctions subalternes, dans de petits ministères… »*. Lorsque Dominique Strauss-Kahn était encore marié à Brigitte Guillemette, ils ont bien passé deux ou trois après-midi ensemble dans le sud de la France. Ségolène et son compagnon François Hollande séjournaient l'été dans leur maison de Mougins. Dominique et Brigitte étaient en villégiature à La Garde-Freinet. Un jour, ils s'étaient tous retrouvés pour la journée chez les « Strauss ». Un des enfants Hollande, qui marchait à peine, était tombé dans la piscine. Dominique avait plongé et sauvé le gamin de la noyade. L'épisode n'a pas inauguré d'autre compagnonnage. C'était il y a vingt ans…

C'est toujours le même problème avec lui : il regarde les autres d'un peu haut. Seule l'intelligence est, à ses yeux, un critère de distinction. Pour les femmes, il y ajoute une seconde exigence. Il ne réclame ni la beauté, ni le charme, ni le caractère. Il les veut accessibles. Et il déteste cette distance et ces jugements moraux qu'il perçoit dans le regard de Ségolène. *« Puritaine ! »*, dit-il en privé. Devant les journalistes, il soupire : *« Elle ne connaît pas une once d'économie. »* À table, avec ses amis, il sourit, un rien suffisant : *« Elle est nulle ! Elle n'imprime pas ! Mitterrand ne connaissait rien à la finance mais au moins, il faisait illusion sur le reste. »* La petite bande d'Euro RSCG a eu tôt fait de lui donner un méchant surnom : *« Bécassine »*.

Il existe un autre sujet de rancœur entre eux. DSK se souvient mot pour mot de ce que Ségolène Royal avait lâché devant les caméras, lorsqu'il fut pris dans le tourbillon des affaires de la Mnef : *« La politique, on est là pour la servir et non pour s'en servir. »* Il soutient que, ce jour-là, dès sa sortie du plateau, elle lui avait téléphoné pour l'assurer que sa phrase avait été sortie de son contexte et visait en réalité

Jacques Chirac. « *Enfin,* soupire-t-il, *je ne suis pas rancunier, mais je ne suis pas amnésique non plus.* » Jamais en tout cas il n'avait prévu de la retrouver en rivale.

À l'été 2005, lorsqu'il a commencé à se préparer à la course présidentielle, son souci a d'abord été Lionel Jospin. Lors de l'université d'été socialiste de La Rochelle, dans les tout derniers jours d'août, il est allé rendre visite à l'ancien Premier ministre, dans sa petite maison de l'île de Ré, à quelques kilomètres de là. Le soir du 21 avril 2002, sous le choc de sa défaite au premier tour, Jospin avait annoncé son retrait de la vie politique. Mais depuis, il tergiverse sans cesse et épuise son monde. Personne ne sait plus vraiment comment interpréter ses phrases alambiquées qui paraissent tantôt accuser ceux qui ont causé sa perte en 2002, tantôt signifier qu'il veut prendre sa revanche et retourner au combat. Les strauss-kahniens, qui ont longtemps été les mieux disposés à son égard, n'en peuvent plus : ses atermoiements vont finir par empêcher Dominique de s'imposer !

Sur la terrasse ombragée de la petite maison à volets ocre d'Ars-en-Ré, devant Sylviane et Lionel, DSK a donc mis les choses à plat : « *Si tu veux te présenter à la présidentielle, dis-le-moi maintenant, pour que je m'organise. Si tu ne veux pas que cela se sache, tu peux me faire confiance, je sais garder un secret.* » En gage de fidélité, il est allé plus loin encore et a scellé cette promesse avec celui qui fut son ami, son témoin de mariage et son grand frère en politique : « *Si tu es candidat, je suis ton homme. Mais tu dois me donner un indice.* »

L'entretien n'a pas eu de suite. L'ancien Premier ministre n'apprécie pas qu'on vienne lui « *tâter ainsi le pouls* ». Un an a passé sans nouvelle rencontre. Lorsque, en septembre 2006, DSK est revenu l'avertir qu'il présenterait sa candidature aux primaires, Jospin, toujours prisonnier de la litanie de ses dilemmes, a marqué un silence. « *Je pourrais être candidat, moi aussi…* » Mais, cette fois, Dominique Strauss-Kahn a choisi la fermeté : « *Ton temps est passé. Il fallait te décider il y a un an. Il n'est plus question que je me désiste pour toi*[1]. » Depuis, l'amitié est rompue et les rares échanges entre les deux hommes sont glacés.

Place à Ségolène ! Avec elle, Laurent Fabius et Dominique, ils sont finalement trois à se lancer dans la bataille. Avec Fabius, DSK est tranquille, ils parlent la même langue. Mais avec la présidente de la région Poitou-Charentes, le combat s'annonce beaucoup plus ardu. En mai 2006, le strauss-kahnien Pierre Moscovici était venu sonder François Hollande pour le compte de son champion. Allait-il laisser s'envoler ainsi sa compagne ? « *Je réglerai le problème avec Ségolène à la fin de l'été* », avait promis Hollande. Il n'a rien réglé du tout. On l'accuse, au choix, de confisquer le parti au bénéfice de sa famille, ou de ne pas savoir retenir Ségolène. Personne ne sait encore, chez les socialistes, le conflit conjugal qui les divise, tandis que la popularité de Royal surfe sur une formidable courbe ascendante.

Rivaliser avec une femme est une situation inédite pour cet homme dominateur. D'autant que Ségolène Royal est tout ce qu'il n'est pas. Fille d'officier, elle

---

1. D'après Michel Taubmann, *Le Roman vrai de Dominique Strauss-Kahn*, Éditions du Moment, 2011.

s'est révoltée dès l'adolescence contre un père qui considérait que les femmes n'avaient pas leur mot à dire. Catéchisme, musique et couture. Jacques Royal n'interdisait pas à ses filles d'avoir du caractère, mais elles étaient d'abord destinées au mariage. Lorsqu'elle parle – rarement – de lui, elle rapporte toujours qu'il présentait ainsi les huit frères et sœurs : *« J'ai cinq enfants et trois filles. »* Elle en a gardé une volonté de revanche que les années au sein d'un Parti socialiste largement dominé par les hommes n'ont pas apaisée. *« Je leur ferai payer un jour tous ces cafés qu'ils m'ont demandé d'apporter ! »*, répète-t-elle. Elle n'a jamais pu supporter l'ancien ministre, ce sentiment d'excellence et de supériorité qu'elle sent dans son regard.

Il y a plus, comme une incompatibilité sociale et psychologique entre les deux couples. Royal et Hollande, Strauss-Kahn et Sinclair, les quatre appartiennent à la même génération. Pas tout à fait au même milieu. Elle, la fille de militaire « tradi » et économe, lui, l'aimable disciple du démocrate-chrétien Jacques Delors, n'aiment pas faire étalage de leur relative aisance. En arrivant à la gare de Poitiers, Ségolène peut traverser plusieurs wagons pour descendre devant les caméras d'une voiture de seconde classe, alors qu'elle vient de voyager en première. Anne Sinclair, elle, ne voit aucun mal à se rendre en Jaguar à la rencontre de la presse pour vanter les qualités d'homme de gauche de son mari…

Ségolène Royal n'ignore pas non plus la réputation de DSK. Au sein du PS, on s'échange sans cesse les petits récits de ses manœuvres d'approche avec les femmes, de ses œillades, de la grossièreté avec laquelle, dans un dîner, il peut parfois tourner le dos à un convive, préférant flirter devant Anne avec sa voisine de table. Des années plus tôt, François Hollande a raconté à sa compagne la méfiance que lui inspiraient tous ces anciens de la Mnef, leurs belles maisons, leurs petites affaires, ce groupe soudé qu'ils formaient avec DSK, et que lui avait si bien décrit Armelle Thoraval, la journaliste de *Libération*. Il lui a aussi rapporté, depuis, la visite de Tristane Banon et d'Anne Mansouret. En femme, en mère, en féministe, elle n'admet pas qu'un homme comme lui puisse rôder autour de filles si jeunes.

Bien avant les primaires, Julien Dray, qui n'a jamais méprisé la fréquentation des policiers des Renseignements généraux, a aussi entendu parler d'un incident dans les allées du bois de Boulogne, où le nom de Dominique Strauss-Kahn apparaissait. Après hésitations, il a évoqué l'affaire devant Ségolène Royal. N'y a-t-il pas là un merveilleux moyen d'affaiblir son adversaire ? La future candidate à la présidentielle ne lui a même pas laissé le temps de finir sa phrase. *« Jamais je n'utiliserai ce genre de chose contre mes adversaires. »* Anne Sinclair peut bien se dire *« fière »*, dans *L'Express*, le 1er juin 2006, de la réputation de séducteur de son mari et expliquer crânement que *« tant qu'elle le séduit et qu'il la séduit, cela lui suffit »*, Ségolène, lorsqu'il la toise avec hauteur, renvoie au don Juan sa vigilance de Commandeur.

Dominique Strauss-Kahn n'est pas le seul à ne pas la comprendre. Tous les éléphants du PS sont déroutés par cette étonnante candidate. D'où viennent ces applaudissements, cette *« ferveur »* qu'elle croit sentir quand elle prend la parole ? Ces vivats lorsqu'elle annonce, avant de dénoncer les délinquants ou les pères trop absents : *« C'est une maman qui vous parle ! »* ? Cette complaisance de la presse, soupirent-ils, quand elle se déguise en Jeanne d'Arc ? Anne Sinclair la trouve ridicule. *« Cette fille, personne ne la connaît ! »*, s'exclame-t-elle. Croyant la condamner, Claude Allègre a résumé ainsi les choses : *« Il y a la première gauche, c'est Laurent Fabius. La deuxième, c'est DSK. Et une gauche du troisième type dont le logiciel m'apparaît incapable de préparer l'avenir. »*

L'équipe des conseillers de Dominique croit pourtant avoir trouvé la bonne tactique. Toutes les semaines, ils se retrouvent autour de lui dans un rituel quasi immuable. Armé d'une batterie d'études réalisées par Euro RSCG, Gilles Finchelstein présente une synthèse de l'état de l'opinion. Jean-Christophe Cambadélis se lance dans l'analyse sophistiquée de la moindre variation de la cote de son parti dans les sondages. Toujours séduisant, pas forcément clairvoyant. Jean-Marie Le Guen fait les cent pas, crie, rit trop fort, se lève, se rassoit. Anne Sinclair et Anne Hommel glissent deux ou trois conseils sur la stratégie médias. Mais ils ont trouvé l'axe de leur campagne. *« Tu dois être en rupture avec ton camp. Il est temps que tu incarnes la social-démocratie. C'est depuis longtemps ton vrai positionnement. Tout montre que les Français y sont prêts. »* Depuis des mois qu'il moque le projet du PS, cela ne déplaît pas à DSK de bousculer un peu son parti. Incarner la social-démocratie moderne, celle que les pays voisins de la France ont choisie depuis longtemps, c'est un peu retrouver la magie des années Bercy, lorsque le ministre polyglotte initiait son pays à l'économie mondialisée.

Un an auparavant, lors du référendum sur la Constitution européenne, plus de la moitié des Français ont pourtant refusé cette globalisation qui leur fait peur. Le petit film réalisé par Ramzi Khiroun où DSK expliquait les vertus du « oui », distribué en DVD à des milliers d'exemplaires, n'a pas eu l'effet escompté. Les communicants de Strauss-Kahn ont balayé les résultats du scrutin d'un revers de main. Comment Ségolène Royal pourrait-elle rivaliser avec Dominique Strauss-Kahn, qui tutoie tous les chefs d'État étrangers, quand elle n'en connaît aucun ?

La bataille des primaires n'est pas seulement un concours d'éloquence et de joutes verbales, cependant. Un autre combat, plus souterrain mais tout aussi important, se dispute en coulisse. C'est la guerre des fédérations. Ce sont elles, aussi, qui font l'élection, en donnant, dans les congrès, les majorités aux uns ou aux autres, et, pour cette première expérience de primaires, des consignes de vote. Et notamment les plus grosses, dans les Bouches-du-Rhône et le Pas-de-Calais.

Béthune. Boulogne-sur-Mer. Le Touquet. Libercourt. Bruay-la-Buissière. Hénin-Beaumont, Orchies… On voit beaucoup Dominique Strauss-Kahn sillonner les terres nordistes, en cette année 2006. À tel point que le candidat débordé se pose parfois en hélicoptère au pied d'une cheminée d'usine. À Calais, il rencontre les migrants, à Maresquel, les ouvriers de la papeterie en grève, à Lens, les footballeurs… Il tient aussi meeting dans la chaleur d'une salle des fêtes en brique, avant de partager une bière. On l'entend *« sentir la solidarité de ce département du Pas-de-Calais », « respirer la part d'histoire du socialisme… »* et lancer : *« Je ne me satisfais pas de ce que la gauche ait été élue trois fois, et que trois fois, cinq ans après, les électeurs nous aient dit : rentrez chez vous ! Je veux une gauche qui dise la vérité. »*

Le pharmacien Jacques Mellick, le fils de l'ancien ministre, l'ami de Pierre Moscovici, se démène pour lui rallier la fédération, et, sur ces terres minières et industrieuses, c'est peu dire que la tâche est difficile. Mellick Junior est responsable dans le Pas-de-Calais des clubs « À gauche, en Europe », le think tank au service de l'ancien ministre fondé en 2004 pour faire avancer la gauche réformiste. Le pharmacien de Noyelles-Godault est secondé dans sa tâche par un militant socialiste de Lens, une vieille connaissance de la famille Mellick. Le garçon s'appelle Fabrice Paszkowski. Signe de l'enjeu de la bataille qui se livre ? Les deux responsables du club de soutien « À gauche, en Europe 62 » ont été reçus personnellement à l'Assemblée par Dominique, court-circuitant ainsi Marisol Touraine, qui a succédé à « Mosco » à la tête du think tank.

Pour les Bouches-du-Rhône, Dominique Strauss-Kahn a d'autres contacts et une autre idée. C'est

Henri Proglio, le patron de Veolia, qui la lui a soufflée. Au printemps 2006, Jean-Noël Guérini, le patron de la puissante « fédé » des Bouches-du-Rhône, a expliqué prudemment à ceux qui l'interrogeaient : *« Les candidats sont tous très bien… »* Puis, avec cet accent marseillais et ce ton faussement naïf qu'il emploie pour dérouter les quémandeurs, il a lâché sobrement : *« Je déciderai le 10 septembre et je prendrai celui ou celle qui sera en tête des sondages. »* Soit, en fin politique, il ménage le suspense, soit il n'est pas vraiment décidé. Il doit bien y avoir un moyen de le convaincre…

À la brasserie du Lutetia, cet hôtel mondain du VIe arrondissement de Paris, qui pourrait reconnaître le grand homme brun à l'œil brillant et au sourire un peu canaille qui s'est attablé face au candidat aux primaires socialistes ? Qui d'ailleurs, à cette époque, connaît un autre Guérini que Jean-Noël, ce petit homme qu'on voit parfois aux congrès du Parti socialiste, que tout le monde courtise avec assiduité, mais dont on moque, dans son dos, l'étrange zozotement, les grigris qu'il porte au poignet, et même, au congrès du Mans, la limousine noire qui l'attend pour rentrer chez lui…

C'est pourtant son frère, Alexandre, qui s'est attablé au restaurant avec Dominique Strauss-Kahn. Alexandre Guérini est riche, très riche. Le roi des poubelles et des déchetteries marseillaises possède des relais jusque dans les eaux de Marseille ; il est, de ce fait, à la fois puissant et craint. À Marseille, où il cultive la discrétion comme un des beaux-arts, et à Paris plus encore, tout le monde l'ignore.

L'homme n'a pas encore accédé à la célébrité médiatique. Les juges ne l'ont pas encore mis en examen pour association de malfaiteurs dans le dossier des marchés truqués de l'agglomération marseillaise. Ils n'épluchent pas encore ses comptes suisses. Dans l'ombre de son frère Jean-Noël, Alexandre Guérini est en fait le patron caché des socialistes des Bouches-du-Rhône. Il règne sur cette fédération – la première de France – qui évince ou sacre les candidats à l'élection présidentielle.

Alors que, à quelques semaines du débat et des votes qui vont départager les candidats aux primaires, Ségolène Royal rencontre, selon le protocole d'usage, Jean-Noël Guérini, Dominique Strauss-Kahn, lui, tente sa chance auprès de son frère. Le patron du département n'a d'ailleurs jamais rien su de ce premier puis second rendez-vous, organisés à son insu. Seul Henri Proglio, l'ami des années HEC, le témoin providentiel de Dominique dans l'affaire de la Mnef, est dans la confidence.

Entre Alex, le patron corso-marseillais de la SMA Vautubière, et le patron de Veolia, fils d'un marchand des quatre saisons piémontais installé à Antibes, une solide amitié s'est nouée dans le tournant des années 90. En 1989, Alexandre Guérini a revendu, pour 7 millions 300 000 francs, la société de curage et d'installation de sanitaires Rodillat, qu'il a créée sept ans plus tôt et dont il a négocié de pouvoir rester le P-DG. L'acheteur ? Henri Proglio, alors patron d'une filiale de la Compagnie générale des eaux, l'ancêtre de Veolia Environnement.

La même année, Alexandre a demandé à l'un de

ses amis de créer une autre société, SMA, dont il possède en réalité 80 % du capital mais qu'il a fait « porter » par un autre nom, en raison de sa clause de non-concurrence. Quand SMA a été revendue en 2001 à Veolia Environnement pour 25 millions d'euros, 20 millions sont tombés dans l'escarcelle d'Alexandre Guérini. Celui-ci a rendu service à Proglio, mais le diplômé d'HEC, bluffé par le sens des affaires de ce Marseillais sans diplômes, lui renvoie l'ascenseur quelque temps plus tard. *« Écoutez-moi, Alexandre, quoi qu'il arrive, je suis à vos côtés, hein »*, lui répète-t-il au téléphone.

Henri Proglio a toujours été fasciné par ces gens qui n'appartiennent pas à l'establishment. Enfant de la Côte, il confesse volontiers qu'il n'aime pas les bien-nés, et on devine qu'il ne déteste pas tutoyer les marges. Il méprise le luxe, mais adore les bolides. Alexandre, lui, achète des pur-sang de course. Quand ils se retrouvent, ils échangent de viriles embrassades en savourant la bouillabaisse de Fonfon, le restaurateur du charmant Vallon-des-Auffes, à deux pas de la corniche marseillaise. Lorsqu'ils se téléphonent, ils ont, *« putaing de con ! »*, une manière bien à eux de passer élus et responsables politiques à la moulinette. *« Quand je pense que je suis allé lui cirer les pompes à l'Assemblée nationale ! Putain, Alexandre, faut s'les faire, hein ! »*

Quelle meilleure recommandation DSK pourrait-il trouver que celle du patron de Veolia pour demander un coup de main à Alexandre Guérini ? Le candidat aux primaires se lance donc sans détour : *« Voilà. Il me faut la fédé. »* Alex va tenter de plaider la cause de l'ancien ministre auprès de son frère. Las ! Il doit vite abandonner. Jean-Noël a le sens des réalités et l'esprit pratique. Quelques bureaux bien placés à Marseille lui suffisent pour prendre le pouls des socialistes et décider tôt de se donner à Ségolène, scellant, du même coup, le sort de ses compétiteurs.

En vingt-cinq ans de vie politique, Ségolène Royal n'a construit aucune de ces fidélités qui se révèlent des appuis précieux dans les moments difficiles. Rien qui ressemble, en tout cas, aux réseaux de Fabius ou aux think tanks de DSK. Pas de solidarité au sein du parti, autre que de circonstance. Mais ses discours et sa seule présence réveillent les sympathisants socialistes qui s'inscrivent en masse pour voter. Strauss-Kahn devait incarner la rupture avec l'archaïsme du PS ? C'est elle qui opère la plus éclatante des transgressions. Ses airs de madone souriante, sa beauté radieuse, les thèmes inhabituels qu'elle aborde, tout tranche. Les éléphants du parti ont souvent tenu les sujets de société pour secondaires. L'éducation, la jeunesse, l'environnement ne sont rien, à leurs yeux, à côté des enjeux économiques et des relations internationales. Mais elle a perçu le besoin d'ordre et d'autorité des catégories populaires.

DSK ne sait plus comment la contrer. Il l'attaque sur la croissance, la finance, les équilibres budgétaires. Elle répond école, famille, « ordre juste ». Un jour qu'ils doivent débattre ensemble, il laisse échapper ce mot aussitôt rapporté par la presse : *« Elle aurait mieux fait de rester chez elle à lire des fiches cuisine. »* Cette fois, son mépris est public.

À ses anciens confrères des médias, Anne réclame chaque jour : *« Mais pourquoi ne nous aidez-vous pas à faire éclater la supercherie ? »*

Le jour de la primaire socialiste, le score est sans appel. Royal obtient 60,7 % des suffrages dès le premier tour. Strauss-Kahn est arrivé deuxième, un peu devant Fabius, mais l'écart est si large qu'il est humiliant : il n'a réuni sur son nom que 20,7 % des voix. Ce 26 novembre 2006 où elle est sacrée candidate, elle n'a pas un geste de réconciliation à l'égard de ceux qui l'ont humiliée. *« En choisissant une femme, vous avez accompli un geste révolutionnaire ! »* Assis dans leurs fauteuils, salle de la Mutualité, Dominique Strauss-Kahn et son épouse l'écoutent convoquer sous les applaudissements les figures des plus grandes féministes, Olympe de Gouges, Louise Michel, Rosa Luxemburg, Marie Curie, les 343 « salopes » du Manifeste en faveur de l'avortement qui avaient fait scandale en 1971, et les militantes de Ni putes ni soumises qui se battent en banlieue. Sa première loi, en cas de victoire à l'Élysée, sera consacrée, prévient-elle, *« aux violences faites aux femmes »*. À la sortie de la Mutualité, Jean-Marie Le Guen glisse à ses camarades : *« On va en baver »*…

Il ne croit pas si bien dire. Autour de Ségolène, on a beau répéter que *« sur l'économie, c'est le meilleur »*, elle a décidé de maintenir Dominique à l'écart. Ce ne sont pas seulement *« les fiches cuisine »* qu'elle n'a pas oubliées. Elle se méfie de *« ces types »* qui, autour de « Strauss », *« naviguent entre pub et milieu d'affaires, sans scrupule et capables de tous les mauvais coups »*. Lors d'un des débats de la campagne interne, Julien Dray, qui la soutient, a failli en venir aux mains avec Ramzi Khiroun et Jean-Christophe Cambadélis. En bon lambertiste, ce dernier avait en effet posté des supporters strauss-kahniens dans la salle : dès que la reine des sondages a ouvert la bouche, ils se sont mis à siffler pour couvrir sa voix.

« Pourquoi le prendrais-je comme numéro 2, alors qu'il se pense beaucoup plus intelligent que moi et qu'il voulait la première place ? », demande donc Ségolène quand on lui conseille, avant le premier tour de la présidentielle, d'annoncer un « ticket » avec DSK pour rassurer les électeurs qui le veulent à Matignon. Puisqu'elle ne veut pas de lui, son rival se retire de la campagne. Et se contente de glisser, l'air de rien, à quelques oreilles informées ou influentes, après que le premier secrétaire du parti a annoncé des mesures fiscales sans en avoir informé la candidate : *« Dites-moi, ils vivent toujours ensemble ? »*

C'est une torture de voir cette campagne se dérouler sans lui. *« C'est bien, vous allez être plus disponible pour enseigner ! »*, ont lancé à DSK d'anciens étudiants, croyant le consoler. Cela lui a percé le cœur. Une autre humiliation s'y est ajoutée, plus grande encore. Depuis quelques mois, il entretient une liaison avec une femme d'une infinie séduction, à la fois belle et intelligente : l'écrivain Yasmina Reza. Il en est assez fier et, fait rare, l'a laissé comprendre à quelques-uns de ses lieutenants qui, pendant un moment, ont cru qu'il plaisantait. Fine, charmante et aventureuse, l'auteur à succès triomphe aux États-Unis avec mille pièces de théâtre. Mais elle n'a jamais croqué la politique et a eu l'idée de faire d'un candidat en campagne le sujet de l'un de ses nouveaux romans.

Un dîner a suffi à la persuader que DSK est un sujet impossible : elle est tombée amoureuse de lui. Dans son livre, *L'aube le soir ou la nuit*, il ne deviendra donc qu'une ombre subliminale, un G. qui fait référence au deuxième prénom de Dominique : Gaston. *« G.*, écrit-elle, *tient son rang d'important »* de ville en ville, de congrès en réunion, *« pour échapper à la torpeur du banal ». « Occuper sa vie, dans la bouche de G., signifie se tenir hors de soi. Peut-on l'imaginer assis, seul, en attente là où rien ne bouge ? »* C'est à ce G. subtilement croqué que Yasmina Reza, joueuse, décide de dédicacer le livre qu'elle écrira sur un candidat moins dangereux pour elle : Nicolas Sarkozy.

Sans doute fallait-il une romancière pour saisir les dilemmes de DSK, ses contradictions, sa double personnalité. *« Il est blessé, mais il s'amuse aussi,* écrit-elle. *Je lui dis : que veux-tu faire à présent de ta vie ? Il répond : c'est la question. Car G. désire, aime, et n'est pas sûr de vouloir. »* À l'automne 2007, lorsqu'elle publiera son livre, seuls les initiés du Paris germanopratin, guidés par quelques échos de magazines et par un article du *Sunday Times*, assureront que Strauss-Kahn est bien ce G. qui *« prend des coups »*.

Un autre homme, aussi, a compris. Le nouveau président de la République. Juste après son élection, Nicolas Sarkozy a passé un bref coup de téléphone à celle avec laquelle il avait dansé à Montpellier, un soir de campagne, sur un air d'Enrico Macias. *« Tu as passé un an avec moi en pensant à un autre… »*

11

Sarkozy

Que faire ? S'en aller loin, à l'étranger, ou créer à Paris une fondation internationale ? Depuis son échec aux primaires, et encore davantage depuis la *« très grave défaite »* – ce sont ses mots – de Ségolène Royal, Dominique Strauss-Kahn cherche à trouver un rôle à sa mesure. Il n'imagine pas attendre cinq longues années la nouvelle chance de la gauche. Il a refusé de revenir à la direction du PS, dont il a toujours détesté les bureaux et les réunions à rallonge. Il ne se voit pas davantage passer cinq sessions parlementaires sur les bancs de l'Assemblée, un quinquennat entier entre Paris et Sarcelles. Ce programme est trop ennuyeux et étriqué pour lui. Il a soif d'air, d'action, de voyages, de pouvoir.

Ses fidèles ont tout autant besoin qu'il donne un nouvel élan à sa carrière. Comment peser encore, si leur chef de file n'est plus rien ? Lorsqu'il a évoqué devant eux l'hypothèse de diriger une grande organisation internationale, ils ont aussitôt approuvé cette idée. Et depuis, Euro RSCG traque avec méthode les postes à pourvoir dans le monde.

Stéphane Fouks et ses communicants en ont signalé un premier : la direction de l'OMC, l'Organisation mondiale du commerce. Mais il faut attendre 2009 pour que s'achève le mandat de Pascal Lamy à la tête de l'institution. Exactement la même échéance que pour la direction générale du FMI, que lorgne aussi depuis un bon moment Dominique. Celui-ci a aussi réfléchi, avec quelques politiques dont le Premier ministre luxembourgeois, Jean-Claude Juncker, à créer une fondation. Juncker n'a pas oublié les efforts déployés par son complice pour animer l'Eurogroup, ce collège de ministres de l'Économie, lorsqu'il était à Bercy. Il n'ignore pas non plus ses doutes depuis sa cuisante défaite sous le sourire de Ségolène. Il est tout prêt à aider son ami.

C'est lui qui téléphone, le 29 juin 2007, à Dominique. La veille, le directeur général du FMI, l'Espagnol Ignacio Rato, a annoncé sa démission prochaine. *« Pour raisons personnelles »*, a précisé son communiqué. Pour *« raisons sentimentales »*, raconte en fait Juncker. Rato a quitté son épouse et sa nouvelle compagne n'a pu obtenir de permis de travail aux États-Unis. Il a préféré anticiper la fin de son mandat pour la rejoindre. *« L'amour, Dominique, l'amour ! »*, rit déjà Juncker avant de se lancer : *« C'est le moment. Si Sarkozy te soutient, tu peux obtenir l'aval de l'Europe. J'y veillerai personnellement. »* Diriger l'institution de régulation qui veille à la stabilité financière de ses cent quatre-vingt-huit États membres, voilà un job qui lui convient bien.

Le lendemain, Stéphane Fouks l'a convié en

Crimée, sur les bords de la mer Noire. Là, se déroule l'édition 2007 du Yalta European Strategy, le fameux think tank financé par l'oligarque Viktor Pintchouk, ce client d'Euro RSCG sur lequel veille Ramzi Khiroun. Il a fallu passer par Kiev. Le président ukrainien Viktor Iouchtchenko y a offert un de ces grands dîners où l'on siffle des verres de vodka à chaque cuillerée de caviar en se gaussant discrètement du maître de la Russie, Vladimir Poutine. L'ex-président américain Bill Clinton a fait sensation en devisant avec l'ancien chancelier allemand Gerhard Schröder, le secrétaire d'État aux Affaires européennes portugais, Mário David, l'ambassadeur de Russie en Ukraine, Viktor Tchernomyrdine, et le milliardaire Pintchouk. Mais maintenant que Clinton est reparti, chacun profite des plages de Crimée en discutant des affaires du monde.

DSK n'est pas perdu au milieu de ces anciens chefs d'État passés dans les affaires et de ces businessmen qui pèsent sur la politique de leurs pays. Il connaît parfaitement la situation économique de leurs États respectifs. Lorsqu'ils dressent la *short list* des meilleurs hôtels de la planète – Seychelles, Afrique du Sud, Brésil… –, il a le sentiment réconfortant d'appartenir à cette internationale des puissants qui partagent, d'un bout à l'autre du globe, plaisirs et lieux de villégiature. Le député UMP Pierre Lellouche, qui fait partie des invités, l'observe, médusé : il n'avait jamais imaginé Dominique *« si riche »*.

DSK et Lellouche ont dépassé depuis bien longtemps la rivalité qui les a opposés, dans les années 90, à Sarcelles. La victoire de la droite n'a pas offert à Lellouche le ministère espéré. Pire, le nouveau Président a confié à Bernard Kouchner – *« un type de ton camp ! »*, s'exaspère-t-il – ce portefeuille dont il rêvait, le Quai d'Orsay. Devant la mer Noire, les voilà qui devisent – Yalta oblige – de ce partage du pouvoir dont ils n'ont ni l'un ni l'autre leur part. Du moins Lellouche le croit-il. Car Dominique n'a bien sûr pas dit un mot du FMI, et l'élu UMP croit partager avec le socialiste cette solidarité des vaincus qui, en politique, lie souvent les adversaires les plus acharnés. *« Avec cette satanée ouverture,* lâche-t-il*, tu verras que Sarkozy va t'appeler toi aussi. »* DSK cille à peine : *« Tu plaisantes, Pierre… »*

Quelques jours plus tard, le Premier ministre luxembourgeois lui livre les résultats du petit sondage qu'il a effectué auprès des dirigeants européens pour tester la candidature du Français. La chancelière allemande Angela Merkel, l'Italien Romano Prodi, l'Espagnol José Luis Zapatero sont favorables à DSK. Seuls les Anglais font la moue. L'affaire semble très bien engagée, et l'ancien ministre de l'Économie commence à y croire. Reste à réclamer son parrainage à Nicolas Sarkozy, sans lequel rien n'est possible.

« Je ne veux pas l'appeler », s'arc-boute pourtant Dominique Strauss-Kahn, dans un étonnant mélange de prudence, de fierté et de caprice d'enfant. Qu'à cela ne tienne : Juncker joindra lui-même le président de la République. Le candidat malheureux des primaires socialistes, lui, préfère charger son ami Alain Minc de sonder le cœur du

locataire de l'Élysée. *« Alain, tu ne devineras jamais ! Juncker me suggère de me présenter pour le FMI. Tu en dis quoi ? Tu crois que Nicolas me soutiendra ? »*

Minc, l'ami des Strauss-Kahn, celui de toutes leurs fêtes de mariage et d'anniversaire, est devenu un visiteur du soir écouté de Nicolas Sarkozy, dont il a soutenu la candidature. Le conseiller financier adore ces missions qui le valorisent et témoignent qu'il compte des amis sur les deux rives. Il appelle donc le nouveau Président. *« On fonce ! »*, répond Sarkozy. Alain Minc, qui a choisi son camp, a osé tout de même une question : *« Attends, tu ne risques pas de le remettre en selle ? »* Le chef de l'État n'a eu qu'une réponse énigmatique pour son conseiller : *« Tu sais très bien que Dominique ne* PEUT *pas être Président… »*

Nicolas Sarkozy reçoit donc « Dominique » dès la semaine suivante, dans la plus grande discrétion à l'Élysée. Il fait chaud. Le Président, d'humeur charmante, a tombé la veste. Il vient d'être sacré roi et goûte les délices de ce pouvoir absolu, ou presque, que propose la Ve République. Il lui explique, grand prince, que pour son *road-show* planétaire, l'État français mettra à sa disposition tous les moyens nécessaires. Le Président prend aussi son téléphone pour appeler Gordon Brown et lever les réticences britanniques.

Envoyer un Français au FMI est un bon moyen d'affirmer, en Europe et dans le monde, le pouvoir de la France, et par conséquent celui que son nouveau Président vient d'acquérir. Le chef de l'État savoure aussi la nouvelle position qui le fait arbitre des destinées professionnelles de l'ancien ministre socialiste. Cet impromptu colle au mieux à sa politique d'ouverture : après avoir débauché le *French doctor* Bernard Kouchner, la militante des banlieues Fadela Amara, et même Jean-Pierre Jouyet, le meilleur ami de François Hollande, il s'autoproclame *« meilleur DRH »* de la gauche. Lorsque, officiellement cette fois, il reçoit Dominique Strauss-Kahn en grande pompe à l'Élysée, il ne boude pas son plaisir. À l'entendre, c'est lui qui a choisi de nommer au FMI ce *« brillant économiste »*, cet homme qui jongle avec une demi-douzaine de langues, quand lui baragouine l'anglais. Et cela ne lui déplaît pas que l'autre lui soit redevable.

Nicolas Sarkozy a toujours trouvé DSK un peu *« arrogant »*, un peu trop *« professeur »*. Il n'a pas oublié cette phrase que, lors d'un des rares débats télévisés qui les a opposés, l'ancien universitaire lui avait lancée avec condescendance : *« Si vous aviez été mon élève, vous n'auriez pas fait cette erreur... »* Aujourd'hui, il goûte la satisfaction de le raccompagner sur le perron de l'Élysée et de poser une main protectrice sur son épaule, devant les caméras : *« C'est bien pour la France que tu ailles là-bas. »* Devant la presse, il dresse l'éloge du candidat : *« Lui et moi avons la même vision du fonctionnement du FMI. Je sais que c'est un poste très convoité. Il faut avoir une forte crédibilité, une expérience incontestable, être polyglotte. Dominique Strauss-Kahn a ces qualités. »*

Envoyer DSK à Washington, quel coup de génie politique ! Voilà ce qu'on vend aux cadres et aux militants de l'UMP que son ouverture à gauche commence à faire sérieusement grincer des dents. Le mandat des directeurs de cette institution financière dure en effet cinq ans. Il prendra fin en octobre 2012, soit six mois après le prochain rendez-vous présidentiel. Quel bon moyen de priver Dominique Strauss-Kahn d'une éventuelle candidature ! Chez les éditorialistes aussi, cette donnée tactique n'est pas passée inaperçue : quel grand stratège que ce président Sarkozy...

Et si l'histoire n'était pas celle-là ? Si la nomination de DSK au FMI n'était pas ce « coup » politicien que la presse se fait fort de décrypter ? *« Tu sais très bien qu'il ne* PEUT *pas être candidat... »* Voilà longtemps que Nicolas Sarkozy est persuadé que Dominique Strauss-Kahn ne concourra pas à l'élection présidentielle. Plus exactement, il n'envisage pas que l'ancien ministre de l'Économie commettra la folie de se lancer dans la course, qu'il aura l'imprudence, l'inconscience d'être candidat. Si avenant implicite il y a au contrat passé entre les deux hommes, en cet été 2007, c'est celui-là.

Car Nicolas connaît trop Dominique. Il y a près de quinze ans, en 1993, il a dîné avec lui pour la première fois. La gauche avait perdu les législatives, Edouard Balladur cohabitait à Matignon avec François Mitterrand à l'Élysée, et Nicolas Sarkozy, trente-huit ans, venait d'être nommé ministre du

Budget. C'est Anne Sinclair qui, autour d'une table du Fouquet's, la célèbre brasserie parisienne, a fait les présentations. La journaliste a déjà repéré depuis quelques années ce jeune loup du RPR. Son énergie, son talent d'ancien avocat l'ont frappée. N'était-il pas déjà présent lors de ce *Questions à domicile* où Anne et Dominique se sont rencontrés, par écran interposé ? Depuis, elle a invité le brillant politique dans une de ses émissions. Mais en cette fin d'année 1993, c'est dans *7 sur 7* qu'elle le sacre.

Nicolas Sarkozy vit désormais avec Cécilia, sa nouvelle compagne qui se fait déjà appeler Sarkozy sans qu'ils soient encore mariés. Elle est grande, ses yeux verts et ses pommettes saillantes lui donnent un air slave. Sarkozy paraît ne plus pouvoir se passer de ses conseils, de son regard. Au Fouquet's, Anne apparaît avec Dominique, qui vient de se lancer dans sa nouvelle activité d'avocat d'affaires, le métier qu'exerçait Nicolas Sarkozy avant de rejoindre Bercy. À la tête de son Cercle de l'industrie, le nouveau dirigeant de DSK Consultants cherche à étendre son influence et son portefeuille de clients. Il a tout intérêt à rencontrer le ministre du Budget.

Comme la gauche chic et parisienne de l'époque, l'intervieweuse de *7 sur 7* ne cache pas, de son côté, son intérêt pour ces balladuriens frondeurs qui portent le fer contre Jacques Chirac, qu'elle n'a jamais aimé. Nicolas Sarkozy, dont la compagne se pique, comme elle – plus modestement tout de même –, de connaître la politique et les médias, lui semble vif, intelligent, moderne. Sur les banquettes de velours de la brasserie des Champs-Élysées, les deux hommes se sont tutoyés. C'est une tradition, entre anciens députés habitués des nuits de débats au Palais-Bourbon, où Dominique Strauss-Kahn a présidé la commission des Finances. C'est une facilité entre hommes de la même génération. C'est leur genre, aussi, à tous les deux.

Les destinées de Nicolas et Dominique, deux enfants de l'après-guerre, ne sont pas si éloignées. Avec chacun une ancêtre tsigane dans leur arbre généalogique, ils se plaisent tous deux à dire qu'ils sont des hommes de « sang mêlé ». Aucun, surtout, n'a suivi le parcours classique de l'élite politique française, de ces familles de hauts fonctionnaires qui, de père en fils, sortent de l'ENA en espérant voir leurs enfants y entrer. De quoi faire naître une complicité de plus entre les deux hommes, que vient encore renforcer une proximité géographique : celle de l'Ouest parisien.

Avenue du Maréchal-Maunoury, chez les Sinclair, ou chez les Sarkozy, juste de l'autre côté de la Seine, les couples se lancent des invitations. *« Plus souvent chez moi »,* plaisante Nicolas Sarkozy. Ils se croisent ailleurs, chez Jacques Attali, qui a élu domicile dans un triplex, juste en face de la mairie de Neuilly, ou encore chez François Pinault. Quand Alain Minc et sa femme dînent également autour de la table, le conseiller du Tout-Paris soupire souvent, moqueur : *« En vous entendant, on se demande vraiment qui est le maire de Sarcelles et qui est le maire de Neuilly ! »*

Depuis le repas au Fouquet's, les années ont passé. Les nombreux amis communs des Strauss-Kahn et des Sarkozy observent, curieux, la double ascension, quoique à des rythmes et des moments différents, de ces hommes couvés par leurs épouses. Quand l'un entre à l'Assemblée ou au gouvernement, l'autre en part. Quand l'un traverse le désert, l'autre monte au zénith, et inversement. Ils partagent ces solidarités qui, en politique, dépassent les clivages. DSK n'oublie pas que, lorsqu'il dut quitter précipitamment Bercy, empêtré dans l'histoire de la Mnef, le maire de Neuilly, de six ans son cadet, avait été de ceux qui ont pris leur plume pour regretter son départ et lui souhaiter un prompt retour.

Quelque temps après la défaite d'Edouard Balladur dans la terrible bataille qui l'a opposé à Jacques Chirac, en 1995, et qui a valu à Nicolas Sarkozy l'image prégnante de « traître », c'est Anne Sinclair, en retour, qui compatit. Il théorise *« intelligemment l'exercice du pouvoir et le message politique »*, a-t-elle écrit dans l'un de ses livres. Cet homme *« trop jeune, trop talentueux, trop gâté par la vie »*, ce *« mal-aimé »* de la classe politique, *« pourquoi tant d'acharnement »* contre lui, *« tant de haine parfois ? »*, s'étonne-t-elle. Entre les lignes, difficile pour le lecteur de ne pas penser qu'elle songe à l'acharnement judiciaire dont a été victime, à ses yeux, son propre mari.

Par-delà les petites trahisons et les courtisaneries, leurs mondes sont restés mêlés – amitiés et relations entrecroisées. En 2007, Bernard-Henri Lévy, l'ami d'Anne et le compagnon de ski de Nicolas Sarkozy, s'est rallié à Ségolène Royal après sa victoire aux primaires. Faute de mieux, a-t-il expliqué à son ami Dominique. Simone Veil, elle aussi proche de la journaliste, a au contraire choisi de soutenir le candidat de l'UMP. Sa protégée, Rachida Dati, à laquelle elle a offert sa robe d'avocate, s'est liée en revanche avec Henri Proglio, l'un des rares complices de DSK. C'est lui qui les a présentés. Lorsque Dominique a croisé la jeune femme pour la première fois, il a aussitôt téléphoné au patron de Veolia : *« J'ai rencontré une fille, elle est pour toi. »* Rachida, depuis, est devenue la porte-parole de campagne, puis l'une des ministres vedettes de Nicolas Sarkozy. Parfois, sur leurs serviettes de plage qu'ils collent côte à côte sur le sable doré de Porto-Vecchio, Ramzi Khiroun, l'âme damnée de « Strauss », et Franck Louvrier, chargé de la communication de l'Élysée, en rigolent ensemble : *« C'est fou comme ils se ressemblent ! »*

Nicolas Sarkozy sait depuis longtemps que Dominique est un séducteur. Lui-même ne dédaigne pas les tentations qu'offre le pouvoir. Mais il est étonné de ses manières expéditives, de cette façon qu'il a de ne prendre aucun détour pour s'attacher les faveurs d'une femme tout juste rencontrée. Une chose l'intrigue encore davantage : son imprudence, voire son étrange goût du risque. Il l'a compris d'emblée : lorsqu'il s'agit de femmes, même la politique n'a plus d'importance pour Dominique.

Il se souvient encore de ce premier débat télévisé qui les a opposés à quelques mois de la présidentielle de 1995. Derrière Nicolas Sarkozy, la jeune attachée de presse blonde du maire de Neuilly s'était assise, juste dans le champ de vision de DSK. Pendant toute la durée de leurs échanges, Strauss-Kahn a répondu à Sarkozy en la fixant dans les yeux. Les mois suivants, alors qu'elle travaillait pour la campagne d'Edouard Balladur, la jeune fille a reçu des dizaines de textos insistants. Au siège de la campagne, la garde rapprochée de Sarkozy entend encore les rires qui s'échangeaient à chacun de ces SMS compulsifs.

Autant dire qu'il le connaît, ce Français qu'il envoie à Washington ! Et mieux encore depuis qu'il est passé par le ministère de l'Intérieur où il a pris l'habitude de marcher comme un flic, épaules rentrées, mâchoires fermées, de parler, de rire et d'applaudir aux mêmes blagues salaces que les policiers. Quel meilleur endroit que la place Beauvau pour se lancer dans une course électorale ? De ses adversaires, en effet, on voit tout, on sait tout. Pas un rapport qui reste dans l'ombre, pas une note blanche ou bleue qui vous échappe.

Au cabinet de Sarkozy, on sait donc que, lorsqu'il se rend aux Chandelles, un club libertin au centre de Paris, DSK abandonne sa voiture à quelques mètres, au rond-point, plutôt que de se garer dans la rue Thérèse, trop étroite. Qu'il ne se cache pas pour se rendre à L'Overside, cet autre club échangiste de la rue du Cherche-Midi. On connaît aussi des affaires plus ennuyeuses, survenues au bois de Boulogne au cœur du XVIe arrondissement, dans les circonscriptions tenues par deux élus UMP, Pierre-Christian Taittinger et Bernard Debré.

Mais voilà qu'à l'hiver 2006-2007, c'est un deuxième incident, plus grave, qui est remonté jusqu'à la place Beauvau. Un policier est tombé, dans la nuit, sur plusieurs voitures arrêtées, non pas au bord mais au milieu de la chaussée, dans une des allées du Bois. Si on en croit la buée qui voile les vitres, les occupants sont nombreux. Le policier tape à la fenêtre de l'une des voitures, une portière s'ouvre. Parmi les occupants, Dominique Strauss-Kahn. Y a-t-il eu une note écrite détruite plus tard à la broyeuse ? Un simple récit a-t-il suffi ? Une chose est sûre : lorsque Alain Gardère, qui dirige alors la police urbaine de proximité, retrace le récit du policier devant le ministre Nicolas Sarkozy et son directeur de cabinet Claude Guéant, Sarkozy rit à gorge déployée, sans pouvoir s'arrêter. Que sait l'intéressé de ce compte rendu ?

Un seul journaliste, Jean Quatremer, a osé écrire sur le sujet tabou. Et encore, il est très loin de la réalité. Le correspondant de *Libération* à Bruxelles a choisi de mettre les pieds dans le plat sur son blog, sans qu'il soit repris dans les colonnes du quotidien. En juillet, il note ainsi que DSK, *« dont tous les médias connaissent le goût pour une sexualité débridée, risque des ennuis dans un pays qui ne plaisante pas avec la morale en général, et le harcèlement sexuel en particulier »*. Il précise : *« Le seul vrai problème de Dominique Strauss-Kahn est son rapport aux femmes. Trop pressant, il frôle souvent le harcèlement. Un travers connu des médias, mais dont personne ne parle (on est en France).*

Or le FMI est une institution internationale où les mœurs sont anglo-saxonnes. Un geste déplacé, une allusion trop précise, et c'est la curée médiatique. Après Jacques Attali et ses goûts somptuaires qui lui ont coûté la présidence de la Berd, la France ne peut se permettre un nouveau scandale. » Cela n'empêche rien : le 28 septembre 2007, Dominique Strauss-Kahn est élu triomphalement à la tête du FMI, et pense depuis longtemps à autre chose. Une nouvelle vie s'ouvre à lui, une vie comme il les aime, pleine de voyages, d'hôtels et d'avions. Le Président salue *« une grande victoire de la diplomatie française »* et se félicite de promouvoir des hommes *« sans tenir compte de leur passé politique, mais de leurs qualités ».* Pour lui, Dominique a tourné, à cinquante-huit ans, la page de la politique française et choisi de vivre loin de ses miasmes, à la tête d'une institution qui n'a jamais eu l'habitude de faire parler d'elle.

Avant de s'envoler pour Washington, Dominique Strauss-Kahn a encore mille personnes à voir, mille avis à prendre, mille conseils à réclamer. Mais la vraie réunion préparatoire, c'est celle qui se tient chez Stéphane Fouks avec ses communicants. Le patron d'Euro RSCG a convié pour l'occasion son grand ami le criminologue Alain Bauer. Celui qui, trente ans plus tôt, jurait avec Fouks et Manuel Valls qu'ils allaient tous trois conquérir le pouvoir et l'appareil d'État. Depuis que le député UMP et ancien magistrat Alain Marsaud l'a recommandé, Bauer a séduit Nicolas Sarkozy et le conseille très régulièrement.

Bauer est un grand connaisseur des États-Unis et

de ses institutions. Politique, lobbying, communication, il passe tout au peigne fin devant DSK et son équipe. Le spécialiste pense sa mission terminée et tente de s'éclipser discrètement du petit cercle, quand DSK se lève pour le raccompagner. *« Tu n'as rien d'autre à ajouter ? »*, glisse le nouveau patron du FMI en le remerciant. *« Non, enfin si,* répond Bauer crûment. *Fais attention à ta braguette. »* Au regard amusé qui se baisse, s'aperçoit que rien ne cloche, puis se relève furieux et le transperce, le criminologue a compris que personne, même à Euro RSCG, n'a jugé bon d'aborder ce délicat sujet avant l'envol américain.

Si Stéphane Fouks, Ramzi Khiroun, Gilles Finchelstein et Anne Hommel n'osent évoquer le danger qui le menace, qui le pourra ? Qui saura quitter ses habits de courtisan pour mettre en garde l'imprudent socialiste et risquer, à cause d'un mot, de disparaître du club privilégié des intimes et ne devenir qu'une ombre pour le « patron » ? Dominique ne se fâche jamais mais sait évincer. À l'heure des adieux, seul Nicolas Sarkozy se risque finalement à aborder le sujet tabou qu'évitent si soigneusement conseillers et amis politiques du Parti socialiste. D'homme à homme, de chef à chef, en cet été 2007, il se lance.

Le Président n'aborde évidemment pas « l'affaire » secrète qui l'avait tant fait rire quelques mois plus tôt. Alors que la nomination de DSK semblait bien engagée, Nicolas Sarkozy a d'ailleurs renouvelé ses consignes de silence à Guéant, Gardère et au nouveau préfet de police de Paris, Michel Gaudin : *« Il va sans doute avoir le FMI. On garde ça pour nous, hein ?* » Loin d'accabler le socialiste, il choisit de protéger sa réputation.

Face à l'impétrant, il préfère taire le passé et se tourner vers l'avenir. « *Dominique, toi et moi, on ne nous aime pas. On est pareils… On est des métèques, on aime le fric et les femmes,* flatte le chef de l'État, complice. *Les métèques et le fric, aux États-Unis, ce n'est pas un problème. Mais les femmes, ce n'est pas pareil. Je te préviens : fais attention avec les femmes. Tu connais les Américains, ils ne plaisantent pas.* » Sur le pas de la porte, il insiste une dernière fois : « *N'oublie pas ce que je t'ai dit, hein, Dominique. N'oublie pas*[1]. »

1. D'après Michel Taubmann, dans *Affaires DSK, la contre-enquête*, Éditions du Moment, 2011.

12

Washington

Leurs premières semaines américaines, fin 2007, les Strauss-Kahn les passent au Sofitel de Washington. À l'angle de H Street et de la 15e Rue, l'hôtel, qui donne sur Lafayette Square, à deux pas de la Maison Blanche et du FMI, allie luxe international et esprit bistrot bien français. À Paris, au Maghreb, en Afrique, DSK s'est attaché à fréquenter des palaces appartenant à des sociétés hexagonales dont il connaît les patrons. Au sein du groupe Accor, qui détient les Sofitel, l'ancien ministre de l'Économie connaît chaque membre ou presque du conseil d'administration.

Anne, elle, est bien décidée à ne pas rester trop longtemps dans cette suite confortable mais un zeste impersonnelle. Au début de l'été, l'idée de quitter famille et amis pour vivre de l'autre côté de l'Atlantique lui avait donné une sorte de vertige. Elle aurait voulu profiter davantage de leur vie parisienne et de ce nouvel appartement qu'ils viennent d'acquérir ensemble, via une SCI, place des Vosges, au cœur de Paris. Mais puisque Dominique a été nommé directeur général du FMI – *« autant dire maître du monde »*, rit-il –, elle entend construire pour lui, pour elle, un cocon rassurant.

Elle a visité une vingtaine de maisons dans tous les quartiers huppés de Washington, jusqu'à son coup de cœur pour celle que lui a recommandée Christel Petermann, une professeur de français qui s'est improvisée pour l'occasion agent immobilier. C'est une belle demeure en briques rouges, au 2613 Dumberton Street, une petite impasse au cœur de Georgetown. Anne l'a payée en totalité, 4 millions de dollars, cash, malgré les travaux qui restent à faire. Derrière la clôture de bois et les bambous, on pourra profiter du jardin, de la jolie terrasse et de la piscine qu'elle a aussitôt prévu de faire creuser. À l'intérieur, sur deux étages, elle a fait décorer les trois chambres et leurs salles de bains, le vaste salon aux deux cheminées. Sur les murs, Anne a fait accrocher un tableau de Rothko et un grand Picasso, *« des copies »*, assure-t-elle à ceux qui croient voir un bout de la collection héritée de son grand-père collectionneur Paul Rosenberg. Derrière l'œuvre du cubiste, se cache l'écran plat géant d'un téléviseur.

Lorsqu'il a fallu mener campagne pour le FMI, Anne Sinclair a déjà mis sa fortune à la disposition de l'ambition de son mari. Il est d'usage que l'État français assume le coût de la campagne de son candidat, ainsi que la mise à disposition d'un fonctionnaire de Bercy chargé de l'assister. Mais DSK a aussi voulu s'attacher les services d'un cabinet américain de relations publiques, TD International, dont il a rencontré la représentante française, Camille Servan-Schreiber, à Yalta, lors d'une de ces conférences peuplées d'oligarques dont l'ancien ministre est un habitué. Responsable « des jeunes et de l'Europe » à l'UMP, la jeune femme a été liée à la famille Servan-Schreiber, dont elle a gardé le nom. Autant dire, par-delà l'entrelacs des engagements politiques, une relation amicale. TD International a déployé un lobbying intense pour asseoir la réputation d'économiste de Strauss-Kahn auprès des ambassades étrangères installées à Washington, mais aussi auprès des patrons des grands journaux anglo-saxons : toutes les polémiques dans lesquelles la presse aurait pu s'engouffrer ont été désamorcées. À Washington, DSK débarque presque sans passé.

Pour rassurer ses amis, il a pris soin de laisser entendre qu'il n'a pas renoncé à ses ambitions politiques hexagonales. En octobre, lorsqu'il a fait ses adieux à Sarcelles, il a laissé planer une ambiguïté de bon aloi. Dans la salle André-Malraux où étaient réunis tous ceux qui l'avaient porté à la tête de cette ancienne cité-dortoir, il a glissé dans un sourire : *« Je m'éloigne juste un peu, le temps de me faire désirer. »* Devant les tristes mines et les quelques larmes qui coulaient sur des joues militantes, il a détendu l'atmosphère : *« Ce n'est pas comme si je partais sur la lune, il ne faut pas exagérer ! »*

Depuis qu'il a traversé l'Atlantique, depuis, surtout, qu'il est à nouveau respecté et courtisé, Dominique a le sentiment d'avoir retrouvé la magie et l'enthousiasme galvanisant de Bercy. L'économie mondiale est son élément. Il y excelle et, franchement, lorsqu'il détaille le bilan de ses prédécesseurs, lorsqu'il discute avec les ministres qui, chaque jour, viennent plaider la cause de leurs États pour obtenir un nouveau prêt pour leur pays, il a l'impression qu'il ne vole pas sa légitimité. Il l'a d'ailleurs affirmé dès la fin de sa campagne auprès des pays membres : *« Le prochain directeur du FMI doit être choisi sur la base de ses mérites propres, et non pas uniquement sur la base de sa nationalité. »* Comment mieux dire qu'il est là d'abord pour ses qualités intrinsèques ?

En arrivant à Washington, il a tout de suite pris la mesure du défi à relever. Le FMI a une réputation de *« saigneur »* des pays pauvres. En Afrique, en Amérique du Sud, en Asie, ses représentants sont presque toujours associés aux politiques d'austérité, aux coupes budgétaires drastiques, à cette orthodoxie financière dont les plus démunis sont les premières victimes. Au Mali, où le taux de personnes vivant avec moins de 2 dollars quotidiens est l'un des plus élevés au monde, la privatisation du secteur cotonnier préconisée par le FMI a ainsi conduit à une chute de 20 % du prix du coton, dont vivent trois millions d'agriculteurs. La nomination d'un Parisien a d'ailleurs suscité les critiques de nombreuses ONG travaillant dans les pays pauvres : la France est déjà représentée par un administrateur en propre, alors que les vingt-quatre pays africains francophones sont obligés d'en partager un seul. Et il faut encore qu'un Français le dirige ?

Pour contrer les oppositions, DSK a trouvé une devise latine qu'il sert à tous ses interlocuteurs : *« Tertium datur »*, une troisième voie est possible. *« Le monde a changé en cinquante ans,* annonce-t-il dans l'un de ses premiers discours. *Des pays comme le Brésil, l'Inde ou l'Afrique du Sud ont besoin d'une considération supérieure. »* Chaque fois qu'il prend la parole, il martèle d'ailleurs le même discours : *« Le FMI ne peut plus se contenter d'être un gendarme. Le Fonds est là pour aider les pays et les peuples à bénéficier de la mondialisation, et pas à en souffrir. »* Ce changement de stratégie affirmé du FMI n'est pas uniquement philosophique, il est diplomatique. Seuls la Russie et trois pays d'Asie se sont opposés à son écrasante élection. S'il veut assurer sa tranquillité, il doit, outre celui de l'Europe, obtenir le soutien constant des pays d'Amérique latine et de l'Afrique du Sud.

En France, la petite équipe d'Euro RSCG a aussitôt relayé la bonne nouvelle : DSK est bien la nouvelle incarnation de cette gauche sociale et solidaire qui n'a pas encore trouvé, dans l'Hexagone, son héraut. Les communicants de l'agence n'ont d'ailleurs pas dételé. Quelques mois après son arrivée à Washington, Dominique Strauss-Kahn a fait signer entre le FMI et Euro RSCG un contrat en bonne et due forme. Désormais, Anne Hommel et Gilles Finchelstein peuvent très officiellement aller et venir entre la France et les États-Unis. La mission des lobbyistes français est double. À l'intérieur du FMI, DSK a dû engager une réforme drastique de réduction des effectifs : 15 % des emplois doivent être supprimés. Il ne faudrait pas que cette politique d'austérité ternisse sa belle image d'économiste et suscite, au sein du Fonds, des mouvements sociaux. Ses succès internationaux doivent en effet devenir le socle sur lequel bâtir la réussite de leur seconde mission, la présidentielle française.

Jamais DSK n'a été aussi occupé. Rarement, sans doute, il n'a été aussi heureux. À peine a-t-il pris ses fonctions que la crise des subprimes éclate aux États-Unis ; l'année suivante, c'est la crise financière qui gagne le monde entier. Chaque mois, le voilà donc qui sillonne le monde, rencontre le Président Lula au Brésil, Michelle Bachelet au Chili, les chefs d'État d'Afrique ou d'Asie. *« J'ai à peu près un chef d'État par jour au téléphone !*, sourit-il devant les journalistes français qui le questionnent. *Je dois être le seul, avec le secrétaire général de l'ONU, à être en situation d'en rencontrer autant. »*

Le *managing director*, le « MD », comme l'appellent protocolairement ses troupes de Washington, a réédité la méthode inaugurée au ministère de l'Économie dix ans plus tôt. Parallèlement à la réduction des effectifs du FMI, il a choisi de promouvoir dans les vingt-cinq départements du Fonds des profils hétérodoxes, et a recruté à l'étranger des experts de tous les pays : ici un ancien Premier ministre polonais, là un ex-ministre chilien... Son *personal assistant*, Ernesto Ramirez, est espagnol, le directeur du département Moyen-Orient, Masood Ahmed, pakistanais. Au poste de *chief economist* surtout, il a fait venir à ses côtés Olivier Blanchard, brillant diplômé du MIT, professeur à Harvard. Blanchard est un peu, à dix ans et six mille kilomètres de distance, son Villeroy de Galhau : gros bosseur, fin politique. *« Un des rares Français à être nobélisable »*, assure DSK qui apprécie aussi son anglais parfait.

« Nous avons très peu de matériaux théoriques sur cette crise », répète le directeur général du FMI. Blanchard est également un pédagogue de l'économie et l'un de ses plus remarquables théoriciens. Jusqu'à sa nomination, il faisait partie du cénacle des experts qui conseillaient Nicolas Sarkozy. Lionel Jospin, qui possède sur l'île de Ré une résidence secondaire à quelques maisons de celle de l'économiste, le tient, depuis, pour un quasi-traître. Pas Dominique. Les deux hommes partagent un même terreau néokeynésianiste, à quelques audaces près. Prudent, l'ancien ministre de l'Économie n'a pas ébruité en France les idées les plus hardies de son *chief economist* : la création d'un seul contrat de travail par fusion des contrats à durée déterminée et indéterminée, la réduction des indemnités de licenciement, mais aussi la taxation des entreprises qui licencient. *« Il faut en finir,* dit Olivier Blanchard, *avec une protection de l'emploi qui prive les jeunes de travail et met prématurément les plus anciens à la casse. Nous avons sacrifié nos enfants et nos parents. »*

À Washington, le couple Strauss-Kahn est vite très sollicité. La capitale américaine vit littéralement de et pour la politique. Chaque jour, dans les clubs, dans les dîners privés, se retrouvent des milliers de lobbyistes, *congressmen*, diplomates et membres d'organisations internationales. C'est une ville qui répond à une hiérarchie subtile reproduisant les cercles concentriques du pouvoir. Il existe ainsi quatre ou cinq associations internationales pour les conjoints des politiques en vue, des sortes de petits Rotary locaux où la femme de Colin Powell côtoie celle de l'ambassadeur suisse. Du fait de la position de son mari, Anne Sinclair a été conviée dans les plus huppés d'entre eux.

L'épouse du directeur du FMI n'est pas tout à fait à l'aise, pourtant, au milieu de ces Américains qui la trouvent *so chic* mais n'imaginent pas la star qu'elle a été. Peut-être s'ennuie-t-elle un peu, dans cette capitale politique qui a toujours gardé un petit côté provincial. Elle a eu tôt fait de connaître les rues agréables de Georgetown, ce charmant petit quartier où se succèdent des maisons de briques semblables à la sienne. La présidence de la Family Association, qui regroupe les conjoints du personnel du FMI, ne lui prend jamais qu'un à trois après-midi par an. Même si Daniela Frydman quitte parfois son ranch canadien pour la rejoindre, l'épouse de DSK se sent parfois un peu seule.

Les premiers mois, elle s'est lancée dans de vastes travaux de décoration et cet engouement forcené pour le choix des tapis et la gestion des fournisseurs a alerté ses amies parisiennes. *« Tu ne devrais pas abandonner complètement ton métier de journaliste »*, ont plaidé, chacune de leur côté, Rachel Kahn et Micheline Pelletier. Alors, Anne a ouvert un blog intitulé « Deux ou trois choses vues d'Amérique ». La campagne présidentielle bat son plein aux États-Unis et un jeune démocrate noir élu à Chicago est en passe de bouleverser la donne : Barack Obama. C'est une occasion inespérée, pour une fan de politique comme elle.

Bizarrement, pourtant, Anne n'a pas la curiosité de partir en reportage ou même en simple balade dans cette Amérique profonde qu'elle ignore. Ses récits sont le plus souvent un *digest* de la presse de la côte Est, celle que lit l'establishment qu'elle fréquente. Française expatriée, elle ne prend pas le risque de frotter ses certitudes au contact des Américains moyens. Parfois, son blog est d'un manichéisme presque enfantin. Mais lorsqu'elle évoque *« la belle Michelle Obama »* engagée à *« faire l'apologie du projet de réforme de son cher mari »*, certains, de l'autre côté de l'Atlantique, se disent qu'elle pense peut-être un peu à elle, demain.

Pourquoi Dominique vient-il toujours gâcher son rêve de réussite à deux ? Parce qu'il n'a pas changé une once de son comportement. Malgré les mises en garde de ses amis, malgré celles de Nicolas Sarkozy lui-même, il refuse de mettre entre parenthèses ses goûts et la liberté sexuelle qu'il juge si essentielle à son équilibre. Parfois, au cours de ses tournées africaines, il s'échappe sans gardes du corps dans les quartiers chauds d'une ville. Souvent, pendant ses tournées à l'étranger, il retrouve, le temps d'une escale, l'une de ses amies espagnoles installée à Rome, Carmen Llera. Elle est la veuve d'Alberto Moravia, l'écrivain qui, dans *Le Mépris*, *Le*

Conformiste ou *L'Amour conjugal*, a si magistralement décrit la société bourgeoise, puritaine ou fasciste de l'après-guerre. Carmen Llera a écrit un livre qui déroule le sort d'une femme en proie à un amour impossible. Le nom de son héros et le titre de son roman ? *Gaston*. Le deuxième prénom de Dominique Strauss-Kahn, qu'elle aime sans s'en cacher. Décidément, Gaston pour elle, G. pour Yasmina Reza, Dominique est un sujet inépuisable pour les romancières.

À peine installé dans les habitudes du FMI, DSK est redevenu imprudent. Tant que ses liaisons ont lieu hors du territoire américain et hors du cadre de l'institution monétaire, il peut encore maîtriser leurs conséquences. Mais six mois après son arrivée à la tête de l'organisation internationale, il a jeté son dévolu sur une économiste hongroise du Fonds. À quarante ans, Piroska Nagy est la troisième responsable du département Afrique de l'organisation internationale. Pendant des semaines, il l'a assaillie de SMS et de mails jusqu'à ce qu'elle lui cède, à la fin du mois de janvier 2008, lors de leur déplacement commun en Suisse, au forum économique mondial qui a lieu chaque année à Davos.

C'est bien dans sa façon : au forum, il a analysé de manière originale et remarquée la crise américaine qui, annonce-t-il parmi les premiers, *« aura une répercussion mondiale et doit être traitée au niveau mondial »*. Le FMI, propose-t-il, lancera une procédure de consultation afin de coordonner l'action mondiale contre la crise. Son initiative est saluée comme *« un moment historique »* par l'ancien secrétaire d'État au Trésor américain Larry Summers. Et le soir même, dans la très chic station de ski, il met tout en péril pour une brève liaison avec Mme Nagy…

Car le mari de la jeune femme, Mario Blejer, lui-même ancien économiste au FMI, a vite découvert des mails compromettants échangés entre le « MD » et son épouse. Il a aussitôt ébruité l'affaire et convaincu sa femme de profiter des indemnités offertes par le plan de réduction des effectifs pour quitter le FMI. Piroska Nagy a immédiatement été embauchée à la Berd, présidée par un Français, Jean Lemierre, un ancien de Bercy que Strauss-Kahn connaît bien. Mais le comité d'éthique du FMI a été saisi et a ouvert une enquête : DSK a-t-il usé de sa position hiérarchique pour obtenir les faveurs de la jeune femme, puis œuvré pour qu'elle perçoive des indemnités supérieures au montant légal ? Si l'abus de pouvoir du patron du FMI est démontré, c'en est terminé de sa carrière de manager international.

Dès le mois de février, lorsqu'il a su que le mari trompé avait alerté l'Égyptien Shakour Shaalan, doyen du FMI et responsable des questions éthiques, DSK a appelé Stéphane Fouks et son avocat Jean Veil. Maître Veil a aussitôt recommandé un avocat américain. Fouks, plus prosaïquement, a conseillé de « prévenir Anne ». Jamais, sans doute, Dominique ne lui aurait parlé de cette liaison sans ce scandale qui couve. Mais Fouks a anticipé. Pour le patron d'Euro RSCG, toutes les armes sont bonnes et la communication de crise ne s'embarrasse pas d'intrusions dans l'intimité. Si l'affaire éclate, il sera essentiel pour son ami et client de compter la journaliste à ses côtés. Autant lui laisser le temps de se mettre en colère, puis de pardonner...

Dominique Strauss-Kahn, depuis, n'en finit pas d'adresser des signes d'apaisement à sa femme. Au mois de juillet, il a organisé en secret à Marrakech une somptueuse fête pour les soixante ans de son épouse. Tous les amis intimes du couple ont été confidentiellement conviés à venir de Paris. Dans l'avion pour le Maroc, Ivan et Catherine Levaï ont même croisé Nicolas Sarkozy et Carla Bruni qui, gentiment, a offert son dernier album de chansons. Désormais, ils attendent tous, en smoking et robes longues malgré la chaleur étouffante de l'été, qu'Anne rentre au riad pour déjeuner. Lorsqu'elle arrive, c'est un chœur de *« joyeux anniversaire ! »* qui l'accueille à l'unisson. Mais c'est le moment des toasts que Dominique a choisi pour sa déclaration d'amour à « *celle que j'aime plus que tout au monde, qui toujours me soutient et sans laquelle je ne serais rien* ». Anne Sinclair, émue et heureuse, s'est penchée vers son amie Micheline Pelletier : *« Dis donc, il se lâche... »* À Rachel Kahn, elle glisse, mystérieuse : *« Il a quelque chose à se faire pardonner... »*

Trois mois plus tard, les invités comprendront ce que recelait aussi cette ode. *« Sexual scandal at the IMF ! »* : le 18 octobre 2008, l'affaire Piroska Nagy s'étale en une du *Wall Street Journal*. Le matin même, Nicolas Sarkozy a pris l'avion pour Camp David, afin de convaincre le président George Bush de la nécessité d'un sommet sur la crise financière. C'est peu dire que la nouvelle, alors même qu'il compte sur le soutien du patron du FMI dans cette bataille, suscite chez lui une rage froide. N'avait-il pas pourtant *« prévenu Dominique »*, un an plus tôt, dans le secret de son bureau élyséen ? *« S'il ne tenait qu'à moi, je le laisserais couler ! »*, tempête-t-il.

Mais il y va de la position de la France dans les instances internationales. En 2007, le patron de la Banque mondiale, l'Américain Paul Wolfowitz, a dû quitter ses fonctions après avoir été accusé d'avoir favorisé l'avancement de sa maîtresse. Au sein de la droite américaine, qui reproche aux Européens d'avoir poussé la mise à l'écart de Wolfowitz, l'affaire peut prendre un parfum de revanche. Nicolas Sarkozy donne donc consigne au gouvernement de faire corps derrière le soldat Strauss-Kahn. Toute la classe politique se range derrière le Français, sauf Ségolène Royal. *« Il faut attendre l'issue de l'enquête,* glisse sur Canal + son ancienne rivale aux primaires socialistes. *J'espère qu'il sera blanchi dans cette histoire, parce que sinon, pour la réputation de sérieux et de compétence de la France, ce serait embêtant… »*

Maintenant que l'affaire est publique, Euro RSCG a dépêché en catastrophe à Washington Ramzi Khiroun, Gilles Finchelstein et Anne Hommel. Alain Bauer, que DSK boude depuis sa mise en garde « virile » avant son départ à Washington, refuse tout net de prendre l'avion, mais accepte de participer à la visioconférence de crise. Il y apprend, sidéré, que l'aventure du FMI n'est pas la première : les autres conquêtes étaient cependant célibataires et n'ont jamais ébruité leurs liaisons. Peu importe. Ce qui compte, insiste son ami Fouks, c'est d'éteindre le feu qui menace de s'étendre, et de *« gérer Anne »*. Car le représentant russe du Fonds, Aleksei V. Mozhin, qui avait déjà mené une campagne acharnée contre l'élection de DSK à la tête du FMI, vient d'ouvrir un autre front.

Des salariés se sont émus des conditions dans lesquelles une Française, Émilie Byhet, a obtenu un stage de quelques mois au département recherche du FMI. La jeune femme est diplômée de Sciences-Po, mais elle est d'abord une protégée de Strauss-Kahn. Elle a en effet participé, à l'automne 2006, à la campagne d'investiture interne au Parti socialiste dans l'équipe de DSK. Une photo de *Paris Match* en atteste. Dès le mois d'août, le Russe Mozhin l'a interrogée par trois fois sur les conditions d'obtention de son stage.

Pour Anne, c'est beaucoup. Mais Finchelstein, Khiroun et Hommel se sont installés au domicile des Strauss-Kahn. Il faut absolument que le couple apparaisse soudé dans cette tourmente médiatique, expliquent les communicants. Quelle meilleure preuve peut-on imaginer qu'un pardon public de l'épouse ? Le 19 octobre, Anne Sinclair publie dans son blog un texte largement inspiré par les communicants. *« Vous avez été nombreux à m'envoyer hier des messages très gentils après l'article du* Wall Street Journal *et l'écho qu'il a eu en France,* peut-on lire sous sa signature. *Cela m'a touchée. Mon blog traite de l'actualité américaine, mais je veux en profiter pour vous dire quelques mots de cette actualité un peu particulière. Il y a l'enquête du FMI. On attend sereinement sa conclusion. Cela devrait être rapide.* » Arrive enfin le morceau de bravoure. « *Chacun sait que ce sont des choses qui peuvent arriver dans la vie de tous les couples. Pour ma part, cette aventure d'un soir est désormais derrière nous. Nous avons tourné la page. Puis-je ajouter pour conclure que nous nous aimons comme au premier jour ?* »

« *Franchement, on a assuré* », se félicite Gilles Finchelstein. Euro RSCG peaufine, pourtant. Le 25 octobre, la commission d'enquête du FMI a décidé de blanchir Dominique Strauss-Kahn, retenant une simple et « *regrettable erreur de jugement* ». Déstabiliser l'institution pour une affaire de mœurs a paru, même au regard des habitudes américaines, une folie, alors que la crise économique mondiale fait rage. C'est sa chance : les éloges quasi unanimes sur le travail effectué par le directeur général ont gommé l'image du séducteur. Et, du même coup, « l'incident » Piroska Nagy.

Reste le rite américain de la repentance. Au lendemain de la décision de la commission d'enquête, Dominique Strauss-Kahn a réuni les quelque huit cents personnes de son staff dans le hall du FMI. Là, dans une ambiance glacée, il a exprimé ses « *regrets* » pour cet « *incident malheureux* ». Anne Sinclair est à ses côtés, comme neuf ans plus tôt, lorsqu'il avait dû démissionner après le scandale de la Mnef. Pour elle aussi, DSK a préparé quelques mots d'excuses publiques, à l'instar de ce qu'il avait déjà fait dans le salon d'honneur de Bercy. Puis, comme dans une pièce déjà exécutée, le couple quitte ensuite le vaste hall du FMI pour s'en aller ensemble, côte à côte, le bras d'Anne passé sous le sien.

Ne reste plus qu'à « retravailler » l'image de Dominique en France. Ramzi Khiroun est devenu, en 2007, le conseiller en communication écouté d'Arnaud Lagardère. L'héritier du groupe de presse détient notamment dans son escarcelle le magazine *Elle*, la radio Europe 1, *Le Journal du dimanche* et *Paris Match*. C'est par eux que va passer la réhabilitation de celui qu'on présentera – la France adore ça – comme un don Juan. Dans les jours qui suivent, *Paris Match* publie sur une double page la photo du couple, lunettes fumées, mine grave mais main dans la main, dans les rues de Washington. En 1999, le magazine titrait : *« Leur amour n'est pas soluble dans la Mnef. »* Cette fois, il affirme sous le cliché : *« Anne l'épaule dans la tempête. »*

Le JDD vient compléter l'opération avec un éditorial intitulé : *« Il faut sauver le soldat DSK »*, doublé d'un article signé Claude Askolovitch, un ami de longue date de Stéphane Fouks. C'est un journaliste doté d'un incontestable talent de plume. Dans ces moments troublés, il le met d'ores et déjà tout entier dans ce portrait du patron du FMI intitulé : *« DSK, un économiste doué pour le bonheur. »* Il ne cherche pas à se montrer impartial : *« Pour les Français, il est le seul politique qui gérerait mieux la crise mondiale que Nicolas Sarkozy »*, écrit-il. Il poursuit en balayant les accusations : *« Son aura est entachée par des soupçons récurrents, entretenus par des rivaux ou par la jalousie. »* La suite est à l'avenant, jusqu'à la conclusion : *« Dans la tempête financière, le trop heureux Dominique fait figure de pôle de stabilité. C'est son meilleur atout – comme toujours : son talent, jusqu'ici, l'a toujours sauvé de ses défauts. »* Effectivement, les communicants de DSK ont « *assuré* ».

Ce qu'ils n'ont pas prévu, c'est que Piroska Nagy ne s'en tiendrait pas là. Pendant des mois, l'économiste du FMI a tenté, devant la commission d'enquête, de minimiser l'affaire pour se protéger de toute publicité et, bien sûr, pour sauver son couple. Mais le déballage dans la presse, et notamment les mots d'Anne Sinclair sur son blog, ont blessé la Hongroise. Le 20 octobre, elle a remis aux enquêteurs mandatés par le FMI une longue lettre qui modifie quelque peu la version donnée par Strauss-Kahn et ses conseillers. Curieusement, la commission d'enquête n'y a pas fait la moindre allusion dans ses conclusions. Mais le 17 février 2009, malgré la vigilance d'Euro RSCG, *L'Express* publie des extraits de la lettre de Mme Nagy.

C'est la première fois qu'un journal livre une autre version de l'affaire qui a défrayé la chronique. Ni aux États-Unis ni en France, on n'avait jusque-là cherché à enquêter plus avant, la jeune femme ayant refusé toute interview. La lettre de l'ancienne économiste est pourtant explicite : « *Les circonstances de mon départ et le montant de mon indemnité de licen-*

ciement sont un non-sujet, comme vous le savez certainement grâce à vos recherches, écrit-elle. *Par respect pour votre démarche, je me suis abstenue de tout commentaire dans la presse sur la véritable question qui nous occupe ici : la conduite de M. Strauss-Kahn. »*

Suit alors le récit de ses doutes : *« Je suis préoccupée par le caractère incomplet et imprécis de la version que donne à lire la presse. Il a été largement rapporté qu'il se serait agi d'une relation consensuelle. »* Piroska Nagy, on le sent, est en colère. *« D'une façon particulièrement regrettable et inexplicable, un blog tenu par l'épouse de M. Strauss-Kahn a parlé de "cette aventure d'un soir"… »* Puis arrive l'accusation : *« Je pense que M. Strauss-Kahn a abusé de sa position dans sa façon de parvenir jusqu'à moi. Je vous ai expliqué en détail comment il m'a convoquée plusieurs fois pour en venir à me faire des suggestions inappropriées. Malgré ma longue vie professionnelle, je n'étais pas préparée à des avances du directeur général du FMI. »*

« Je ne savais que faire, poursuit Piroska Nagy. *Ainsi que je vous l'ai dit, je me sentais "maudite" si je le faisais et maudite si je ne le faisais pas. Après un temps, je fis la grave erreur de me laisser entraîner dans une très brève aventure. »* La lettre se clôt par ce jugement sévère : *« Je pense que M. Strauss-Kahn est un leader brillant, qui a une vision pour affronter la crise financière mondiale en cours. C'est également un homme agressif, bien qu'il soit charmant. […] Je crains que cet homme ait un problème pouvant le rendre peu adapté à la direction d'une institution où des femmes travaillent sous ses ordres. »*

Le tourbillon de la crise économique a de nouveau agi comme une formidable protection pour l'imprudent. La publication de la lettre de Piroska Nagy tombe dans une indifférence quasi générale en France comme aux États-Unis. Anne Sinclair, toujours prompte à dédouaner son mari et à se sentir coupable, a expliqué sans sourciller à ses proches que toute cette affaire ne serait pas arrivée s'ils n'avaient pas été *« si souvent séparés »*.

Elle s'applique donc à le suivre plus souvent dans ses voyages, à Panama, Singapour, Kiev, Yalta, Alger, Johannesburg. À Washington, il n'est pas rare de la voir déjeuner à la cantine du FMI avec lui. Ils renoncent en revanche à la plupart de leurs sorties mondaines. Tout juste acceptent-ils de se rendre, dans la galerie Adamson, au vernissage de l'exposition *Femmes*, du navigateur et peintre Titouan Lamazou. Et lorsqu'il sacrifie encore aux obligations de la communauté française, Dominique Strauss-Kahn reste le plus souvent en retrait, comme lassé. Il faut toute la bonne éducation de son épouse pour le pousser à aller vers les invités.

Sa femme n'est pas seule à veiller sur lui. Au FMI, une organisation *ad hoc* s'est mise en place pour protéger le directeur général contre lui-même. Désormais, à l'intérieur même de l'institution, le « MD » est suivi constamment par un garde du corps, comme pour lui éviter toute tentation. Lorsqu'il termine sa journée, vers 19 heures, la garde est levée : à l'extérieur, DSK est sans protection ni surveillance. Comme à Paris.

13

Cris et chuchotements

Sa paupière est un peu lourde, mais le regard pétille malgré tout. La fatigue n'empêche pas le patron du FMI de s'amuser *in petto*. Alors que sa voiture file dans un Paris vide et froid comme un dimanche matin d'hiver, Dominique Strauss-Kahn, en parka et pull à col roulé noir, peut fermer quelques instants les yeux avant d'atteindre le Ve arrondissement. Peut-être imagine-t-il les quotidiens français, le lendemain matin : *« La visite surprise du patron du FMI »*… *« DSK n'oublie pas le PS »*… Depuis sa nomination à Washington, c'est la première fois, ce 20 janvier 2008, qu'il redescend dans l'arène politique française.

Les socialistes se sont rassemblés à la Mutualité sous une bannière un peu pompeuse, comme le PS sait les faire : « Troisième Forum sur la rénovation ». Les vedettes attendues se nomment Martine Aubry, Ségolène Royal, Bertrand Delanoë, tous trois candidats probables à la succession de François Hollande à la tête du Parti socialiste, première étape avant les primaires qui seront organisées dans trois ans pour sélectionner le candidat. Les cloches de Saint-Nicolas-du-Chardonnet sonnent 11 heures. Dans quelques minutes, les paroissiens de l'église intégriste toute proche s'égailleront sur le trottoir du temple historique de la gauche. Les militants socialistes se moqueront des socquettes des filles, des jupes et des Barbour des parents, comme ils le font depuis tant d'années.

Mais voilà qu'à 11 h 14 une grosse limousine officielle, précédée d'une voiture de police, dépose à une centaine de mètres de la Mutualité le patron du FMI. Rue Monge, l'invité surprise sourit presque autant que la garde quasi militaire qui l'entoure. Autour de lui, Anne Hommel, qui « gère » désormais chez Euro RSCG l'image du patron du FMI, Christophe Borgel, le responsable des élections et des fédérations du PS, et le député de Paris Jean-Marie Le Guen. Pas mécontent de la bonne blague qu'il prépare, Dominique Strauss-Kahn marche avec cette nonchalance qui est sa marque, une main dans la poche, roulant les épaules comme les mauvais garçons.

« C'est Strauss ! », s'est écrié un caméraman. Un autre a prévenu son copain à l'intérieur : *« DSK est là ! »* Très vite, un cercle de journalistes a enserré l'invité surprise. *« Je viens écouter, je vais voir mes amis »*, répond tranquillement le patron du FMI, en feignant de s'étonner de la stupeur qu'il suscite. Puis, dans un clin d'œil entendu : *« Je suis de très, très près ce qui se passe. Un jour, je reviendrai en France. »* C'est le début d'un *teasing* qui ne dit pas encore son nom, d'une stratégie finement ourlée

destinée à éveiller le désir pour un homme qui, contrat d'exclusivité oblige, ne peut pas évoquer son retour.

Quand il pénètre dans la grande salle des débats, l'assistance se retourne, sidérée. *« What a surprise ! »*, sourit un militant. *« What a subprime ! »*, corrige en plaisantant un proche de DSK. Estomaqués par tant d'audace, Ségolène Royal et Bertrand Delanoë choisissent de rester cois. Seul François Hollande trouve, comme toujours, la force de plaisanter : *« Certains sont même venus de Washington, c'est dire si nous sommes unis… »* De Washington, c'est à la fois vrai et faux, mais, hormis Dominique Strauss-Kahn, qui le sait, ce jour-là ?

« Le retour surprise de DSK complique le jeu au PS », titre le lendemain *Le Figaro* à la une. *« Strauss-Kahn en vedette américaine »*, choisit *Libération*. *« Strauss-Kahn débarque en limousine »*, préfère *Le Parisien*. Chacun son style. Sur les radios, on décrypte l'intention : à la veille d'un rendez-vous avec le chef de l'État, DSK a voulu faire comprendre au PS et aux Français qu'il n'était pas une pièce de l'ouverture sarkozyste, comme sa participation pendant deux jours à la réunion des ministres européens des Finances aurait pu le laisser croire. Sur RTL, un proche de DSK assure au journaliste politique Thomas Legrand : *« Si Nicolas Sarkozy pense avoir écarté le meilleur candidat socialiste pour 2012, il se met le doigt dans l'œil. »*

Combien de temps faut-il pour aller du XVIIe arrondissement à la Mutualité, au cœur du Quartier latin ? La nuit, en voiture, un quart d'heure à peine. Au

9 de la rue Truffaut, dans le quartier des Batignolles, tout près du commissariat du XVIIe, se trouve une façade grise et aveugle, sans fenêtre ni enseigne, comme souvent dans ce genre d'établissement. Cris et chuchotements est un ex-club échangiste désormais dévolu au sadomasochisme, un peu comme son cousin Le Barbare. Ce genre de boîtes qui naguère fleurissaient à Paris sont de plus en plus rares. Internet, qui permet d'organiser en un clin d'œil des soirées privées, a modifié les habitudes et la géographie de ceux qui se couchent tard. Pour maxime, Cris et chuchotements a choisi une phrase de Balzac : *« L'esclave a sa vanité, il ne veut obéir qu'au plus grand des despotes. »*

Rue Truffaut, on vient après dîner, un peu avant minuit, le plus souvent en couple. On laisse ses affaires et son argent au vestiaire, avant de gagner au sous-sol les caves aux murs de pierre apparente. Des bougies éclairent fugacement les miroirs et les masques de diable qui y sont accrochés, comme un décor du film de Stanley Kubrick, *Eyes Wide Shut*. Sous les voûtes, un bar de bois sculpté où « passifs » et voyeurs prennent un verre. Puis une multitude de petits salons, alcôves et boudoirs, mais aussi des donjons semés de faux billots, gibets, minerves et bracelets de cuir. On peut même apercevoir quelques instruments de torture, comme une croix de Saint-André. Du tamis de la lumière – il faut apercevoir fugitivement les corps – au silence à peine troublé par la musique – il faut pouvoir entendre un cri –, tout ici est jeu, faux-semblants et liturgie.

C'est que couples fétichistes et amateurs de sadomasochisme se veulent plus raffinés que ces clients de clubs échangistes comme Les Chandelles ou La Cheminée. Les fidèles tiennent à ces subtilités : ici, on joue avec le pouvoir. La domination, un procédé mental qui est aussi une manière de tester ses limites, ne va de pair qu'avec un consentement extrême. Certains l'intellectualisent, en citant Pasolini et Sade, Éros et Thanatos. Une chose est sûre : cette clientèle, où l'on ne trouve pas de prostituées, est adepte de la discrétion. Ce n'est qu'entre soi qu'on note que l'homme venu ce samedi soir fait désormais la une des journaux et qu'il a gardé sur les photos le col roulé noir et la parka qu'il portait en arrivant au club, la veille.

Dans la petite assemblée socialiste réunie et conclave, c'est son bronzage au contraire que l'on remarque. Dominique Strauss-Kahn porte encore sur son visage la bonne mine ramenée de Marrakech, où il a passé ses vacances de Noël. À cette époque de l'année, les quartiers riches de la Ville rouge sont comme un petit bout de France. Les éditeurs ont quitté le Café de Flore pour la Palmeraie, les hommes d'affaires ont émigré à La Mamounia. À la Mutualité, la mine insolente du directeur général du FMI et sa visite surprise ont agacé Martine Aubry.

Entre la maire de Lille et celui de Sarcelles, les relations sont depuis longtemps tendues. Ils se sont adorés naguère, lorsqu'ils étaient ministres du gouvernement de Pierre Bérégovoy. Lui à l'Industrie, elle au Travail, ils passaient leur temps à rire et à plaisanter. Il est loin, le temps de la complicité joyeuse. Depuis quelques malentendus et leurs dissensions au sein de la *dream team* de Lionel Jospin, Martine et Dominique ne se comprennent plus. Maintenant que le PS risque de tomber aux mains de Bertrand Delanoë ou, pire, de Ségolène, cette candidate à la présidentielle qui les horripile tous les deux, ils doivent à l'évidence se réconcilier. Et Marrakech est justement l'endroit idéal pour sceller leur nouvelle alliance.

À l'été 2008, les Strauss-Kahn sont retournés dans leur riad pour quelques jours de vacances. Le matin, Dominique dort très tard. Il récupère de ses voyages incessants autour de la planète. Mais l'après-midi et le soir sont consacrés aux amis. Malgré la chaleur étouffante, on assiste comme toujours chez eux à un véritable défilé : Jean et Daniela Frydman, le conseiller Gilles Finchelstein, Olivier Nora, le patron de Grasset et éditeur du couple... On s'égaie, on s'isole, on se rafraîchit dans les bassins. Anne et Dominique, en apprenant que Martine Aubry et son mari sont eux aussi en vacances à Marrakech, ont aussitôt proposé : *« Venez dîner ! »*

C'est la première fois que la maire de Lille et son mari, Jean-Louis Brochen, sont reçus chez les Strauss-Kahn. Martine Aubry s'est mariée quatre ans plus tôt, dans une discrète intimité, avec ce grand gaillard costaud né dans le Nord. Cet avocat aux cheveux fous et au sage sourire craint plus que tout la lumière. Ils ont entendu parler de la propriété acquise par Anne et Dominique. Jamais, cependant, l'ancienne ministre des Affaires sociales n'aurait imaginé une résidence aussi somptueuse. Le couple les emmène fièrement visiter la propriété, l'enfilade de chambres, les bassins. Jean-Louis Brochen répond poliment, un peu gêné, au personnel qui, à chaque coin de patio, vient proposer un thé à la menthe.

Les femmes sont souvent attentives à d'autres détails que les hommes. Martine écoute, fascinée, Anne raconter comment elle a spécialement fait venir d'Italie les cyprès qui donnent leur élégance aux cours intérieures. Elle reste quelques secondes en arrêt dans une salle de bains vaste comme une chambre où, près d'une rivière de flacons de parfum, ont été disposés des pots-pourris de pétales de roses. C'est simple : on se croirait dans un de ces palaces où elle s'applique à ne jamais se rendre. *« Rien ne manque,* s'exclame Martine Aubry en quittant le riad, *ils ont tout ! »* Son mari, lui, n'arrive pas à en sourire. Ce luxe trop ostentatoire le choque. Il le juge indécent.

Ce spécialiste du droit social et pénal est depuis toujours un avocat de gauche, engagé et militant socialiste. Il a présidé un temps le Syndicat des avocats de France, hébergé des réfugiés politiques chez lui, défendu des sans-papiers, mené pendant la guerre en Bosnie une mission humanitaire de juristes, rapatrié des enfants victimes du génocide rwandais. Comme DSK, il a couru le monde, mais pas exactement de la même façon. Il connaît également le Nord, mais d'une autre manière : Brochen défend les victimes de la silicose ou enquête sur la vie carcérale dans les établissements pénitentiaires de la région de Douai. Son modèle ? Henri Leclerc, le célèbre avocat humaniste, longtemps président de la Ligue des droits de l'homme, ce pénaliste qui choisit toujours les causes avant les honoraires. Il vient de découvrir comment vivait l'allié politique de sa femme et cela lui déplaît.

Martine Aubry, elle, comprend surtout combien ce riad pourrait devenir, un jour, un sérieux handicap pour Dominique Strauss-Kahn. Elle le sait dragueur. Elle l'a vu, dans les voyages officiels, lorsqu'elle était ministre. Elle a surpris l'œil réprobateur de Jospin quand son collègue de Bercy arrivait en retard à une réunion ou, le matin, avec des yeux trop fermés. Elle l'a surpris tant de fois passant des petits papiers à une collaboratrice, ou quittant la pièce dans le sillage d'une traductrice ou derrière les jolies jambes d'une assistante parlementaire. Mais, pour elle, le problème n'est pas celui-là.

De retour en France, elle choisit de lui en parler. *« Dominique, vous êtes très riches. Vous avez le droit, c'est de l'argent légitimement gagné par la famille d'Anne. Mais quand on est riche, il faut être généreux. Il faut que vous créiez une fondation. Absolument. Trouvez une cause, créez une fondation. »* Strauss a écouté sa rivale et néanmoins complice, et réfléchit. *« Tu crois ? »*, demande-t-il avec un manque de conviction qui, une nouvelle fois, la désarçonne.

En attendant, ce dîner à Marrakech a scellé leur réconciliation. Dans quelques mois, fin 2008, se tiendra le congrès du Parti socialiste à Reims. Jean-

Christophe Cambadélis a convaincu DSK qu'il lui fallait passer un accord avec Martine et l'adouber discrètement avant le rendez-vous du parti : *« C'est une besogneuse au mauvais caractère qui tiendra la maison pendant que tu es à Washington »*, a-t-il plaidé. « Le Pacte de Marrakech », a titré *Le Nouvel Observateur.* *« C'était un dîner ordinaire, on n'a pas échangé nos sangs »,* dira après coup le patron du FMI. N'empêche, un accord tacite s'est bel et bien conclu : *« Tu es la seule capable d'éviter que le PS ne tombe entre les mains de Royal ou de Delanoë, je soutiendrai ta démarche,* a soufflé DSK à Aubry. *Pour la suite, on verra bien… »* Dans leur esprit, ce *« on verra bien »* signifie théoriquement la même chose : le mieux placé sera candidat à la présidentielle, mais chacun espère qu'il sera ce « mieux placé ».

Le pacte de non-agression a produit ses effets : Martine Aubry est devenue la première secrétaire du parti, raflé au nez de Ségolène Royal qui l'accuse, depuis, d'avoir triché. Durant les mois et les années qui suivent, jamais Martine Aubry n'évoquera ce fameux dîner à Marrakech. Lors de ses escales à Paris, Dominique passe parfois chez elle, dans le quartier de Montparnasse. S'il se rend à Lille, elle va le chercher à la gare, où il arrive toujours seul, et l'y raccompagne, seul encore. Ils parlent d'économie, de cette crise financière qui menace l'Europe après les États-Unis, et cela la passionne. Il lui donne des nouvelles du monde, elle le tient au courant de la France.

Il n'a pas avancé sur l'idée d'une fondation, lui avoue-t-il. Elle n'ose pas trop évoquer l'affaire Piroska Nagy. Avec Dominique, c'est toujours compliqué d'aborder la question des femmes. *« Demande-lui, toi, s'il s'est calmé...*, la presse Laurent Fabius. *C'est plus facile pour une femme que pour un homme de poser cette question. »* Alors, Martine se lance : *« Tu fais attention avec les filles ? Tu as arrêté ? »* DSK balaie la question en deux secondes : *« Mais évidemment ! Tu penses ! Je ne suis pas dingue ! »* Il est si catégorique que la première secrétaire du Parti socialiste se dit qu'elle n'a pas de raisons de douter.

Le 22 juin 2009, Dominique a invité Martine pour son anniversaire. Oh, elle n'est pas la seule à être conviée. Pour ses soixante ans, le directeur du FMI a décidé de faire les choses en grand et loué le pavillon Napoléon III du parc des Buttes-Chaumont. Une file de limousines s'allonge devant les grilles. Patrons, politiques, directeurs de journaux, anciens ministres... Tout le monde veut fêter l'homme de Washington.

Autour de Martine Aubry, pour embrasser le héros de la soirée, défilent Michel Rocard, Laurent Fabius, Claude Bartolone, Jean-Paul Huchon, Manuel Valls, Pierre Moscovici et le clan des strauss-kahniens au grand complet. Les conseillers d'Euro RSCG, cela va de soi. Les complices Jean-Pierre Elkabbach, Jean-Jacques Bourdin, Michel Field, l'écrivain Dan Franck. Les amis de longue date, ceux qui étaient déjà du mariage, Jean-François et Rachel Kahn, Alain Decaux et Micheline Pelletier, Bernard-Henri Lévy et Arielle Dombasle, Alain

Minc et son épouse. On croise aussi des anciens de Bercy, comme François Villeroy de Galhau et Matthieu Pigasse. Mais également Simone Veil, accompagnée de l'ancien résistant et économiste Claude Alphandéry.

Jack Lang est venu en smoking directement après son dîner à l'Élysée avec l'émir du Qatar. On reconnaît même, parmi les invités, la silhouette ronde de Claude Allègre, l'ancien ministre socialiste passé pourtant dans le camp sarkozyste. *« Dominique est le seul à pouvoir réunir autant de personnes qui ne se parlent pas »*, commente un ami de DSK au *Nouvel Observateur*, en rapportant les agapes. Seuls manquent à l'appel Bertrand Delanoë, qui n'a pas apprécié les conséquences du « Pacte de Marrakech » et digère encore mal sa défaite, et Lionel Jospin, l'ancien mentor des belles années. Mais pour le reste, la soirée a atteint un but : montrer, à travers l'éclectisme et la renommée des invités, que le pouvoir et les réseaux de l'exilé de Washington sont intacts.

Pour les naïfs – ils sont rares – qui n'auraient pas encore saisi, Dominique a préparé un petit discours : *« J'aurais pu vous parler du retour… du retour de la croissance bien sûr*, commence-t-il devant un parterre qui affiche des sourires entendus. *J'aurais pu vous parler de mon agenda, de mes amis, mais je ne verserai pas dans le "name dropping", ni la démonstration de force. Il y a quelqu'un en France qui fait cela beaucoup mieux que moi. »* Il évoque ses voyages dans un monde en crise, ses nouvelles responsabilités au FMI. Avant de lancer : *« Vous me manquez ! »*

Il n'a pas terminé sa phrase, la sono a lancé un peu trop tôt la musique. Comme un rappel subliminal de la petite scène qui vient de se dérouler, toute l'assemblée entend distinctement les premières notes de la bande-son du film *Le Parrain.*

14

Fabrice

Dans la tribu, Fabrice Paszkowski occupe, à coup sûr, une place à part. Cet enfant du bassin minier devenu le riche patron d'une PME nommée Medicalis n'a évidemment rien de commun avec ceux qui entourent DSK. Il ne ressemble ni au fringant banquier Matthieu Pigasse, ni au patron d'Orange Stéphane Richard, ni aux chefs des think tanks réformistes Olivier Ferrand et Gilles Finchelstein. Aucun d'eux, d'ailleurs, ne connaît ce jeune quadragénaire qui a hérité de son père, un immigré polonais, ses cheveux clairs et un petit air de Lech Walesa.

Savent-ils même qu'il existe ? Fabrice Paszkowski possède pourtant dans son agenda tous les numéros de portables, français, belges, américains de Dominique Strauss-Kahn, et celui d'un chauffeur que DSK partage avec François Pupponi. Il réactualise régulièrement cette liste, au gré des changements fréquents de puces ou d'appareils auxquels le directeur du FMI s'oblige. Un privilège, assurément. Même Anne Sinclair ne possède pas tous ces contacts. Ni ses lieutenants qui, comme Jean-Christophe Cambadélis, « *parlent trop* » et trop souvent en son nom, juge-t-il, maintenant qu'il vit à Washington.

Dans la vie, Fabrice Paszkowski vend des déambulateurs et des fauteuils roulants aux maisons de retraite, pharmacies et cliniques du Pas-de-Calais. Il est l'ami de Jacques Mellick, un pharmacien, fils et homonyme de l'ancien député-maire de Béthune. Fabrice a un temps été l'associé de Miguel Mellick, son frère, qui tient lui aussi une officine. Puis ce fils de commerçants s'est mis à son compte. À Lens, le jeune quadragénaire fait désormais rondement tourner sa petite entreprise, et ne se prive pas d'afficher les signes extérieurs de sa réussite : Porsche, vacances d'été à Saint-Tropez, et sports d'hiver à Courchevel. Lorsqu'il descend dans la station, Fabrice dîne au Palace des Neiges ou au Lana, ces somptueux chalets cinq étoiles où il croise le gotha parisien et politique qu'il rêve de fréquenter. Ses gloires à lui sont vieillissantes, mais il est fier de montrer qu'il a dans son répertoire le numéro de Michou, la spectaculaire figure des cabarets de Montmartre, celui de Renaud, le chanteur malheureux de La Closerie des lilas, ou encore celui d'un animateur de RTL qui, dit-il, ne manque jamais de l'appeler lorsque ses tournées le conduisent dans le Nord.

Confronté tous les jours aux réalités des bilans comptables, des charges patronales et de la crise, ce Lensois né socialiste apprécie le réalisme réformiste de Dominique Strauss-Kahn. Voilà un homme de gauche, dit-il, qui n'a pas peur du marché. Du Pas-de-Calais, il suit depuis longtemps la carrière certes un peu erratique mais, espère-t-il, prometteuse de ce dirigeant du PS qui n'a jamais dit de mal des patrons. C'est d'ailleurs pour pouvoir lui témoigner toute son admiration qu'il s'est rendu, en septembre 2002, à Béthune, la section où il paie sa cotisation. DSK y était annoncé pour une réunion publique de soutien à Jacques Mellick père, candidat à une municipale partielle.

Lorsque Édith Cresson et Pierre Bérégoyoy occupaient Matignon, Mellick retrouvait chaque mercredi à la table du Conseil des ministres un dénommé Bernard Tapie et un certain Strauss-Kahn. Trois complices, trois futurs mis en examen. Mellick Senior s'en est nettement moins bien sorti que DSK. Pour donner un coup de main à son ami Bernard, patron de l'Olympique de Marseille soupçonné d'avoir soudoyé les joueurs de foot de Valenciennes avant un match, il lui a autrefois inventé un alibi : non, Tapie n'avait pas pu rencontrer l'entraîneur de l'équipe du Nord, parce qu'il était avec lui. Résultat : une condamnation pour faux témoignage et cinq ans d'inéligibilité pour le député. Sa peine purgée, l'inamovible trésorier de la fédération socialiste du Pas-de-Calais brigue donc à nouveau la mairie de Béthune, et a convié DSK pour qu'il l'aide dans cette entreprise.

« *Une ville comme la vôtre a besoin d'un homme tel que Jacques Mellick, qui s'est consacré à sa tâche avec tellement de cœur qu'il y a trouvé une part de ses ennuis en allant au-delà du raisonnable pour la défense des emplois locaux »*, lance DSK devant le candidat qui rosit : c'est pour sauver l'entreprise Testut, installée dans son département et propriété du groupe de Bernard Tapie, comme Mellick l'explique désormais, qu'il a menti. Les entrepreneurs du Pas-de-Calais, présents dans la salle, applaudissent à tout rompre. Parmi eux, Paszkowski, qui propose au ministre de le raccompagner à la gare.

Le trajet ressemble à un rêve : son idole, assis à côté de lui, en chair et en os ! Quand DSK monte dans le train, il sait déjà que ce Fabrice, qui veut créer pour lui un club de soutien en vue de la prochaine présidentielle, est un homme sur qui compter. Municipales, législatives, préparation des congrès du PS, chaque virée nordiste du dirigeant socialiste devient désormais prétexte à une rencontre. Qu'il pleuve, qu'il vente, tard le soir ou au petit matin, Fabrice est toujours sur le quai pour l'attendre.

À cette époque, la mère de Dominique Strauss-Kahn, Jacqueline, qui habite Bagneux, dans la région parisienne, est souffrante. Fabrice se montre pour elle d'un dévouement sans limites, mettant, dit-il, ses *« compétences dans le domaine paramédical »* au service de la vieille dame, qui s'éteint en novembre 2006. Un jour, à Béthune, alors que Strauss-Kahn est attendu pour une réunion publique et se fait désirer, un hélicoptère apparaît dans le ciel. Les militants sidérés aperçoivent Paszkowski s'extraire de l'appareil derrière DSK. Entre Dominique et lui, leur explique Fabrice d'un air pénétré, c'est plus que de l'amitié : de l'*« intimité »*.

Il n'y a pas trente-six manières d'entrer dans celle d'un politique. Dire oui à tout, toujours. Séduire la famille, à défaut de connaître l'épouse. Se rendre indispensable, enfin, comme naguère Ramzi Khiroun. DSK a besoin d'une voiture pour se rendre au Conseil européen de Bruxelles ? D'un chauffeur pour le conduire au Crowne Plaza, face à la gare de Lille ? D'une table étoilée pour aller dîner aux environs de la capitale des Flandres ? *« Si tu as besoin, super-Fabrice est là »*, écrit l'entrepreneur dans les textos dont il inonde son nouvel ami. Dominique Strauss-Kahn ne va pas se le laisser dire deux fois.

Au détour de conversations, Dominique a glissé à Fabrice qu'il comptait à Lille plusieurs amis chers. Deux couples, en particulier : Olivier et sa femme, Caroline et son mari. Un soir que DSK est de passage, il propose à Fabrice de l'accompagner à une petite fête lilloise improvisée le jour même, où il a justement l'intention de retrouver ses amis. *« Une soirée coquine »*, glisse-t-il, sourire en coin. Paszkowski aurait-il pu imaginer, un jour, accepter pareille invitation ? Il n'hésite pourtant pas plus d'une seconde. On ne dit pas non à celui qui vous tutoie et peut devenir un jour président de la République.

Fabrice connaît peu le milieu échangiste. C'est un homme réservé, un célibataire sans enfants, complexé, *« mal à l'aise parce qu'il se trouve gros »*, disent ses amies sur les procès-verbaux. Excessif dans ses achats vestimentaires, comme s'il voulait se cacher derrière des costumes ou des chaussures de prix. Ce soir-là, il se contente d'accompagner DSK, de l'attendre sur le lieu des agapes, avant de le raccompagner à son hôtel. Super-Fabrice ignore encore qu'il vient de trouver son vrai rôle : organiser des soirées pour Dominique, et surveiller sur place que, du début à la fin, tout se passe bien pour l'ancien ministre.

Outre son dévouement inaltérable, le patron de Medicalis possède de nombreuses qualités pour le « job ». Fabrice a l'habitude de garder des secrets. Il est rattaché à la *« loge maçonnique de Villeneuve-d'Ascq, anciennement 309, rue de Solférino »*. Strauss-Kahn, lui, n'est pas franc-maçon. Mais son père, Gilbert, avait créé à Agadir la première loge maçonnique mixte, rattachée au Droit humain. Quand son fils a fêté ses dix-huit ans, il a tenté de le convaincre de rejoindre le Grand Orient, en vain : trop bourgeois, trop encadré, trop fatigant pour Dominique. Parfois, le monde de secrets et de complicités dans lequel vivent les échangistes rappelle pourtant à DSK cette fraternité tacite où les recommandations valent sésames et adoubements professionnel et social.

Paszkowski a un autre atout : il vit entre Paris et Bruxelles, au point d'équilibre entre les deux capitales politiques européennes de son grand homme. Grâce au Thalys et au TGV, il faut à peine plus d'une heure pour gagner depuis Lille le Palais-Bourbon ou la Commission européenne. Dominique fait toujours d'une pierre deux coups. Le Nord-Pas-de-Calais, cette « fédé » qu'aucun socialiste ne doit négliger quand il veut faire carrière, déborde de sections, sous-sections, cellules ou mairies socialistes. Il y a toujours ici une bonne cause à défendre, un élu PS à soutenir ou un rendez-vous à honorer à la fédération. Il peut ensuite, le soir, se distraire. Comme le soupire la compagne d'un de ses amis politiques, Dominique a en effet de plus en plus *« besoin de moments de repos sur l'autoroute de son intelligence »*.

C'est peu dire que Fabrice prend sa mission à cœur. Il faut à la fois cerner les désirs de son patron, s'adapter à son emploi du temps, et verrouiller le dispositif de ces soirées particulières. Très vite, le vendeur de stéthoscopes comprend que Dominique aime les réguliers, comme ses vieux amis échangistes de Lille, mais aussi la nouveauté. *« Je connais plein de filles »*, s'était vanté Fabrice. Dans la rue, de vive voix, par texto, il rivalise de commentaires sur toutes celles qu'il croise : *« Tu verrais ce que je vois… Dommage que tu ne sois pas là. »* L'ambition de Paszkowski passe par ce mensonge et cette abnégation : faire croire qu'il aime les femmes avec la même frénésie et de la même manière que son nouveau mentor.

Encore faut-il se montrer à la hauteur. Chez Fred ou à La Part des anges, un bar à vins du Vieux Lille, à La Suite, une boîte de nuit de la rue de Gand, au Kerry Yob à Béthune, à L'Infini d'Arras ou à Villeneuve-d'Ascq, Fabrice commence par repérer les femmes seules ou les couples de copines, les invite à le rejoindre au comptoir ou leur offre pâtisseries et jus de fruits avant de leur chiper l'addition. Suivant l'accueil reçu, il laisse son numéro de téléphone, ou quémande celui de ces dames. Pour celles qui donnent suite, s'installe alors une relation ambiguë, comme un flirt galant qui ne se dit pas. Fabrice passe chercher chacune dans sa Porsche, souvent avec un petit cadeau : de la lingerie achetée au Printemps de Lille, un manteau, une jolie robe aperçue dans une vitrine. Puis les régale au restaurant, à Lens ou à Montreuil-sur-Mer.

Quand parfois l'une d'entre elles insiste pour aller plus loin et passer une nuit en sa compagnie, il l'emmène en week-end dans un bel hôtel de Deauville. Mais s'endort les deux soirs que dure l'escapade, en costume, sur le lit, dès le dîner avalé. *« On était des poupées qu'il habille mais ne déshabille pas »,* dira joliment l'une d'elles. Aucune ne peut imaginer que Paszkowski, homme ordonné et méticuleux, a enregistré leurs numéros de téléphone dans son portable sous leurs seuls prénoms, mais accompagné d'une petite croix : « Céline x », « Sarah x », « Justine x », « Prudence x »...

Lorsqu'il était à Bercy, DSK s'épanchait parfois auprès d'une de ses collaboratrices dont il avait fait sa confidente. Il lui avait avoué un jour qu'il rangeait ses conquêtes dans trois cases différentes : « en cours », « en stock », « archives ». Il riait : *« Je suis un très bon directeur des achats et un très mauvais gestionnaire de stocks. »* Sur son ordinateur et dans son répertoire, Fabrice Paszkowski, lui, a rangé ces jeunes femmes, croisées aux terrasses de bistrots ou dans des clubs sans qu'elles soient ses maîtresses, dans une rubrique intitulée « personnel I », entre « hospitalier clinique », « concessionnaire autos »,

« restaurants Courchevel » et « fournisseur médical ». Comme il est poli, courtois et généreux, les filles de « personnel I » ne peuvent rien refuser à ce bon Fabrice, que l'une d'entre elles appelle d'ailleurs *« Nounours »*. Si Fabrice les supplie de venir écouter Dominique Strauss-Kahn, promettant qu'il le leur présentera, elles viennent occuper les chaises des salles où le dirigeant parisien se produit. Lorsque, avant la présidentielle de 2007, DSK vient signer à Béthune son *365 jours, journal contre le renoncement*, le livre qu'il a publié chez Grasset, les plus jolies sont conviées à sa table, où Fabrice les prend par la taille, tout heureux du regard satisfait que lui jette alors son mentor.

Un jour, le patron de Medicalis avait posé une étrange question à l'une de ses amies. *« Ça te plairait que je t'offre un homme pour avoir des relations avec lui, pendant que je regarderais ? »* La mère de famille était restée sans voix, et Fabrice avait retenu la leçon. Dans « personnel I », il range les filles qui acceptent de faire de la figuration. Pour les soirées échangistes, c'est ailleurs qu'il faut chercher. « Olivier et sa femme », « Caroline et son mari », comme dit le répertoire avec un seul numéro pour deux prénoms, seront toujours là pour DSK, comme « Éric et sa compagne ». Mais comment faire pour que chaque soirée ne soit pas un simple copié-collé de la précédente ? s'interroge Fabrice. Comment trouver du nouveau *« matériel »*, comme l'écrit le ministre dans ses textos pour parler des participantes à ces soirées libertines ? Où trouver les novices ?

Lille possède un autre avantage géographique :

la capitale des Flandres se trouve à vingt minutes à peine de la frontière belge, là où les maisons closes ont pignon sur route. Bars montants, maisons de prostitution et autres clubs privés, bars à champagne, comme on dit sur la grande avenue de Tournai, s'y signalent sans honte ni pudeur par une petite lanterne ou des néons qui brillent nuit et jour. Les filles attendent derrière la porte, au comptoir ou dans un salon, mais n'hésitent pas à faire le trajet jusqu'en France. Et notamment, si on le leur demande, dans des lieux que leur indique ce Fabrice Paszkowski. Inconnu d'elles il y a encore quelques années, le nouvel ami de Dominique Strauss-Kahn manifeste chaque fois des besoins croissants.

Dans son agenda, Fabrice inscrit ainsi Florence, une masseuse rencontrée en 2005 dans un club échangiste de Menin, en Belgique, Marion, mais aussi, nettement plus spectaculaires, Estelle et Béa, la nouvelle copine de « Dodo la Saumure », un proxénète belge avec lequel le spécialiste de matériel médical traîne depuis peu dans les bars à vins lillois. À la lettre L, s'affichent aussi, depuis 2006, les coordonnées fort précieuses d'un nouveau compagnon : le commissaire divisionnaire Jean-Christophe Lagarde, tout juste nommé chef de la sûreté urbaine de Lille. Ce superflic jeune et fringant est un franc-maçon. À peine arrivé à Lille, il se met à fréquenter, au 28 de la rue Thiers, le restaurant des « frères ». Se rend aux « tenues » des uns et des autres, et organise les *« barbecues de la sûreté départementale »*, qui ne sont en réalité que des *« réunions de frangins »* fort appréciées par Paszkowski.

Mieux : Lagarde est un membre assumé de l'un de ces clubs libertins que le patron de Medicalis, a désormais pris l'habitude de repérer : La Tentation, près de La Chapelle-d'Armentières. Célibataire, socialiste, noctambule et bon vivant, ce flic tout droit sorti d'une série télévisée a tout pour plaire à « Pacho ». De surcroît, Dominique Strauss-Kahn est son héros. Le dirigeant socialiste lui a été présenté, un jour, à L'Aventure, ce club-restaurant des Champs-Élysées qui, malgré ses alcôves et sa discothèque ouverte le jour, ne veut pas dire son nom. Lagarde sait que fréquenter L'Aventure ne veut pas forcément dire qu'on fraie avec des filles faciles. Mais quand on y voit un homme entouré de plusieurs jolies femmes, on se doute qu'il n'est pas là seulement pour le plaisir de leur conversation.

Fabrice Paszkowski devient ainsi le trait d'union d'un petit monde hétéroclite, le patron officieux du club nordiste informel auquel l'ancien ministre et responsable socialiste rend visite comme s'il s'agissait de sa circonscription cachée. Dans les graphiques qui, à mesure que la présidentielle de 2012 approche, fleurissent dans la presse pour décrire les réseaux DSK, son nom n'apparaît pourtant pas une seule fois. On évoque le Val-d'Oise, parfois Lyon ou encore Marseille, où, avant de rallier François Hollande, Patrick Mennucci, l'ancien responsable local de la Mnef, avait choisi de soutenir DSK. Mais jamais on ne pense à Lille, Lens et Béthune. Jamais on ne se demande pourquoi le plus réformiste des socialistes se rend si souvent dans le bassin minier, y compris au printemps 2007, lorsque, battu aux primaires, DSK semblait avoir renoncé à faire campagne pour la gauche.

Plusieurs strauss-kahniens figurent dans l'agenda méticuleusement tenu de ce Paszkowski. À la rubrique « politique », cette fois. Le patron lensois ne connaît pas seulement Pierre Moscovici, qui avait installé « À gauche, en Europe ». Bien rangés par ordre alphabétique, on trouve François Pupponi, le maire de Sarcelles, « Cambadellis », que Fabrice écrit avec deux l, ou encore Anne Hommel, qui a accompagné Dominique dans sa campagne pour les primaires entre les puits de mines et les terrils, avant le départ pour Washington. Figure aussi l'ancien compagnon de cette dernière, Christophe Borgel, l'ex-président de l'Unef, chargé désormais des élections au PS. Mais qui sait, parmi eux, le rôle exact de celui qu'on présente comme un militant socialiste du Pas-de-Calais, les risques qu'il prend et l'argent qu'il dépense ?

« Super-Fabrice » se démène sans compter *« pour que tout soit parfait »*. Pour Dominique, il varie les lieux des plaisirs qu'il organise : une soirée au Tantra, une ferme près de Courtrai reconvertie en établissement de massages et de relaxation, perdue au milieu des champs de maïs. Une autre, dans la « petite suite » de L'Hermitage gantois, un ancien hospice rénové en palace et inauguré à Lille par Martine Aubry, comme le signale la plaque en laiton dans le hall d'entrée. Une autre encore, dans un complexe belge, à Ixelles, qui dispose de studios d'enregistrement et d'ateliers d'artistes. Dominique aime aussi les sorties entre amis, notamment avec Titouan Lamazou, dont il a fait la connaissance et qui cherche à tout prix à exposer ses photos et ses dessins de femmes de tous les coins du monde.

Sur la route, on s'arrête dîner à La Vylla, le restaurant tenu par l'ancienne compagne de Fabrice, Virginie. Sa société d'événementiel s'est chargée de recenser les frais des festivités orchestrées et les factures sont, depuis l'automne 2007, de plus en plus élevées. Le candidat malheureux aux primaires a pourtant quitté la France pour le FMI. Un départ qui, pour Fabrice, aurait pu sonner comme un au-revoir. Or c'est l'inverse qui se produit.

À Washington, l'entrepreneur lensois manque en effet cruellement à son patron. Dans la capitale américaine, personne ne s'occupe plus des loisirs de Dominique. Pas de super-Fabrice américain pour lui trouver des filles, des couples libertins et régler dans son dos, sans qu'il le sache, dit-il, les escort girls ou les prostituées qui se mêlent à leurs soirées. Pas de chef d'entreprise dévoué pour payer les repas au restaurant et les chambres dans les hôtels. *« Je déteste ce puritanisme hypocrite des Américains »*, soupire le patron du FMI devant ses amis lillois.

Qu'à cela ne tienne. Quand DSK n'aura pas de rendez-vous à Bruxelles ou peinera à se rendre à Lille, Fabrice s'occupera de faire venir sa *« petite délégation »*, comme l'appelle DSK, jusqu'au patron du FMI. Les soirées se tiennent parfois à Paris, où celui-ci fait souvent escale avant de rejoindre Washington. Il y retrouve Estelle, Béa, Florence, mais aussi, bien sûr, le commissaire Lagarde, dont le statut rassure autant Fabrice que Dominique, et le dernier venu de la bande, David Roquet, un autre industriel de la région.

Fabrice l'a croisé dans un bar, près de la place du Cantin, à Lens. Lors de leur rencontre, Roquet a raconté à Fabrice qu'il était chargé par sa boîte, une filiale du groupe de BTP Eiffage, des relations publiques avec les politiques locaux et les policiers du cru. Pour ses relations publiques, il dispose sans difficulté de notes de frais qui lui permettent de convier des invités dans la tribune d'honneur du FC Lens, ou de leur offrir dîner et spectacle au Moulin-Rouge, à Paris. Au bureau, sur son ordinateur, David Roquet possède un bel album de nus qui ferait rougir les routiers les plus endurcis. Tout de suite, Fabrice renifle chez Roquet *« un goût possible »* pour les soirées libertines et, surtout, une certaine surface financière. Malgré ses 25 000 euros mensuels, super-Fabrice peine parfois à satisfaire les besoins du patron, et ne serait pas mécontent de *« partager les coûts »* des festivités.

Maintenant que Dominique travaille de l'autre côté de l'Atlantique, il faut en effet payer les billets de train des filles venues du Nord jusqu'à la capitale, où DSK fait escale entre deux voyages au bout du monde, les factures d'hôtel et les bouteilles de champagne. Dominique aime bien retrouver Fabrice et ses « copines » au Murano, près de la place de la République, notamment dans la suite avec piscine, qui dispose d'une porte dérobée permettant d'éviter l'entrée principale, boulevard du Temple. Tout cela n'est pas donné. Et même lorsque les rencontres ont lieu dans l'appartement de l'avenue d'Iéna qu'Alex-Serge Vieux prête gracieusement, même quand l'addition est préparée par son « ami » Bruno Mangel, le patron de L'Aventure, il faut néanmoins payer pour une demi-douzaine de personnes.

« Tu as vu ? C'est le sosie de Dominique Strauss-Kahn », se disaient naguère les couples échangistes de Lille en voyant arriver l'ancien ministre de l'Économie aux soirées privées qu'ils organisaient entre eux. Désormais, le doute n'est plus permis. Autour du buffet, avant ou après les ébats, le « sosie » de DSK raconte de bonne grâce la vie à Washington, son travail à la tête du Fonds, la crise économique, la faillite qui menace la Grèce… Il évoque même *« l'élection présidentielle »*, dont l'échéance se rapproche inexorablement. Un soir de 2010, en quittant la fête, l'un des participants s'interroge devant sa femme : *« C'est un malade, il prend des risques énormes, il va dans des soirées avec des inconnus ! Il ne prend pas assez de précautions, il est quand même bien placé pour être président de la République, non ? »*

Fabrice préfère se dire que Dominique sait ce qu'il fait. Puisque désormais le patron se trouve à Washington, il ira le rejoindre, pour lui rendre là-bas la vie plus agréable. DSK a recommandé l'hôtel W, *« plus branché »* que les autres, à deux pas de la Maison Blanche, et idéal pour courir les magasins et visiter le FMI, où les filles se font photographier à côté de lui, dans son bureau de directeur général.

Le soir, on rejoue les soirées lilloises, avec les mêmes acteurs. David Roquet s'est comme prévu découvert un goût pour ces soirées à plusieurs dont il ignorait les charmes, et n'en rate plus aucune. Malgré le mauvais souvenir que lui a laissé l'affaire Piroska Nagy, Dominique Strauss-Kahn ne semble jamais craindre qu'on le repère. Fabrice, lui, paraît parfois inquiet. Il se laisse de plus en plus aller à des moments de dépression qui déroutent son entourage. Lui, le rigolard, le gros fêtard, le bon vivant, s'abandonne de temps à autre – avant de se reprendre – à des crises d'angoisse, ou de découragement. *« C'est sûr,* soupire alors le chef d'entreprise lensois, *je terminerai soit avec une balle, soit en prison. »*

15

« Laisse-nous faire »

Dominique Strauss-Kahn, maintenant, marche sur un fil. Depuis des mois, il s'oblige à un épuisant numéro d'équilibriste entre le FMI et le Parti socialiste, Washington et Paris et, plus encore, sans qu'on le soupçonne, entre ces deux parts de lui-même qui commandent son ambition et dictent ses plaisirs. DSK a toujours aimé jongler entre ses vies et ses envies. Il est passé maître dans l'art des conciliations sans renoncements. Désormais, il va falloir choisir.

Où qu'il aille, quoi qu'il dise, tout devient signe. Ses amis guettent ses mots comme autant d'oracles. Ses adversaires suivent ses gestes à la trace. Chaque phrase qu'il prononce fait l'objet de longues séances d'interprétation de son « entourage », parmi lequel seuls quelques-uns, a prévenu Euro RSCG, sont des voix autorisées. Sera-t-il candidat, lui qui, à chaque nouveau sondage, paraît le mieux placé pour affronter Nicolas Sarkozy ? Curieusement, il paraît lui-même ne pas avoir tout à fait tranché. Un pas en avant le lundi, deux pas en arrière le mardi. C'est presque devenu risible d'entendre les plus célèbres éditorialistes se livrer à de savantes exégèses de chacune de ses phrases, traquer leur sous-texte, et les traduire ensuite en français courant.

Le 4 février 2010, Dominique Strauss-Kahn accepte l'invitation matinale de RTL. *« À ce jour, j'ai l'intention de faire jusqu'au bout mon mandat au FMI. »* Puis, traînant encore un peu plus entre chaque mot : *« Si vous me demandez si, dans certaines circonstances, je pourrais me reposer cette question, la réponse est oui, je pourrais me reposer cette question, j'ai toujours dit ça. »* On réunit aussitôt Jean-Michel Aphatie et Alain Duhamel pour une expertise. Alors, va-t-il y aller ? Aphatie : *« Non ! Il vient de dire qu'à ce jour les conditions ne sont pas remplies. »* Duhamel : *« Mais pas du tout ! Il explique qu'il y a bien une hypothèse Dominique Strauss-Kahn pour cette élection ! »*

La veille de cette interview, DSK a réuni ses proches chez Benoît, un bon bistrot parisien à deux pas de la place du Châtelet. Il y a là Jean-Christophe Cambadélis, Jean-Marie Le Guen et Jean-Jacques Urvoas, ce député de Quimper qui fait de plus en plus impression au PS pour ses connaissances du monde policier. Se tiennent aussi autour de la table le maire de Sarcelles François Pupponi, Christophe Borgel, chargé des fédérations et des élections au PS, ainsi que, pour Euro RSCG, Gilles Finchelstein et Anne Hommel.

Depuis des semaines, Dominique Strauss-Kahn est pris entre la pression de ces fidèles, qui en majorité souhaitent le voir se lancer dans la course à l'Élysée, et les règles du FMI, qui lui interdisent de s'engager dans la vie politique française avant la fin de son mandat, en novembre 2012. Il n'aime pas ces réunions, tout comme il déteste ces moments de sa vie où il doit avouer, trancher, déplaire. « *Je ne tiens pas à ce qu'on accélère, à ce qu'on dise que je me prépare. Je suis encore dans une phase de réflexion,* lance-t-il en leur recommandant avec une fermeté inhabituelle la plus grande discrétion. *Si on vous pose la question, dites que je réfléchis.* »

Si ses amis politiques étaient plus clairvoyants, ils verraient bien qu'il répond étrangement à leurs questions sur sa candidature. Il a pris l'habitude de renvoyer la responsabilité de sa décision sur ses intimes : « *Ma femme est partagée, nos gosses sont contre...* » En politique, la famille est souvent un recours pour ceux qui ne savent pas choisir. Jacques Delors avait expliqué que sa femme l'avait supplié, fin 1994, de ne pas se présenter... Chez les Strauss-Kahn, la perspective de la bataille présidentielle n'enthousiasme pas tout le monde.

Les filles de Dominique, surtout, sont inquiètes. « *Je connais papa, il a dû avoir des histoires,* a confié Vanessa à deux journalistes qui préparent une biographie de sa belle-mère. *À un moment ou à un autre, ça sortira. Anne a déjà beaucoup donné.* » David et Élie, les fils d'Anne et Ivan Levaï, ne sont pas plus emballés. Ils sont restés blessés d'avoir vu leur mère humiliée par le scandale suscité par l'affaire Piroska Nagy. Anne elle-même, curieusement, est partagée. Elle n'avait pas caché sa déception en 1994 quand Jacques Delors, le recours, le champion des sondages de la gauche, avait déclaré forfait devant elle, à *7 sur 7*. Le lendemain de l'émission, le président de la

Commission européenne l'avait appelée pour commenter l'audience spectaculaire de sa prestation : douze millions de téléspectateurs. *« Il regrette déjà... »*, avait soufflé la journaliste à Dominique.

Cette fois, pourtant, elle tergiverse. Parfois, elle rêve tout haut de la *« retraite heureuse qu'ils pourraient connaître »*, des *« gâteaux »* qu'elle ne pourra plus aller acheter et manger tranquillement, sur les murailles de Marrakech. Tant d'autres voyages les attendent... Un autre jour, elle paraît se ranger à l'avis de ses amies qui savent qu'elle ne pourra rien empêcher si Dominique veut y aller. *« Si tu es contre, alors tu aurais dû rester avec un journaliste,* a remarqué Rachel Kahn. *Un homme politique de premier plan, tu ne peux pas lui interdire d'atteindre son objectif naturel. »* Ivan Levaï, lui aussi, a ses arguments. Il admire tant DSK qu'il n'a pas réussi à lui en vouloir lorsque Anne l'a quitté pour lui. Il prépare un petit livre, qu'il veut publier pour l'élection présidentielle, afin d'expliquer que DSK est *« le nouveau Mitterrand »*. Quand elle soupire devant lui : *« Tu te rends compte, je vais devenir première dame... »*, il répond tout sourire : *« Tu peux bien te dévouer, quand même ! »*

Lorsqu'ils le croisent à Washington ou à Paris, les uns et les autres donnent leur avis. Paul Hermelin, son ancien directeur de cabinet au ministère de l'Industrie, désormais patron de l'entreprise informatique CapGemini, l'engage à rester au FMI où, en pleine crise économique mondiale, il a, plaide cet ami de François Hollande, *« un rôle majeur à jouer »*. Jacques Attali, qui connaît le couple depuis si longtemps, est aussi très circonspect. Peu après 2007, il a accepté, à la demande du président Nicolas Sarkozy, la présidence d'une commission chargée de proposer des mesures pour relancer la croissance. Presque aucune de ses recommandations n'a été retenue. Pire, sa réforme du système des licences des chauffeurs de taxi parisiens a aussitôt fait scandale. Autant dire qu'il est désabusé. Pourtant, quand on évoque devant lui le match présidentiel à venir, il ne dit pas qu'il est gagné. *« Regardez-les : l'un est un énervé maigre, l'autre un Bouddha fatigué. Nicolas serait un meilleur candidat, et Dominique un meilleur président. Vous vous souvenez de ce que Mitterrand disait de Jacques Delors ? "Il veut bien être président, mais il ne veut pas être candidat". »*

Jean Peyrelevade connaît bien, lui aussi, Nicolas Sarkozy et son rival supposé. Banquiers, politiques, journalistes le sondent régulièrement sur leur duel possible. Alors, l'ancien président de Suez et du Crédit Lyonnais réfléchit tout haut : *« Je crois que Sarkozy a davantage d'énergie, d'envie immédiate. Dominique a beaucoup plus d'intelligence, il se repose d'ailleurs trop sur elle… mais il a moins d'appétit. »* Ce passionné d'entreprises et de politique est également fin psychologue. À l'heure où, pour les médias, la candidature de DSK se fait de plus en plus précise, il croit deviner ce qui pourrait décider le patron du FMI : *« Dominique adore qu'on le supplie. On lui explique que, crise aidant, il est le seul à pouvoir résoudre le problème de l'élection présidentielle grâce à son intelligence supérieure. Nicolas Sarkozy et mon ami Alain Minc l'ont, sans le vouloir, consacré à tel point que je commence à penser qu'il est obligé d'y aller, même s'il n'en a pas envie. »*

À l'Élysée, on se met à observer de loin la campagne souterraine de celui qu'Urvoas a surnommé « l'imam caché ». Fin 2009, l'« ami Alain Minc » invite le couple Strauss-Kahn à dîner à L'Ambroisie, à quelques mètres de chez eux, place des Vosges. C'est l'une des meilleures tables de Paris et la saison des champignons a débuté. Le dîner est animé et exquis. Le lendemain, Minc, si soucieux d'ascèse et de discipline, confie à Nicolas Sarkozy, comme pour le rassurer : *« Un type qui a grossi à Washington et qui commande des œufs aux truffes puis des ris de veau ne veut pas se présenter ! »* Puis, comme une dernière interrogation : *« C'est bizarre… Je dirais que c'est comme s'il avait envie et peur d'y aller. »* Toujours sibyllin, le Président balaie la confidence d'un revers de main : *« Tu sais très bien qu'il ne* PEUT *pas y aller… »*

Au sein de la petite équipe d'Euro RSCG, le travail de déminage entrepris depuis des mois s'annonce difficile. Chaque fois, un nouveau petit caillou s'ajoute à tous ceux déjà semés. L'affaire Piroska Nagy a donné, a posteriori, raison à Jean Quatremer, qui avait mis en garde le FMI sur son blog, et le journaliste de *Libération* ne se prive pas désormais de le rappeler. Les quelques phrases lâchées par Tristane Banon, un soir, chez Thierry Ardisson, buzzent sur Internet, le vecteur de la prochaine campagne. Les communicants s'exaspèrent, surtout, de constater que la chronique de l'humoriste Stéphane Guillon sur Dominique Strauss-Kahn continue d'être régulièrement réécoutée sur le web par des centaines de milliers d'auditeurs.

Quelques mois plus tôt, le 17 février 2009, Guillon a dépassé, à leurs yeux, les bornes. DSK était convié ce jour-là dans la tranche matinale de France Inter, afin d'évoquer la crise économique. Il est d'usage que l'humoriste, qui officie trois jours par semaine, consacre son billet à l'invité politique qui va suivre. Mais Dominique, en route pour la station, a bondi en entendant la chronique dans sa voiture. Guillon, sous les rires des journalistes, a en effet choisi d'aborder de front les rumeurs qui circulent : « *Des mesures exceptionnelles ont été prises au sein de la rédaction,* commence-t-il, *enfin pardon, je ne dois pas prononcer le mot sein... pour ne pas réveiller la bête...* » La suite est dans le même ton. « *Cinq niveaux d'alerte ont été prévus, le dernier devant signaler l'évacuation du personnel féminin...* » Un geste du chroniqueur en direction de la régie a déclenché un bruit de sirène sur les ondes. « *Pas de panique, on va mettre du bromure dans son café !* »

En entendant l'insolent, DSK a failli rebrousser chemin. Mais Anne Sinclair a au contraire prôné de faire front. « *J'ai assez peu apprécié les commentaires de votre humoriste,* lâche le patron du FMI dès son arrivée dans le studio. *L'humour, ce n'est pas drôle quand c'est principalement de la méchanceté.* » Strauss-Kahn est furieux, et sa colère donne davantage d'écho encore au billet de Guillon. Depuis, l'équipe d'Euro RSCG attend que le nouveau directeur de la radio de service public, Philippe Val, renvoie l'effronté, ce qu'il fera quelques mois plus tard.

Les communicants n'en ont pas terminé. Au printemps 2010 paraît un livre entièrement consacré au patron du FMI, *DSK, les secrets d'un présidentiable.* Écrit sous le pseudonyme de Cassandre et publié chez Plon – l'un des rares éditeurs qui n'appartiennent pas au groupe Hachette et donc à Arnaud Lagardère, le patron de Ramzi Khiroun –, il brosse à nouveau un portrait peu flatteur de *« sa vie de nabab, d'une villégiature à l'autre, d'une femme à l'autre »*. La garde rapprochée d'Euro RSCG, surtout, est dépeinte comme prête à tout pour couvrir ses faiblesses. *« Faites ce que vous voulez, mais ne faites pas de peine à Anne »*, avait demandé DSK, en 2006, à l'un des patrons d'Albin Michel, qui préparait à l'époque un livre intitulé *Sexus politicus*, où DSK apparaissait dans un chapitre. À l'époque, ni la presse ni l'édition ne l'inquiétaient vraiment. À quelques mois des dépôts de candidatures du Parti socialiste, le livre de Cassandre paraît beaucoup plus ennuyeux.

Dès l'ouvrage annoncé, les conseillers de DSK multiplient les appels dans les rédactions : *« Nous vous contactons à propos du livre anonyme. Vous l'avez eu entre les mains ? »* Les contre-feux sont aussitôt allumés. Stéphane Fouks, Anne Hommel, Ramzi Khiroun et Gilles Finchelstein ont recensé *« les innombrables inventions du livre »* dans une note de onze pages qu'ils distribuent maintenant aux journalistes. Anne Sinclair demande à l'avocat Jean Veil de rédiger une plainte contre Plon. La maison d'édition voit aussi Gilles Finchelstein annuler dans la foulée la publication du livre qu'il devait cosigner avec Matthieu Pigasse, l'ancien collaborateur de DSK lors des années Bercy. Celui-ci, devenu banquier chez Lazard, ne se laissera néanmoins pas impressionner et restera fidèle à Plon.

Pour dissuader d'autres auteurs de s'engouffrer

dans la brèche, on emploie cette fois les grands moyens. Il faut savoir qui se cache derrière Cassandre. Un matin, la maison de la place Saint-Sulpice voit débarquer... la police, qui intervient sur commission rogatoire du juge Jean Gervilliers. Maître Dominique de Leusse, avocat de Stéphane Fouks, Ramzi Khiroun, Anne Hommel et Gilles Finchelstein, mais aussi de Lagardère et de Grasset, est chargé de porter plainte pour *« injure »*. Arrivés du commissariat tout proche, les policiers veulent mettre la main sur le contrat d'édition établi au nom de Cassandre et réclament des documents paraphés à un Olivier Orban ulcéré. *« Du jamais vu en trente ans d'édition ! »*, s'insurge-t-il avant de refuser.

Comment ne pas comprendre, derrière cette panique, la volonté farouche des communicants de DSK d'effacer tout ce qui pourrait gêner l'ambition présidentielle de leur ami et client ? Ils continuent, pourtant, de nier les dangers. Au début de l'été, Brigitte Guillemette, la deuxième épouse de DSK, croise Stéphane Fouks au festival d'Aix-en-Provence. Tous deux se connaissent depuis longtemps. Elle conseille toujours des entreprises en free-lance et le monde de la communication n'est pas si grand. Ils devisent sur une jolie terrasse, entre deux opéras. Brigitte Guillemette s'inquiète, pourtant : *« Surtout,* lance-t-elle au patron d'Euro RSCG, *tu ne nous le fais pas aller à la présidentielle ! Tu connais tous ses problèmes ! »* Fouks la coupe et sourit, rassurant : *« T'inquiète, il n'en est pas question. »*

Il est nettement moins affirmatif, quelques mois plus tard, à l'occasion d'une autre mise en garde. Cette fois, c'est de Bernard Debré qu'il s'agit. Le célèbre urologue, député du XVIe arrondissement de Paris, convoque le publicitaire à la maison du Danemark, en haut des Champs-Élysées. Il n'a jamais porté DSK dans son cœur. Il a présidé naguère la Fondation santé des étudiants de France, où on l'a renseigné sur les mœurs de la Mnef. Bruno Mangel, le patron de L'Aventure, a déjà évoqué devant lui les déjeuners du ministre dans les alcôves du club, avenue Victor-Hugo. Mais, cette fois, il a été alerté par des patients qui lui ont raconté qu'ils avaient partagé des soirées payantes en Belgique et dans un hôtel avec DSK. *« Franchement, Stéphane, vous êtes fous ! »*

Autour du prince, la cour est souvent aveugle et les courtisans muets. Conseil de Lionel Jospin, Stéphane Fouks a perdu la présidentielle de 2002. En 2007, Ségolène Royal, qui s'est toujours méfiée de lui, avait choisi son amie Natalie Rastoin, la patronne d'Ogilvy. Cette fois, il a envie d'en être. Il a bien compris le dilemme de Dominique Strauss-Kahn, mais c'est tout son art de la psychologie que d'amener doucement ses clients à trancher. Il a donc fini par le convaincre avec un argument simple : *« Tu veux conserver jusqu'au bout ta liberté ? Bien. Préparer les conditions de ton retour, c'est te donner le choix de te présenter. Si, au printemps 2011, tu refuses finalement d'y aller, nous remballerons tout ce que nous aurons organisé. Mais en l'absence de préparatifs, tu n'auras tout bonnement pas le choix et tu devras renoncer à tes ambitions françaises. Alors, laisse-nous faire… »*

16

Paranoïa

Dominique Strauss-Kahn s'est rangé à la position de son conseiller. Désormais, lorsque ses amis au PS l'appellent à Washington pour savoir sur quel pied danser, il les autorise à un léger glissement sémantique : *« Jusqu'alors, on répondait : "On verra." Maintenant, on dit : "Pourquoi pas ?" »*

Pour mieux « entretenir le désir », comme ils disent, Euro RSCG a autorisé une équipe de Canal + à suivre pendant un an le directeur général du FMI. Bien sûr, ils n'ont accédé à aucun de ses secrets. Comme dans les reportages de *Paris Match* qui plaisaient tant à Anne Sinclair, ils ont filmé cette fausse intimité que la presse people sait si bien reconstituer pour les photos : dans leur cuisine, les Strauss-Kahn se font cuire de solides steaks bien épais. Leurs caméras ont suivi un match amical de football entre économistes du FMI, dont l'une des équipes porte un tee-shirt *Yes We Kahn,* comme un rappel du slogan magique de la campagne de Barack Obama. Ils filment aussi les visites surprises à Sarcelles, entre deux voyages au bout du monde.

Comme toujours, le photographe de l'édition du Val-d'Oise du *Parisien* a lui aussi été discrètement prévenu. N'est-ce pas dans ce fief que doit être lancée la future campagne ?

L'air de rien, l'élection présidentielle française s'est aussi invitée à Washington. « *Le moindre type en poste ici,* raconte en riant une public relations franco-américaine, *peut vous parler des primaires au PS.* » Le 30 novembre 2010, l'annonce de la candidature de Ségolène Royal déclenche une rafale de tweets sur les réseaux des experts du Fonds. Dans les couloirs du FMI, les journalistes accrédités dissertent désormais des sondages de popularité du directeur général dans l'Hexagone. Comme s'il n'y avait plus aucun doute possible, tous les instituts d'opinion se sont en effet mis à tester systématiquement sa cote présidentielle. Même l'ambassadeur des États-Unis à Paris, révélera plus tard Wikileaks, est sollicité par son pays pour comprendre les ambitions de DSK. Il semble plus prudent que les Français. « *Il lui manque le feu sacré* », a-t-il noté.

La capitale américaine reçoit désormais les Français en procession. On vient rencontrer saint Strauss-Kahn comme on se rend à Lourdes, en espérant le miracle de sa candidature, ou en jugeant que, même sans feu vert, il faut y croire. Des élus de Sarcelles font le voyage jusqu'à Washington. Pierre Bouchacourt, son ancien attaché parlementaire aujourd'hui élu à Cergy, Jacques Langlade, ce fidèle parmi les fidèles, devenu directeur de cabinet du président de l'agglomération Val-de-France, traversent tous les deux l'Atlantique. Pierre Moscovici profite d'un voyage à Washington pour renouer avec DSK qu'il n'avait pas vu depuis deux ans. À son retour, il rend son oracle, bien que, si son ancien mentor venait à renoncer, il caresse lui-même l'ambition de concourir aux primaires socialistes : *« Dominique n'est pas le plus aimé, pas le plus proche, pas celui qui incarne le mieux la gauche, mais il est le seul que les Français voient en président de la République. »*

À l'Assemblée et au Sénat, les strauss-kahniens Jean-Jacques Urvoas, Jean-Marie Le Guen et Jean-Christophe Cambadélis se sont mis en mouvement. *« Pas besoin de lui pour savoir ce qu'on a à faire »*, affirme Le Guen. Auprès de leurs collègues, ils soulignent à chaque fois la supériorité écrasante de Dominique dans les sondages. Jérôme Cahuzac, le tout nouveau président de la commission des Finances de l'Assemblée, se dit très favorable au retour de DSK. François Kalfon, responsable des études au PS, est enthousiaste : *« Strauss-Kahn est au plus haut chez les électeurs de gauche ! C'est le seul qui peut battre Sarkozy ! »* Le maire de Grenoble Michel Destot s'active au sein de son club, Inventer à gauche, avec les anciens ministres rocardiens Catherine Tasca, Alain Richard et Tony Dreyfus… Des hauts fonctionnaires ont d'ores et déjà proposé leurs services. François Villeroy de Galhau, le directeur de cabinet à Bercy, prépare des notes sur la situation économique. « *Que mille fleurs s'épanouissent !* », encourage Gilles Finchelstein.

Au premier trimestre 2010, Dominique Strauss-Kahn a demandé à son fidèle Laurent Azoulai de réfléchir à un dispositif de campagne. Azoulai, ex-trésorier du PS passé depuis dans les affaires, avait déjà organisé en 2006 la campagne de Dominique pour les primaires. Cette fois, il lui tend une courte note de quatre pages, dans laquelle il distribue les rôles en cas de victoire aux primaires. À Martine Aubry, le titre de porte-parole de la campagne, et, en cas de victoire le 6 mai 2012, celui de Premier ministre. À François Rebsamen, la rue de Solférino, à Ségolène Royal le perchoir, à Laurent Fabius, enfin, le ministère des Affaires étrangères.

Comment encore imaginer que le patron du FMI puisse renoncer à la présidentielle alors que, de Washington, il adresse aux groupes de travail qui réfléchissent pour lui quelques CV intéressants repérés ici ou là ? Qu'il se désintéresse de son avenir alors qu'il prend la peine d'appeler Jean-Jacques Urvoas pour lui recommander des policiers capables d'enrichir les propositions sur la sécurité du think tank Terranova ? Jean-Christophe Lagarde, le chef de la sûreté urbaine de Lille, a ainsi été reçu dans le petit bureau qu'occupe le député du Finistère au Palais-Bourbon. Dominique juge que son expérience du terrain nourrirait la réflexion en matière de délinquance ou de police de proximité. Urvoas ne songe pas à demander son nom à cet autre inconnu venu lui aussi *« de la part de Dominique »*. Il semble très timide, ou alors peu au fait des enjeux de sécurité. Seuls les appariteurs, qui ont troqué un badge de visiteur contre sa pièce d'identité, ont noté son nom : Paszchowski.

François Pupponi explique avec des mines conspiratrices que DSK dispose désormais d'un *« réseau dor-*

mant, une sorte d'Al-Qaida strauss-kahnienne, prêt à se réveiller dès qu'il l'aura décidé ». Tout le monde est au garde-à-vous. Mais le chef de cette armée des ombres reste toujours silencieux. En privé, il s'agace même que ses lieutenants, Cambadélis ou Le Guen, s'expriment à sa place, comme les porte-parole officieux d'une campagne qui n'est pourtant pas encore lancée. *« Mais tu ne peux pas faire taire ces imbéciles qui parlent en mon nom ? »*, lâche-t-il à Martine Aubry lorsqu'il la rencontre, durant ces premiers mois de l'année 2011. En voyant Cambadélis tourner autour de lui (*« Tu as vu Dominique ? Il dit quoi ? »*), elle a compris qu'elle rencontre leur champion plus souvent qu'eux. Ça ne l'empêche pas de bouillir. *« Il fait chier ! S'il nous dit clairement ce qu'il veut, on peut l'aider, mais il ne peut pas rentrer comme ça, au dernier moment. »*

Un homme se tient à l'écart des « si », des « quand ? » et de cette litanie qui commence à enfermer les strauss-kahniens dans la politique-fiction. C'est simple : François Hollande fait comme si Dominique Strauss-Kahn n'existait pas. Il sait bien qu'il n'y aura pas de place pour deux crocodiles dans le marigot socialiste. Il n'est pas tout à fait certain que son rival prendra le risque d'abîmer sa belle image d'expert international et de sauveur de l'économie mondiale. Les campagnes électorales, pense-t-il surtout, sont comme des scanners qui révèlent le squelette de ceux qui s'y lancent. Il a bien vu comment son ex-compagne Ségolène Royal en est sortie blessée. DSK sortirait-il sain et sauf de cette radiographie ?

Ses années passées à la tête du Parti socialiste l'ont suffisamment informé des faiblesses du personnage. Il n'a pas oublié ses conversations avec Armelle Thoraval sur les affaires de la Mnef et l'implication de DSK et ses amis. Il n'a pas oublié non plus son rendez-vous avec Tristane Banon, quelques années plus tôt. Il connaît les rumeurs qui courent, les anecdotes sur sa manière de « draguer » dans les fédérations socialistes, à l'issue ou même pendant les réunions politiques, les incidents diplomatiques que les lieutenants parisiens de DSK ont dû gérer, à Grenoble ou ailleurs. Sa nouvelle compagne, Valérie Trierweiler, a elle aussi cerné le personnage. C'est une très jolie journaliste qui n'ignore rien des manières des hommes politiques. Un jour, salle des Quatre-Colonnes, Strauss-Kahn se dirige vers le petit groupe de chroniqueurs politiques au milieu duquel elle se trouve. « *Comment va la plus jolie journaliste de Paris ?* », demande le député du Val-d'Oise. Et elle, du tac au tac, cinglante : « *Je croyais que c'était Anne Sinclair…* »

Pendant la campagne de 2002, François Hollande a surtout observé, au siège de campagne de Lionel Jospin, les amis de l'ancien ministre de l'Économie. Il s'est toujours méfié de ce Ramzi Khiroun qui s'isolait, avec des airs mystérieux, le portable vissé à l'oreille. Difficile de cerner son rôle exact. « *Que fait-il exactement ? Vous le savez ?* », demandait le premier secrétaire à la presse en désignant discrètement ce jeune Sarcellois qui ne travaillait pas encore pour Euro RSCG, mais hantait les conseils nationaux du parti. Les anciens de la Mnef ne le rassurent guère davantage. Il subodore que ces députés bien mis n'ont pas perdu leur goût pour l'argent, et se méfie autant aujourd'hui qu'hier de leurs manières de « faire des salles » dans les congrès et de ces alliances de dernière minute, façon trotskiste, pour renverser les majorités.

François Hollande a aussi été frappé par le rejet, bien au-delà des rangs de la gauche, de la présidence Sarkozy. Le style bling-bling imprimé au quinquennat a choqué. Les électeurs, pense-t-il, ne choisiront pas un candidat qui, au fond, ressemble dans ses manières au Président. Or, si la conjoncture impose à tous les présidentiables la même rigueur budgétaire, les styles feront aussi la différence. *« Nicolas Sarkozy-Kahn »* : c'est ainsi que Jacques Attali, l'homme qui, il y a des années, avait recruté Hollande à l'Élysée, vient d'intituler sa chronique dans *L'Express*, face à la crise économique qui enfle.

Hollande ne pense pas seulement que le patron du FMI mène trop grand train et affiche trop d'aisance. Il juge aussi qu'il ne connaît pas ou plus assez la France. *« Parler avec les grands de ce monde, c'est bien,* dit-il à ses amis. *Mais que sait-il de Châteauroux ? »* Quelques mois plus tôt, Hollande a lu dans *Paris Match* un portrait élogieux d'Anne Sinclair qui racontait tout à trac son bonheur de *« jeune couple »* à Washington. Là-bas, riait-elle, pas de *« circonscriptions à visiter »*, pas de *« fête de la rose à Trifouillis-les-Oies… »*. Soit. Mais quand il faudra que le directeur du FMI redescende de la stratosphère où l'ont propulsé les sondages, on verra s'il sait vraiment convaincre les électeurs de gauche de « *Trifouillis-les-Oies* » de l'élire aux primaires !

À quelques mois du dépôt des candidatures, ni les strauss-kahniens ni la presse ne croient le député de Corrèze capable de l'emporter. « *À part un crash de l'avion qui transporte DSK et Aubry et qui tomberait sur Ségolène…* », plaisante Christophe Borgel. « *Hollande pense à la présidentielle en nous rasant !* », rit tout haut Guillaume Bachelay, spécialiste ès bons mots. Quant à Dominique, il lâche à son propos : « *Un rigolo. S'il m'emmerde, celui-là, je l'écrase.* » L'ex-patron du PS encaisse sans rien dire. Nommer DSK ou lui répondre, ce serait montrer qu'il le craint et, surtout, avaliser cette candidature qu'on ne voit pas venir. Il se contente donc d'avancer qu'il sera pour sa part un « *candidat normal* », dans une flèche destinée autant à Sarkozy qu'à son rival du FMI.

Car à l'Élysée, le président bling-bling a perçu lui aussi qu'en cette matière, un Strauss-Kahn candidat n'aura rien à lui envier. « *Quand je pense comme on m'a emm… pour des travaux que j'avais fait faire dans mon appartement à Neuilly, je ne sais pas comment DSK ferait dans une campagne !* », rigole un jour Nicolas Sarkozy devant son « frère » Brice Hortefeux. Depuis quelques mois, le chef de l'État distille aussi quelques « éléments de langage » aux députés UMP qu'il réunit à déjeuner : « *DSK n'est pas capable de tenir une campagne présidentielle »*, leur dit-il. Ou encore : *« Il aime trop la vie, il est trop jouisseur. »*

À la presse, son entourage fait remarquer des détails qui auraient pu lui échapper, des archives qu'elle pourrait oublier d'exhumer. Ainsi cette caricature, publiée en décembre 2010 dans *Le Parisien*, où DSK, croqué par Ranson, fume le cigare, qu'il a troqué depuis belle lurette pour la pipe. Ou ces phrases lancées en 2005 par « Strauss » à Hervé Gaymard, quelques jours avant la démission de celui-ci du ministère de l'Économie : *« Comment se fait-il que vous, vous ne vous soyez pas rendu compte que le fait de louer un appartement qui valait dix fois le Smic par mois était quelque chose qui était inacceptable ? Il y a un problème personnel là-dessus. Moi, j'habitais chez moi ! »* Un comble, pouffent les sarkozystes en décrivant les propriétés d'Anne Sinclair.

« Franchement, quand on a vraiment envie d'être président et qu'on vit loin de son pays, demande Franck Louvrier en évoquant la dernière visite du patron du FMI à l'Élysée en Mercedes noire, *est-ce qu'on arrive dans la cour de l'Élysée avec une voiture allemande de luxe ? Est-ce comme ça qu'on se présente pour reconquérir les Français ? »* Alain Minc fait mine de se frotter les mains : *« Le cap Nègre n'est pas très chic à côté du riad de Marrakech. Et le logis de Carla, près d'Auteuil, ressemblera à une maison de pauvresse à côté de la place des Vosges… »*

« À côté de lui, j'aurai l'air d'un pasteur méthodiste », préfère Nicolas Sarkozy. Il a trouvé une jolie formule pour qualifier ce rival en pointillé : *« Il a une tête de paratonnerre. »* Devant la presse, il insiste : *« Dominique*

serait le candidat idéal. Mon meilleur challenger. » Ce jour de janvier 2011 où les sondages donnent DSK vainqueur, à 64 %, d'un duel de second tour qui l'opposerait à lui, il lâche : « *Je serais tellement content que ce soit lui !* » Mieux : il assure en privé ne craindre au fond qu'Hollande. « *Hollande ?* » Les strauss-kahniens s'esclaffent. Pour eux, ce discours n'est qu'un leurre. L'Élysée ne peut évidemment craindre que Dominique !

La campagne virtuelle est en marche, alors même que, côté socialiste, l'agenda des primaires n'est pas arrêté. Le 11 janvier 2011, la première secrétaire du PS Martine Aubry fixe la clôture des candidatures au 13 juillet. Dominique Strauss-Kahn est furieux. Il n'est pas parvenu à la joindre pour la convaincre de choisir un autre calendrier : la crise a pris de l'ampleur en Grèce, et il souhaitait attendre la fin des assemblées annuelles du Fonds, au début d'octobre, pour revenir en France, explique le directeur général du FMI.

Le Point, qui prépare sa couverture sur DSK, contacte Anne Sinclair le 7 février. Elle leur glisse cette confidence : « *J'ai lu dans plusieurs journaux français que la réélection de Dominique serait assurée à la tête du FMI. Pour ce qui me concerne, je ne souhaite pas qu'il fasse un second mandat.* » Ses propos peuvent-ils être publiés ? « *Oui* », lâche l'ancienne journaliste. La une de l'hebdomadaire est toute trouvée. Lorsque *Le Point* paraît, c'est un véritable appel à la candidature Strauss-Kahn qui s'affiche sur les kiosques parisiens. Cette fois-ci, c'est Martine Aubry qui enrage : *« On se parle assez souvent avec Dominique pour qu'il ait pu m'avertir ! »*

Les guichets sont ouverts. Jack Lang, convié à New York par l'ONU pour présenter son rapport sur la piraterie en Somalie, s'arrête à Washington. En avril, c'est au tour d'Élisabeth Guigou de faire le voyage jusqu'au FMI. Il y a un moment qu'elle a déclaré son soutien à Martine Aubry, mais Martine était alors persuadée que Dominique *« n'irait pas »*. *« Il pense qu'il suffit des services de son équipe de communication,* a confié la première secrétaire du PS à l'ancienne ministre de la Justice. *Il ne sera pas capable de faire campagne sur le terrain… »* Aujourd'hui que les sondages le consacrent chaque jour un peu plus, Élisabeth Guigou veut prendre elle-même la température de la primaire.

En arrivant devant le bureau du directeur général du FMI, l'ancienne garde des Sceaux a croisé Jacques Attali qui en sortait : *« Il n'a pas encore décidé. Il hésite toujours »*, chuchote le conseil financier dans l'antichambre. « Il » ne dit pas autre chose à Élisabeth Guigou. *« Je suis très bien ici, et j'ai encore mille choses à faire. Si Martine se décide, je la soutiendrai… »* Elle l'interrompt : *« Si tu y vas, tu dois te décider vite, car tu auras besoin de t'immerger dans la société française, de reprendre contact avec elle. »* DSK manifeste alors quelques gestes d'impatience. *« Écoute, une campagne, je sais faire ! Je n'ai pas été élu à Sarcelles pour rien ! Je sais ce que sont les Français ! »* Elle aurait dû se douter qu'il ne lui ferait pas de confidences. Douze ans après l'affaire de la Mnef, le couple Strauss-Kahn continue de rendre l'ancienne ministre de la Justice responsable de sa démission forcée du gouvernement : elle aurait noirci son dossier judiciaire devant Lionel Jospin.

Quelques jours plus tard, c'est DSK qui reçoit à Paris, et cette fois le doute n'est plus permis. L'avocat Gilles August lui organise des dîners. Il reçoit aussi au Pavillon de la Reine, cet hôtel de la place des Vosges situé à quelques pas de son domicile parisien. Parfois, son ami Dan Franck lui prête, pour ses rendez-vous, ce bel atelier bobo qui lui sert de bureau, face à La Closerie des lilas. Dans le hall ou l'escalier, les équipes qui partent croisent celles qui arrivent. *« Franchement, heureusement que vous n'étiez pas résistants au maquis »*, s'amuse Julien Dray.

Preuve qu'il s'intéresse autant au premier qu'au second tour, le patron du FMI rencontre l'ensemble de la gauche. Les socialistes, d'abord : Lionel Jospin, qui le reçoit chez lui, rue du Regard, mais aussi Bertrand Delanoë, et même François Hollande qu'il cherche à décourager, en vain. Il rencontre aussi Nicolas Hulot et Daniel Cohn-Bendit. Pour son ouverture au centre, un *missi dominici* œuvre pour lui dans l'ombre : Laïd Sammari. DSK s'est lié à cet ancien journaliste de *L'Est républicain*, marié à une magistrate, lors de ses affaires judiciaires. Sammari a travaillé pour Henri Proglio à Veolia et s'applique, jure-t-il à l'époque pour justifier ses visites à New York, à *« rapprocher Jean-Louis Borloo et Dominique Strauss-Kahn »*. Après les écolos et les centristes, ne manqueront plus que les communistes, mais Cambadélis et Claude Bartolone les connaissent bien.

Ses amis sont si heureux des scores, inédits sous la Ve République, que leur prédisent les sondeurs, qu'ils ne s'interéssent pas assez à Dominique. Ils ne remarquent pas combien leur champion semble étrange. Lui d'ordinaire si zen, si calme, paraît agité et inquiet. DSK semble anormalement préoccupé. Lui, si rationnel, devient comme parano, complotiste même. Désormais, lorsqu'il leur donne rendez-vous, il leur demande d'enlever la batterie de leur portable. *« Comme les gars du FLNC ?* interroge Pupponi. *Dominique, on ne va pas faire sauter la Banque de France, on va juste prendre l'Élysée ! »*

Voilà près de cinq ans – à l'époque des premières primaires socialistes contre Ségolène – que Dominique Strauss-Kahn a chargé son noyau d'intimes d'acheter pour lui puces et téléphones. Officiellement, expliquera-t-il à des juges ou des biographes autorisés, il craint les *« officines politiques »* et veut *« rendre plus difficile le pistage »*. Ramzi Khiroun, désormais membre du comité exécutif du groupe Lagardère, et l'avocat Gilles August ont pris pour lui des abonnements. Lors d'une soirée au Murano, quelques mois plus tôt, Dominique a aussi demandé à son ami Fabrice, le vendeur de lits médicalisés devenu GO de ses soirées échangistes, de lui laisser son téléphone avant de repartir pour Washington. Une ligne supplémentaire, pas à son nom, et facilement gagnée.

Stéphane Richard, l'ancien conseiller de DSK au ministère de l'Industrie, est devenu le patron d'Orange. Il sait combien les réquisitions des policiers et des juges aux opérateurs de téléphonie, à des fins de mises sur écoutes, sont fréquentes. Il sait aussi que sont écoutés ceux qui conversent avec des suspects. Comme s'il était persuadé que ses conversations étaient enregistrées, DSK semble obsédé par l'idée d'empêcher toute intrusion sur ses lignes. En mars 2011, il convoque Alain Bauer au Pavillon de la Reine. On lui a dit que les BlackBerry n'étaient pas sûrs. Il veut en avoir le cœur net, et pose son téléphone sur la table, devant le spécialiste de la sécurité.

« Les BlackBerry ne sont pas fiables », confirme Bauer. Sur ses recommandations, une directive du SGDN, le Secrétariat général de la Défense nationale, en date de 2006, en interdit l'usage à l'Élysée, à Matignon et dans les ministères, par crainte de voir des données confidentielles volées. *« Si tu veux être en sécurité, tu dois installer une puce cryptée ici,* lui explique le criminologue en retournant et en ouvrant le BlackBerry posé devant lui. *Mais pour une sécurité absolue, tes interlocuteurs doivent aussi en posséder une. »* Dominique Strauss-Kahn remercie, décide de faire appel à une société de téléphones cryptés, mais abandonne un mois plus tard, l'essai ne lui semblant pas concluant. On l'écoute, il en est sûr, et, vu comme cette menace le trouble, le patron du FMI a de gros secrets.

À Claude Bartolone, qu'il convie le 28 avril au Pavillon de la Reine, il explique : *« Je veux partir proprement du FMI, après avoir géré la crise grecque. Faites attention à vos déclarations et ne mets pas mon nom sur ton agenda. Certains ont intérêt à ce que je sois viré du*

FMI. Les Russes surtout… » Le même jour, il déjeune avec des journalistes de *Libération*. Il avait fait pareillement, les jours précédents, avec la rédaction du *Nouvel Observateur*, et aussi chez Guy Savoy – l'une des tables les plus chères de Paris – avec celle de *Marianne*, le journal de son ami Maurice Szafran, dont il ne doute pas un instant de son soutien pour la présidentielle. À ses divers convives, il explique qu'il a laissé son téléphone loin de leurs conversations, au vestiaire, et ne garde que le portable crypté du FMI dans sa veste. *« C'est plus prudent. Claude Guéant prépare un coup tordu. »*

Lui seul sait, en ce printemps 2011, ce qu'il redoute au fond de lui. Mais à qui, hormis quelques amis sûrs dans le Nord, peut-il en parler ? Aux uns, il dit craindre le ministre de l'Intérieur. Aux autres, les Chinois, ou *« le Russe du FMI »* derrière lequel manœuvre Poutine, et *« Poutine est proche de Sarko »*. Il évoque aussi un mauvais coup du patron de la DCRI, le Renseignement intérieur français. Julien Dray a fait savoir à François Pupponi que Bernard Squarcini avait juré que « les services » ne feraient pas *« une campagne sale »* et la joueraient *« loyale »*. Mais peut-on vraiment faire confiance à Squarcini ?

Le commissaire Jean-Christophe Lagarde, celui des soirées libertines, assure que oui. Le 10 février 2011, Fabrice Paszchowski, toujours disponible, descend, de Lille à Paris, rencontrer à « *13 heures, station Pont de Neuilly* », un honorable correspondant de son copain commissaire arrivé, lui, comme dans un film policier, de Levallois où siège le contre-espionnage français. Son ami Dominique, patron du FMI, s'inquiète d'*« écoutes illégales »* dont il serait victime, explique Fabrice. Peut-on les déjouer ? Savoir si oui ou non ses coups de fil et ses textos sont enregistrés ?

Devant les journalistes, Dominique Strauss-Kahn dresse lui-même la liste des coups bas dont, une fois candidat, il sera victime. Premier angle d'attaque, à ses yeux : sa *« judéité »*. Agent d'Israël, apatride, juif d'argent, comploteur, maître de la finance internationale… Sur Internet, la vieille grammaire de la judéophobie vient en effet habiller tous les fantasmes. L'inconscient antisémite qui affleure tous les jours sur les posts ou les blogs déborde même parfois de la Toile. Ainsi le chef du groupe UMP Christian Jacob, qui déclare que Dominique Strauss-Kahn, *« ce n'est pas l'image de la France, l'image de la France rurale, l'image de la France des terroirs et des territoires, celle qu'on aime bien, celle à laquelle je suis attaché »*. Sans le savoir, il cite presque dans le texte Xavier Vallat, l'ancien Commissaire général aux questions juives de Vichy.

Quelques années auparavant, Strauss-Kahn a assuré dans *Tribune juive* se *« lever chaque matin en [me] demandant comment je pourrais être utile à Israël »*. Il se doute bien que l'on exhumera sa déclaration pour souligner ses liens avec Jean Frydman, son riche ami si proche des travaillistes israéliens, et le dire *« sioniste »*. Sa femme, explique-t-il, s'en préoccupe beaucoup. *« Regarde, la France a bien porté au pouvoir Blum et Mendès »*, les rassure Ivan Levaï, inconditionnel et premier supporter de DSK.

Pour « l'argent », la petite équipe d'Euro RSCG a trouvé la parade. Anne Sinclair termine la rédaction, avec l'aide de Dan Franck, d'un livre sur son grand-père, le collectionneur Paul Rosenberg, l'un des plus grands marchands d'art du XXe siècle, l'ami de Léger et de Braque. Elle expliquera ainsi, à travers ses souvenirs évoqués comme une galerie de tableaux, l'origine de sa fortune. Photos personnelles et anecdotes sont prêtes. Qui sait ainsi que, des années plus tôt, dans son inconsciente jeunesse, la star de *7 sur 7* a refusé d'être peinte par Picasso ?

Face à l'examen de ses conquêtes, étrangement, DSK semble moins inquiet. C'est même, curieusement, comme s'il cherchait à dédramatiser. « *Oui, j'aime les femmes... Et alors ? [...] Depuis des années on parle de photos de partouzes géantes, mais je n'ai jamais rien vu sortir... Alors, qu'ils les montrent !* » Et d'imaginer à voix haute de faux scandales à venir, des récits de « *femme [qu'il aurait] violée dans un parking et à qui on promettrait 500 000 ou un million d'euros pour inventer une telle histoire...* ». En ces premiers mois de l'année 2011, tous ses interlocuteurs, journalistes compris, croient qu'il est là pour leur expliquer qu'il s'est désormais rangé. Comment imaginer que, comme pour conjurer les révélations qui pourraient advenir, DSK décrit des scénarios qu'il connaît trop bien ? « *J'ai des œillères,* dit-il en mettant ses mains autour des yeux. *Je fais attention à tout, maintenant.* »

Doit-on alors comprendre ce qui suit autrement que comme un acte manqué ? Le 28 avril, le jour même de son déjeuner avec *Libération*, il convoque Ramzi Khiroun place des Vosges : « *J'ai besoin de te voir.* » Le conseiller spécial de DSK vit sur un grand pied depuis qu'il est entré au comité exécutif du groupe d'Arnaud Lagardère, dont il est le porte-parole attitré. Le temps du rendez-vous, il a garé sa voiture de fonction en double file : une Porsche Panamera noire qui fait siffler d'admiration le patron du FMI. *« On l'essaie ? »* Le lendemain, le cliché du candidat de la gauche dans le bolide à 100 000 euros est dans tous les journaux. *« Tu aurais dû faire plus gaffe »*, dira Dominique à Ramzi, comme s'il n'avait pas tourné le premier autour de la voiture.

Washington l'attend. Il est reparti seul. Anne a voulu rester à Paris, son fils et sa belle-fille attendent un bébé. Dominique, lui, a encore mille choses à faire avant ses adieux au FMI. Sans compter ces retrouvailles qu'il a organisées à l'hôtel W, ce beau palace aux canapés rouges, à deux pas de la Maison Blanche, avec son ami Fabrice, le commissaire Lagarde, Roquet et quelques « amies ». Si je peux, on organisera encore une soirée avant la fin du mois de juin, leur a-t-il promis en prenant congé le 12 mai, après deux jours de réjouissances.

Le 13, le voilà à New York. Il a proposé à sa fille Camille, qui étudie à l'université Columbia, de déjeuner le lendemain avec elle, avant de filer de nouveau à l'aéroport. Il a réservé au Sofitel où, comme à son habitude, il est arrivé dans un cab jaune new-yorkais, traînant sa petite valise à roulettes. *« Welcome back, Mister Strauss-Kahn ! »* Comme elle le fait habituellement pour les personnalités qu'elle connaît, la direction propose gracieusement de le surclasser. Un groom l'accompagne jusqu'à la suite présidentielle. La 2806, celle que l'on offre aux VIP.

17

Apocalypse

C'est Pierre Sarkozy qui a appris la nouvelle à son père, en pleine nuit. *« Dominique Strauss-Kahn vient d'être arrêté à New York. »* L'histoire est si folle qu'il a pris le risque de le réveiller. Le jeune homme a l'habitude de consulter régulièrement son compte Twitter, et une rafale de messages venus des États-Unis l'a alerté alors qu'il était loin d'être couché, vers une heure du matin. C'est la supériorité d'un garçon de vingt-six ans sur les hauts fonctionnaires de l'Élysée. Eux n'ont pas jugé bon de déranger Nicolas Sarkozy. Dj Mosey, comme on appelle le fils aîné du Président dans le petit milieu du rap où il gravite comme producteur, n'a pas hésité.

Quelques heures plus tard, Alain Bauer, l'ami de Stéphane Fouks et de Manuel Valls, celui qui avait mis en garde Dominique avant son départ pour le FMI et lui avait donné, deux mois plus tôt, quelques conseils pour crypter son BlackBerry, téléphone à son tour à Nicolas Sarkozy. *« Tu es le deuxième à m'appeler »*, répond le Président à celui qui le conseille en matière de sécurité. Le ton du chef de l'État est inhabituellement grave et calme. Bien sûr, il a pensé tout de suite aux conséquences politiques de cette arrestation. Mais, comme tous les Français, il reste d'abord sidéré. Presque incrédule, malgré tout ce qu'il sait.

Ce dimanche matin, avant même que le jour ne se lève, la nouvelle est tombée sur le festival de Cannes. Oubliées la sélection officielle, les palmes qui doivent être distribuées bientôt. Dominique Strauss-Kahn est accusé d'avoir violé une femme de chambre dans un grand hôtel de Manhattan. Sur la Croisette, les écrans retransmettent les images des télévisions new-yorkaises, comme si le scénario qui vient de faire irruption sur les écrans surpassait tous les polars et toutes les fictions.

Les rédactions cherchent Anne Sinclair dans tout Paris : la veille au soir, leur a-t-on dit, elle fêtait l'anniversaire du chanteur Patrick Bruel. Son mari l'a appelée pour lui dire brièvement qu'il venait d'être arrêté à l'aéroport JFK, devant la porte de l'avion qui devait le transporter en France. Pour échapper aux paparazzis dont elle craint qu'ils ne la guettent déjà au pied de son appartement de la place des Vosges, Euro RSCG a envoyé Anne Hommel « exfiltrer » l'épouse du patron du FMI et l'emmener chez les Frydman, ses amis de toujours. Depuis, elle est injoignable.

Dans le petit cercle des proches, c'est une véritable déflagration. La veille au soir, alors même qu'à New York Dominique Strauss-Kahn était transféré à la Special Unit Victims du commissariat de Spanish Harlem, Pierre Moscovici vantait encore les mérites de son candidat sur le plateau de *On n'est pas couché,* l'émission de Laurent Ruquier sur France 2. Mais maintenant qu'ils savent tous, ils sont tétanisés. Leurs téléphones ne cessent de sonner et ce ne sont pas seulement les éditorialistes politiques qu'ils connaissent qui appellent. Ce sont des fait-diversiers. La panique les saisit : *« Qu'est-ce qu'on fait ? Qu'est-ce qu'on dit ? »*

Les communicants de DSK ont d'abord paré au plus pressé : démentir les premières rumeurs affirmant qu'il a cherché à fuir le Sofitel, oubliant ainsi dans sa précipitation un de ses téléphones portables. Mais ils ont dû faire machine arrière. Les avocats américains qui entourent déjà le directeur général du FMI les ont sommés de ne plus dire un mot sur l'affaire. Il va donc falloir se contenter de le défendre en évoquant seulement l'homme, celui qu'ils connaissent.

Pourquoi ont-ils choisi ces mots qu'ils répètent les uns après les autres ? *« À l'heure où nous sommes, je ne veux ni ne peux tirer de conclusions hâtives de l'inculpation de Dominique Strauss-Kahn,* assure Jean-Christophe Cambadélis, *mais toute cette histoire ne lui ressemble pas. »* Jean-Marie Le Guen : *« Il faut se garder de toute conclusion avant que Dominique Strauss-Kahn ne se soit exprimé. Et puis, et surtout, cette affaire ne ressemble en rien à DSK, l'homme que nous connaissons tous. »* Pierre Moscovici : *« Attendons la version des faits de DSK. Je le connais depuis trente ans, cela ne ressemble pas à ce que je connais de lui. »* François Pupponi : « *La prudence doit être le maître mot sur cette affaire. Tout ce que je peux vous dire, c'est que ce qu'on nous décrit ne correspond absolument pas au Dominique Strauss-Kahn que je connais.* » La même incrédulité en forme de déni. Et un même élément de langage : *« Cela ne lui ressemble pas. »*

Dans le cercle qu'ils forment autour de lui, tous ne sont pas aussi solidaires. Jacques Attali, cet ami de vingt-cinq ans des Strauss-Kahn, explique, énigmatique, que DSK ne pouvait *« pas être candidat à la primaire »* socialiste. Ségolène Royal ravale sa défiance à l'égard de son ancien rival, s'accroche soigneusement à la phrase qu'elle a écrite sur un papier pour dire son émoi devant cette *« nouvelle bouleversante à propos de laquelle tout reste à vérifier »*. Jean-François Kahn est beaucoup plus direct encore, comme à son habitude. Devant le journaliste d'Europe 1 qui l'interroge et évoque déjà l'hypothèse d'un complot, le mari de Rachel Kahn, l'intime d'Anne Sinclair, accepte d'envisager le pire. *« Écoutez, ou c'est vrai ou c'est un coup monté. Si ce n'est pas un coup monté… c'est vrai que DSK est un chaud lapin, on le sait… mais quand on est candidat, on se retient, on fait attention ! »*

Le lendemain, sur France Culture, JFK récidive. *« Qu'il y ait eu viol, je ne le pense pas… Qu'il y ait eu une imprudence… Qu'il y ait eu un troussage de domestique… voilà, c'est une impression. »* « Troussage de domestique », l'expression fait immédiatement scandale. Le fondateur de *Marianne,* désolé de cette formule malheureuse, doit battre sa coulpe et décide même, pour punition, d'arrêter le journalisme. On en oublie du coup l'ensemble du propos et la terrible accusation qu'il porte, de la part d'un homme qui connaît bien Dominique, justement. Comment mieux suggérer que cet homme s'autorise parfois sur les femmes le droit de cuissage des maîtres d'autrefois ?

Les rivaux socialistes de Dominique Strauss-Kahn ne savent pas eux-mêmes sur quel pied danser. Ils ont vu, avec la France entière, cette image d'épouvante : DSK, les mains menottées dans le dos, le pardessus noir froissé qui tombe sur l'une de ses épaules, s'avancer entre des policiers américains. Cette marche du condamné, le *perp walk*, comme on l'appelle aux États-Unis, est un rituel de la justice d'outre-Atlantique. En France, cette négation en direct de la présomption d'innocence crée un traumatisme national. *« J'en veux, ce matin, au juge américain qui, en le livrant à la foule des chasseurs d'images qui attendaient devant le commissariat de Harlem, a fait semblant de penser qu'il était un justiciable comme un autre »*, s'indigne Bernard-Henri Lévy dans *Le Point*. Dire que, pendant tant d'années, Ramzi Khiroun s'est employé à éviter toute image de son « boss » se rendant chez les juges, sortant de chez son avocat. Dire que, pendant tant d'années, il a déjoué les ruses de tous les paparazzis français...

Ces trente secondes d'images ont pétrifié les éléphants socialistes les plus endurcis. Inconsciemment ou pas, ce mardi 17 mai, au bureau national du PS, on porte du noir ou au moins du sombre. Les strauss-kahniens ressemblent à un clan désolé le jour d'un enterrement. Christophe Borgel, qui d'habitude n'a pas peur de grand-chose, a cette fois les larmes aux yeux. La grande silhouette de Jean-Marie Le Guen paraît avoir soudain rétréci. Cambadélis est devenu muet. *« Quelque chose entre le 11 septembre et le 21 avril »*, note Laurence Rossignol.

Martine Aubry a justement repris la formule utilisée par Lionel Jospin, le 21 avril 2002, après sa chute inattendue du sommet aux abîmes : *« un coup de tonnerre »*. Cette fois-ci, pourtant, les socialistes ont du mal à désigner l'ennemi. La première secrétaire redit toute sa sollicitude pour Dominique, pour sa famille, pour Anne à laquelle elle ne cesse de téléphoner, et pour la première fois y ajoute une pensée pour *« la victime »*. Depuis quarante-huit heures, en effet, les journaux et les réseaux sociaux relaient l'indignation populaire devant le silence de la gauche à propos de cette femme de chambre noire, venue des quartiers pauvres du Bronx, qui accuse le riche et puissant patron du FMI.

Déjà ressurgissent des scandales d'hier. *« Il était connu de beaucoup que vous aviez des attitudes sexuelles débridées, en France, en Belgique [...]. Ce que je vous souhaite, c'est maintenant de vous soigner, il existe des médicaments pour les délinquants sexuels. »* Le député Bernard Debré a publié une lettre ouverte à DSK. Le professeur de médecine est le seul à comprendre, avec l'intéressé peut-être, pourquoi la Belgique s'est invitée sur son blog. *« Il faut sortir de l'hypocrisie,* ajoute-t-il. *Ce n'est pas la première fois que DSK se livrait à ce genre d'agissements au Sofitel. C'est là qu'il descendait toujours. Ça s'est produit plusieurs fois et depuis plusieurs années. Tout le monde le savait dans l'hôtel ! »*

Les arguments des strauss-kahniens ont aussi fait sortir de ses gonds l'animateur d'Europe 1 Laurent Ruquier. « *On n'arrête pas de nous dire que c'est un séducteur, c'est choquant parce que ce n'est pas ça, un séducteur ! On a tous eu des témoignages, y compris de gens très proches dans notre équipe, du fait que cet homme est un homme pressant. Donc il faut que les types comme Le Guen et autres soutiens de DSK arrêtent de nous dire que cette histoire ne lui ressemble pas !* » Marine Le Pen témoigne que le « *Tout-Paris, le Paris journalistique, le Paris politique, bruit depuis des mois des rapports légèrement pathologiques que M. Strauss-Kahn semble entretenir à l'égard des femmes. J'en ai moi-même été un peu victime dans un duel avec lui où il avait été extrêmement déplacé dans ses propos* ». Ce que ne dit pas la présidente du Front national, c'est que les filles Le Pen ont souvent dansé à L'Aventure, où les histoires d'alcôves finissent toujours par se raconter, autour d'un verre, au comptoir.

On n'attend plus que François Hollande. Il est le premier bénéficiaire de la chute de son rival. Il l'a évidemment compris tout de suite. Dès l'aube du 15 mai, ses amis ont envoyé à la presse, de leurs lits, deux mots de texto qui résumaient tout leur état d'esprit : « *DSK, fini* ». Le candidat aux primaires est cependant beaucoup plus prudent sur Canal+ : « *Nous souhaitons tous que ce ne soit pas vrai.* » Mais devant son parti, c'est la politique qui reprend le pas. « *Ce qui s'est passé à New York est un drame. Un drame humain pour la jeune femme dont la parole doit être respectée,* dit-il dans une hiérarchie bien précise, *et un drame pour Dominique, qui est présumé innocent.* » Devant ce bureau national du PS mutique et en deuil, le voilà néanmoins qui énonce : *« Pour le Parti socialiste, c'est une épreuve. Il aurait pu être notre candidat. »* Jusqu'au message essentiel : *« L'unité n'est pas menacée. Pourquoi ne l'est-elle pas ? Parce que nous avons nos règles, nos procédures, notre calendrier. Et il faut les respecter. »* Autant dire que DSK est enterré.

À la sortie du huis clos, les strauss-kahniens sont furieux. Manuel Valls a les yeux rouges, Jean-Christophe Cambadélis éructe contre *« ce mec, Hollande, qui vient nous dire tranquillement que les affaires reprennent ! »*. Mais la plus fâchée contre le candidat aux primaires est Anne Sinclair. Au public, elle n'a livré qu'un communiqué, deux jours plus tôt. Comme après l'affaire Piroska Nagy, il a été de nouveau inspiré, relu et corrigé par la « plume » Gilles Finchelstein, dans un coin de l'appartement des Frydman cette fois : *« Je ne crois pas une seule seconde aux accusations qui sont portées contre mon mari. Je ne doute pas que son innocence soit établie. »* En privé, elle fulmine : *« François Hollande est le seul de tous les dirigeants socialistes qui ne nous a ni téléphoné ni écrit. »* Elle s'en souviendra lors de la primaire en votant pour Manuel Valls : *« Lui, au moins, a été impeccable*[1]. *»*

C'est un édifiant spectacle que d'observer, en ce mois de mai, ceux qui se taisent, ceux qui défendent, et ceux, beaucoup plus rares, qui osent avouer leur gêne. Une bataille au fleuret oppose, sur France 2, le 20 mai, Robert Badinter, un ami du couple, et Laurent Joffrin. Le directeur de la rédaction du *Nou-*

1. Selon Michel Taubmann, dans *Affaires DSK, la contre-enquête*, Éditions du Moment, 2011.

vel Observateur reproche à l'ancien garde des Sceaux de n'avoir pas eu *« un mot de compassion pour la victime »*, Nafissatou Diallo. Pour la gauche, Robert Badinter est comme une statue vénérée. L'affront de l'insolent le laisse littéralement sans voix. Franz-Olivier Giesbert lui porte alors le coup de grâce : *« Un ami*, énonce le directeur du *Point*, *c'est quelqu'un que vous pouvez appeler à une heure du matin en lui annonçant que vous avez tué un homme et qui vient vous aider, sans vous poser de question, à l'enterrer. Vous êtes un vrai ami de Dominique Strauss-Kahn… »*

« FOG » n'a pas prononcé le mot, mais il l'a pensé si fort que tout le monde l'a entendu. Il y a toujours eu quelque chose qui, autour des Strauss-Kahn, ressemblait à un clan, et ce tragique accident judiciaire, le quatrième dans sa vie, le révèle une nouvelle fois. Autour du couple, on est pour, ou on est contre. *« Dominique déteste les conflits. Il ne se fâche jamais. Mais quand vous le trahissez, il vous quitte »*, confient ses camarades. Quand on le critique, qu'on tente de lui faire un semblant de « morale », il coupe les ponts. Lionel Jospin n'était pas là pour son soixantième anniversaire. Denis Kessler était déjà *persona non grata* lors du cinquantième. Ceux qui étaient présents, en revanche, ont applaudi au *« formidable »* discours, ont ri à toutes les blagues, et se retrouvent aujourd'hui pour défendre dans un bel unisson celui qui les fédère.

L'homme a toujours cloisonné ses vies. Il compte des amis en tout genre et dans tous les pays, et certains sortent de l'ombre pour donner leur avis sur l'affaire. *« Il aime le sexe, et alors ? »*, écrit le

20 mai, dans le *Corriere della Serra*, la veuve d'Alberto Moravia, Carmen Llera. Cette belle quinquagénaire, qui retrouvait Dominique lors de ses escales européennes, a des lettres et de l'esprit : *« Parfois, les corps peuvent exprimer plus que les mots »*, remarque-t-elle. Maîtresse affichée, elle est l'une des premières à livrer son expertise à une presse internationale qui tente de cerner Dominique Strauss-Kahn : « *Il n'est pas un homme primaire, cruel ou sadique. La violence ne fait pas partie de sa culture. Je ne veux pas qu'[il] devienne le bouc émissaire d'un puritanisme américain, anti-européen ou antifrançais.* »

Des beaux quartiers de Rome, le flambeau passe ensuite au centre commercial de Noyelles-Godault, où un jeune et flamboyant pharmacien, Jacques Mellick, fédère les blogs de soutien de « À gauche, en Europe ». *« Restons calmes et sereins. Politiquement, cela ne modifie en rien nos convictions sociales-démocrates ni notre volonté de porter DSK à l'élection présidentielle. De récentes affaires, dont celle de l'espionnage de Renault où des innocents ont été accusés à tort, nous appellent à beaucoup de prudence. »* À six mille kilomètres de là, les économistes du Fonds assurent aussi – du moins pendant deux jours – que l'organisme international reste *« pleinement opérationnel »*.

Les plus lucides ne sont pas forcément les plus diplômés ni les moins poètes. La petite bande du Nord s'est réveillée avec l'incroyable nouvelle. Coups de fil, textos, un vrai feu d'artifice. Le 15 mai, à 13 h 32, Béa, l'amie d'un certain Dominique Alderweireld, dit « Dodo la Saumure », qui tient une maison close en Belgique, est appelée par l'une de ses « filles » :

« *J'ai regardé la télé, ton copain Strauss-Kahn a été arrêté à New York…*

– *Je sais, je sais.*

– *Dodo, qu'est-ce qu'il a dit ?*

– *Ben, on était dans la voiture quand on a entendu ça aux informations, j'ai dit ça ne m'étonne pas du tout, mais c'est dommage pour lui à un an des élections.*

– *Président,* confirme la fille en riant, *c'est fini. Il sera président de la prison…* »

À 18 h 34, Dodo, lui, appelle son copain René Kojfer, un type qui travaille à l'hôtel Carlton, près de la gare de Lille-Flandres, et que connaît toute la ville.

« *Ouais, t'as vu, heu... Strauss-Kahn ?*

– *Ben, j'suis au courant, parce que je viens de voir le commissaire qui venait de le quitter avant-hier soir, Lagarde, parce que c'est son pote, il était à Washington avec lui et il lui a ramené… Euh. Et puis voilà.* »

Le petit club lillois n'en finit pas de s'échanger texto sur texto :

– *Le boss en garde à vue à New York ! Le monde devient fou…*

Anne Sinclair vient de partir pour New York rejoindre son mari. Sans la prévenir, Ivan Levaï demande audience à Nicolas Sarkozy. Le journaliste connaît depuis assez longtemps l'ancien maire de Neuilly pour « *ne pas imaginer qu'il puisse se réjouir* » du drame qui vient de se produire. Il sait qu'il y a, entre des hommes de pouvoir qui ont éprouvé les duretés du combat politique, une forme de solidarité qui dépasse les frontières partisanes. Quand Dominique expliquait que s'il était candidat on l'attaquerait sur *« l'argent et les femmes »*, Ivan Levaï haussait les épaules : il avait assez vécu pour savoir que la France a toujours *« fermé les yeux sur les Parcs aux cerfs »* des présidents élus, ces demeures où Mme de Pompadour entretenait un cercle de courtisanes pour son amant, Louis XV. Et que, pour l'argent comme pour les femmes, il existe depuis longtemps entre la droite et la gauche *« un Yalta non écrit : je te tiens, tu me tiens... »*.

Dans les jardins de l'Élysée où il le reçoit, la chemise ouverte, le col sans cravate, le chef de l'État demande d'abord à Ivan des nouvelles d'Anne. Le journaliste tente l'ironie : *« Tu es tranquille, maintenant ! – Ne crois pas ça »*, élude le Président, énigmatique, avant de rappeler à sa vieille connaissance qu'il avait mis *« plusieurs fois en garde Dominique »* contre les aventures d'un soir qui, aux États-Unis, peuvent vous traîner devant les tribunaux. Ivan veut que le Président *« fasse quelque chose »* pour aider les Strauss-Kahn. *« T'inquiète, je fais »*, lâche Nicolas Sarkozy, rassurant. Quoi ? comment ? Ivan Levaï n'ose pas demander et prend congé poliment.

Il « fait », effectivement. En imposant, d'abord, le silence à ses troupes. À l'Assemblée, au Sénat, dans les journaux, les bouches se ferment, comme celle du Président. Parfois, en privé, il ne résiste pas à une petite boutade, comme ce jour où il reçoit

Martin Hirsch, cet homme de gauche qu'il avait nommé dans son gouvernement pour mettre en place le RSA, le Revenu de solidarité active. Devant cet idéaliste qui a démissionné un an plus tôt pour revenir dans sa famille politique, le Président ironise : *« Alors, vous allez défendre un type qui s'est tapé une soubrette ? La gauche va soutenir un obsédé sexuel ? »*

Il « fait », aussi, en calmant ceux qui, dans la police, savent qui était DSK. Le 24 mai, quelques jours après le scandale du Sofitel, *Le Monde* a révélé la fameuse affaire du bois de Boulogne, celle qui avait tant fait rire Nicolas Sarkozy, le jour où Claude Guéant, Michel Gaudin et Alain Gardère la lui avaient racontée par le menu. Le quotidien du soir évoque sans donner de détails un *« banal »* contrôle de voiture, à l'hiver 2006-2007, où DSK aurait été surpris *« en fâcheuse posture »* à l'ouest de Paris, *« dans un haut lieu des rencontres tarifées »*, et qui aurait donné lieu à la rédaction d'une note depuis passée à la broyeuse.

L'article fait bondir le député Jean-Jacques Urvoas, dont l'une des missions était aussi de déjouer les mauvais coups politiques qu'on pourrait préparer contre son candidat. Il devrait, au fond, se féliciter que le ministère de l'Intérieur ait étouffé l'incident, détruit la note, si elle a existé, bref, passé sous silence cet épisode peu flatteur. Au lieu de cela, il s'indigne curieusement tout haut des méthodes de basse police de la place Beauvau, et décide de médiatiser l'affaire en écrivant au ministre, puis en rendant sa lettre publique.

C'est que le député du Finistère, nouveau rallié de la strauss-kahnie, ignore tout des mœurs de son chef de file. Comme tant d'autres, DSK l'a embarqué dans l'aventure sans souffler mot de ses faiblesses. Il n'a toujours pas compris pourquoi Dominique Strauss-Kahn lui a envoyé un jour un commissaire de police lillois, Jean-Christophe Lagarde, flanqué d'un Fabrice Paszkowski mutique, pour nourrir la réflexion de Terra Nova, un think tank qui soutient alors DSK. Pas davantage pourquoi il lui a recommandé il y a quelques mois le directeur de la sécurité publique du Nord en personne, Jean-Claude Menault, un « grand flic » qui se disait « sympathisant », mais dont personne n'avait pourtant jamais entendu parler à gauche. Voilà pourquoi il écrit au ministre de l'Intérieur.

Quand il reçoit la lettre d'Urvoas, Guéant pique une grosse colère. *« DSK n'était pas suivi, on est tombés sur lui par hasard, on n'a pas engagé de procédure... Ce n'est quand même pas la faute de la police s'il était au bois ce soir-là ! »*, peste le ministre, qui charge Alain Gardère de répondre au socialiste. *« Après recherche, il apparaît bien qu'aucun compte rendu administratif concernant la vie privée de Dominique Strauss-Kahn n'existe et a fortiori n'a circulé en provenance de la police »*, écrit le directeur adjoint du ministre au député. Passe pour cette fois. Mais Guéant, Gaudin et Gardère, les « trois G » de la police sarkozyste, se jurent qu'il ne faudra pas venir à nouveau les accuser de mauvais coups alors que, depuis fin 2006, ils ont couvert cette histoire. *« C'est quand même un comble,* répète Guéant, *le champion de la gauche est retrouvé au bois de Boulogne, et c'est la droite qui va devenir coupable ! Qu'est-ce qu'il veut, que j'appelle le procureur Cyrus Vance ou les avocats de Nafissatou Diallo ?* »

À la fin du mois de mai paraît dans *Point* de *vue*, magazine un peu suranné auquel une nouvelle rédactrice en chef, Colombe Pringle, vient de redonner un coup de fouet, un long article où Laure Adler donne son avis sur « l'affaire » du Sofitel. Il tranche franchement avec les discours entendus. « *Anne ne voulait pas savoir,* commente l'écrivain et productrice à France Culture. *Dominique, c'est avant tout son homme [...]. Ils ont vécu ces dix dernières années dans une opacité qui ne lui permettait plus de voir qui était son mari. Un homme intelligent et puissant. Intellectuellement. Politiquement. Érotiquement [...]. Ce n'est pas parce qu'on trompe sa femme qu'on ne l'aime pas ! [...] Ne voulait-il pas y aller, à la présidence ? Heureusement que cette histoire a eu lieu avant...* »

Laure Adler adore les romans qui mêlent le pouvoir, la mort et le sexe. Elle a toujours été fascinée par *Blonde,* de Joyce Carol Oates, où Marilyn Monroe est ravalée par un John Kennedy trivial et surpuissant au rang d'une poupée que des bodyguards enivrent avant de la livrer aux désirs du Président. « *Dominique va pouvoir entrer en thérapie, comprendre quels sont les démons qui l'obsèdent, qui ont pu l'assujettir. Anne est la seule femme qu'il aime. Elle va pouvoir jouer son rôle de maman [...]. Anne est très au fait de la psychanalyse, elle va l'aider […]. S'il se retrouve en prison, on lui apportera des oranges et des livres.* » C'est peu dire qu'Anne Sinclair n'apprécie pas cette psychanalyse sauvage. *« Tu ne nous connais pas. Ne parle pas en notre nom »*, fait-elle dire à l'indélicate, qui n'aura plus de nouvelles. Et ignore Michel Rocard, l'ami du mariage vingt ans auparavant, lorsqu'il livre lui aussi sur Canal + son diagnostic : *« Cet homme a visiblement une maladie mentale. Il éprouve des difficultés à maîtriser ses pulsions. C'est dommage, il avait un réel talent, c'est vrai. »*

Anne ne veut plus rien entendre. Elle préfère se plonger dans le livre de son ex-mari, Ivan Levaï. Il devait s'appeler *La troisième victoire de François Mitterrand.* Il se nomme désormais *Chronique d'une exécution.* Le journaliste y explique que Dominique *« n'a pas perdu pour autant le droit d'exercer un jour ses talents au service de la France »* et qu'il *« rebondira »*, car cette affaire de chambre d'hôtel n'est au fond qu'une *« histoire banale »*.

Anne Sinclair préfère rester entourée des véritables amis, ceux qui téléphonent ou leur rendent visite place des Vosges, comme Henri Proglio, Stéphane Richard, Manuel Valls ou Pierre Moscovici, pour se réjouir avec eux lorsque la justice américaine classe, le 23 août, la plainte de la femme de chambre. Elle préfère aussi ceux qui l'aident à préparer avec Dominique, le 18 septembre, l'entretien télévisé accordé à l'amie du couple, Claire Chazal, qu'elle appelle personnellement avant le 20 heures. Pour s'exprimer, le couple choisit soigneusement ses journalistes. Sur TF1, DSK reconnaît une *« faute morale »* et s'excuse d'avoir *« fait du mal »* à son épouse. Toujours l'éternelle martingale, au fond : la gloire, la chute, les excuses, la bataille pour l'honneur, l'espoir de la résurrection.

Trois semaines plus tard, un petit entrefilet signale, dans *La Voix du Nord*, qu'un certain Dominique Alderweireld, sa compagne Béatrice et un dénommé René, employé d'un hôtel lillois, sont interpellés dans le cadre d'une instruction pour proxénétisme ouverte au tribunal de Courtrai pour des faits commis entre avril 2009 et septembre 2011. De toute évidence, ils ont été placés sur écoutes. À Lille, on murmure déjà que Dodo et René seraient copains avec un militant socialiste de Béthune, prénommé Fabrice. Celui-ci possède dans son téléphone sept numéros de portable d'un homme politique *« très haut placé »*.

Épilogue

Dimanche 6 mai, pendant que François Hollande votait à Tulle, en Corrèze, Dominique Strauss-Kahn est passé déposer son bulletin dans un bureau de vote de Sarcelles. Pour éviter les photographes, il a quitté les lieux discrètement, par une porte dérobée. Dans toute la France, on attendait le nom du futur vainqueur de l'élection présidentielle. Le député et maire de la ville, François Pupponi, a soupiré : *« On a tous cru que ça aurait pu être lui. »*

Quelques heures plus tard, « Strauss » n'était pas invité sous la tente VIP de la place de la Bastille, où s'est fêtée la victoire de la gauche. Il a passé sa soirée à Montparnasse, dans l'appartement de son ami Dan Franck, qu'il avait, début 2011, chargé de réfléchir à l'avenir de l'audiovisuel public. Cette fois, ils n'ont pas regardé Anne Sinclair qui, lors du premier tour, animait la soirée électorale sur BFM-TV. La présence du couple, quelques jours plus tôt, à l'anniversaire de Julien Dray, en compagnie de quelques ministrables, avait provoqué tant de remous que la direction de la chaîne a préféré changer son dispositif et se passer de la journaliste.

Le soir, son ami Jean-Christophe Cambadélis a réuni ses supporters au Bataclan. Il espère obtenir bientôt la direction du Parti socialiste. Quelques jours plus tard, Manuel Valls, qui était passé embrasser Dominique chez Dan Franck, le 22 avril, et Pierre Moscovici ont pris leur place dans l'équipe du nouveau chef de l'État. Quatre jours avant la victoire, alors que François Hollande était invité sur Europe 1, radio du groupe Lagardère, Ramzi Khiroun a tenté – en vain – de l'approcher. Il a fini par réussir à glisser au futur Président, qui ne voulait pas le voir : *« Je tenais à vous dire au nom d'Arnaud que vous serez toujours le bienvenu ici… »*

Après trois mois de prison, Fabrice Paszkowski a retrouvé sa fermette aux alentours de Lens et sa PME de matériel médical. *« C'est sûr, le feuilleton DSK à l'Élysée, on se l'est tous fait »*, soupire le responsable local de « À gauche, en Europe ». Son complice David Roquet a été licencié du groupe de BTP Eiffage. Il n'a toujours pas reçu de réponse aux deux gentilles lettres qu'il avait adressées à Dominique, en mai 2011, au pénitencier de Rikers Island, puis dans la maison de TriBeCa, à New York, où le couple avait ensuite été assigné à résidence. Il excuse son ami, qui doit être *« submergé »*. Sur son ordinateur, les policiers lillois ont découvert un véritable arsenal photographique : des pistolets-mitrailleurs 9 mm, des fusils d'assaut MP5…

Jade, l'une des filles que Dominique Strauss-Kahn avait croisée dans un club de massage de la campagne belge, avant de la retrouver à Washington, s'est mise en arrêt maladie et ne se rend plus au kiosque à journaux de l'aéroport où elle travaillait : *« Je vendais toute la journée du DSK, dans toutes les langues. Tout s'est embrasé dans ma tête. Ce n'était plus possible. »* Des déclarations que l'ancien patron du FMI a faites aux juges, où il semble ne plus très bien se souvenir d'elle, elle a dit, pleine de tristesse et de colère : *« Il nous renvoie là où il nous estime depuis le début, c'est-à-dire à l'état de poussière. »*

Dans l'appartement parisien des Strauss-Kahn, place des Vosges, il y a toujours, encadrée dans le bureau de Dominique, une photo sur laquelle il rit à gorge déployée avec Barack Obama.

Bibliographie

Vincent Giret et Véronique Le Billon, *Les vies cachées de DSK*, Le Seuil, 2000.

Alain Hertoghe et Marc Tronchot, *Anne Sinclair, femme de tête, femme de cœur*, Calmann-Lévy, 2011.

Alexandre Kara et Philippe Martinat, *DSK-Sarkozy. Le duel*, Max Milo, 2010.

Ivan Levaï, *Chronique d'une exécution*, Le Cherche-midi, 2011.

David Revault d'Allonnes, *Petits meurtres entre camarades. Enquête secrète au cœur du PS*, Robert Laffont, 2010.

David Revault d'Allonnes et Fabrice Rousselot, *Le choc. New York-Solférino, le feuilleton DSK*, Robert Laffont, 2011.

Anne Sinclair, *Deux ou trois choses que je sais d'eux*, Grasset, 1997.

Michel Taubmann, *Le roman vrai de Dominique Strauss-Kahn,* Éditions du Moment, 2011.

Michel Taubmann, *Affaires DSK, la contre-enquête,* Éditions du Moment, 2011.

Les auteurs remercient les archives du *Monde,* de *Libération,* du *Parisien,* de *L'Express* et du *Nouvel Observateur.*

Table

DES MÊMES AUTEURS

La Femme fatale
Albin Michel, 2007
et « J'ai lu », n° 8608

DE RAPHAËLLE BACQUÉ

Chirac président
Les coulisses d'une victoire
(avec Denis Saverot)
Éditions du Rocher/DBW, 1995

Seul comme Chirac
(avec Denis Saverot)
Grasset, 1997

Chirac ou le démon du pouvoir
Albin Michel, 2002

L'Enfer de Matignon
Albin Michel, 2008
et « Points », n° P2311

Le Dernier Mort de Mitterrand
Grasset/Albin Michel, 2010
et « Le Livre de poche », n° 32026

République
(photographies de Gérard Rondeau)
Seuil, 2011

DE ARIANE CHEMIN

Jospin et Cie
Histoire de la gauche plurielle
(avec Cécile Amar)
Seuil, 2002

La Promo
Science-Po 1986
Stock, 2004

Une famille au secret
Le Président, Anne et Mazarine
(avec Géraldine Catalano)
Stock, 2005

La Nuit du Fouquet's
(avec Judith Perrignon)
Fayard, 2007

Fleurs et Couronnes
roman
Stock, 2009

RÉALISATION : NORD COMPO À VILLENEUVE-D'ASCQ
IMPRESSION : CPI BRODARD ET TAUPIN À LA FLÈCHE
DÉPÔT LÉGAL : FÉVRIER 2013. N° 110581. (71818)
IMPRIMÉ EN FRANCE

Éditions Points

Le catalogue complet de nos collections est sur Le Cercle Points, ainsi que des interviews de vos auteurs préférés, des jeux-concours, des conseils de lecture, des extraits en avant-première…

www.lecerclepoints.com

DERNIERS TITRES PARUS

P2533. La Faute à pas de chance, *Lee Child*
P2534. Padana City, *Massimo Carlotto, Marco Videtta*
P2535. Mexico, quartier Sud, *Guillermo Arriaga*
P2536. Petits Crimes italiens
Ammaniti, Camilleri, Carlotto, Dazieri, De Cataldo, De Silva, Faletti, Fois, Lucarelli, Manzini
P2537. La guerre des banlieues n'aura pas lieu, *Abd Al Malik*
P2538. Paris insolite, *Jean-Paul Clébert*
P2539. Les Ames sœurs, *Valérie Zenatti*
P2540. La Disparition de Paris et sa renaissance en Afrique
Martin Page
P2541. Crimes horticoles, *Mélanie Vincelette*
P2542. Livre de chroniques IV, *António Lobo Antunes*
P2543. Mon témoignage devant le monde, *Jan Karski*
P2544. Laitier de nuit, *Andreï Kourkov*
P2545. L'Évasion, *Adam Thirlwell*
P2546. Forteresse de solitude, *Jonathan Lethem*
P2547. Totenauberg, *Elfriede Jelinek*
P2548. Méfions-nous de la nature sauvage, *Elfriede Jelinek*
P2549. 1974, *Patrick Besson*
P2550. Conte du chat maître zen
(illustrations de Christian Roux), Henri Brunel
P2551. Les Plus Belles Chansons, *Charles Trenet*
P2552. Un monde d'amour, *Elizabeth Bowen*
P2553. Sylvia, *Leonard Michaels*
P2554. Conteurs, menteurs, *Leonard Michaels*
P2555. Beaufort, *Ron Leshem*
P2556. Un mort à Starvation Lake, *Bryan Gruley*
P2557. Cotton Point, *Pete Dexter*
P2558. Viens plus près, *Sara Gran*
P2559. Les Chaussures italiennes, *Henning Mankell*
P2560. Le Château des Pyrénées, *Jostein Gaarder*

P2561. Gangsters, *Klas Östergren*
P2562. Les Enfants de la dernière chance, *Peter Høeg*
P2563. Faims d'enfance, *Axel Gauvin*
P2564. Mémoires d'un antisémite, *Gregor von Rezzori*
P2565. L'Astragale, *Albertine Sarrazin*
P2566. L'Art de péter, *Pierre-Thomas-Nicolas Hurtaut*
P2567. Les Miscellanées du rock
Jean-Éric Perrin, Jérôme Rey, Gilles Verlant
P2568. Les Amants papillons, *Alison Wong*
P2569. Dix mille guitares, *Catherine Clément*
P2570. Les Variations Bradshaw, *Rachel Cusk*
P2571. Bakou, derniers jours, *Olivier Rolin*
P2572. Bouche bée, tout ouïe…
ou comment tomber amoureux des langues, *Alex Taylor*
P2573. La grammaire, c'est pas de la tarte !
Olivier Houdart, Sylvie Prioul
P2574. La Bande à Gabin, *Philippe Durant*
P2575. « Le vote ou le fusil », *suivi de* « Nous formons un seul et même pays », *Malcolm X, John Fitzgerald Kennedy*
P2576. « Vive la Commune ! », *suivi de* « La Commune est proclamée » et de « La guerre civile en France »
Louise Michel, Jules Vallès, Karl Marx
P2577. « Je vous ai compris ! », *suivi de* « L'Algérie n'est pas la France » et de « Le droit à l'insoumission »
Charles de Gaulle, Gouvernement provisoire algérien, Manifeste des 121
P2578. « Une Europe pour la paix », *suivi de* « Nous disons NON » et de « Une communauté passionnée »
Robert Schuman, Jacques Chirac, Stefan Zweig
P2579. 13 heures, *Deon Meyer*
P2580. Angle obscur, *Reed Farrel Coleman*
P2581. Le Tailleur gris, *Andrea Camilleri*
P2582. La Vie sexuelle d'un Américain sans reproche
Jed Mercurio
P2583. Une histoire familiale de la peur, *Agata Tuszyńska*
P2584. Le Blues des Grands Lacs, *Joseph Coulson*
P2585. Le Tueur intime, *Claire Favan*
P2586. Comme personne, *Hugo Hamilton*
P2587. Fille noire, fille blanche, *Joyce Carol Oates*
P2588. Les Nouvelles Brèves de comptoir, tome 2
Jean-Marie Gourio
P2589. Dix petits démons chinois, *Frédéric Lenormand*
P2590. L'ombre de ce que nous avons été, *Luis Sepúlveda*
P2591. Sévère, *Régis Jauffret*
P2592. La Joyeuse Complainte de l'idiot, *Michel Layaz*
P2593. Origine, *Diana Abu-Jaber*

P2594. La Face B, *Akhenaton*
P2595. Paquebot, *Hervé Hamon*
P2596. L'Agfa Box, *Günter Grass*
P2597. La Ville insoumise, *Jon Fasman*
P2598. Je résiste aux personnalités toxiques (et autres casse-pieds), *Christophe André & Muzo*
P2599. Le soleil me trace la route. Conversations avec Tiffy Morgue et Jean-Yves Gaillac, *Sandrine Bonnaire*
P2600. Mort de Bunny Munro, *Nick Cave*
P2601. La Reine et moi, *Sue Townsend*
P2602. Orages ordinaires, *William Boyd*
P2603. Guide farfelu mais nécessaire de conversation anglaise *Jean-Loup Chiflet*
P2604. Nuit et Jour, *Virginia Woolf*
P2605. Trois hommes dans un bateau (sans oublier le chien !) *Jerome K. Jerome*
P2606. Ode au vent d'Ouest. Adonaïs et autres poèmes *Percy Bysshe Shelley*
P2607. Les Courants fourbes du lac Tai, *Qiu Xiaolong*
P2608. Le Poisson mouillé, *Volker Kutscher*
P2609. Faux et usage de faux, *Elvin Post*
P2610. L'Angoisse de la première phrase, *Bernard Quiriny*
P2611. Absolument dé-bor-dée !, *Zoe Shepard*
P2612. Meurtre et Obsession, *Jonathan Kellerman*
P2613. Sahara, *Luis Leante*
P2614. La Passerelle, *Lorrie Moore*
P2615. Le Territoire des barbares, *Rosa Montero*
P2616. Petits Meurtres entre camarades. Enquête secrète au cœur du PS, *David Revault d'Allonnes*
P2617. Une année avec mon père, *Geneviève Brisac*
P2618. La Traversée des fleuves. Autobiographie *Georges-Arthur Goldschmidt*
P2619. L'Histoire très ordinaire de Rachel Dupree *Ann Weisgarber*
P2620. À la queue leu leu. Origines d'une ribambelle d'expressions populaires, *Gilles Guilleron*
P2621. Poèmes anglais, *Fernando Pessoa*
P2622. Danse avec le siècle, *Stéphane Hessel*
P2623. L'Épouvantail, *Michael Connelly*
P2624. London Boulevard, *Ken Bruen*
P2625. Pourquoi moi ?, *Omar Raddad*
P2626. Mes étoiles noires, *Lilian Thuram*
P2627. La Ronde des innocents, *Valentin Musso*
P2628. Ô ma mémoire. La poésie, ma nécessité, *Stéphane Hessel*
P2629. Une vie à brûler, *James Salter*
P2630. Léger, humain, pardonnable, *Martin Provost*

P2631. Lune captive dans un œil mort, *Pascal Garnier*
P2632. Hypothermie, *Arnaldur Indridason*
P2633. La Nuit de Tomahawk, *Michael Koryta*
P2634. Les Raisons du doute, *Gianrico Carofiglio*
P2635. Les Hommes-couleurs, *Cloé Korman*
P2636. Le Cuisinier, *Martin Suter*
P2637. N'exagérons rien !, *David Sedaris*
P2638. Château-l'Arnaque, *Peter Mayle*
P2639. Le Roman de Bergen. 1900 L'aube, tome I *Gunnar Staalesen*
P2640. Aurora, Kentucky, *Carolyn D. Wall*
P2641. Blanc sur noir, *Kriss Nelscott*
P2642. Via Vaticana, *Igal Shamir*
P2643. Le Ruban rouge, *Carmen Posadas*
P2644. My First Sony, *Benny Barbash*
P2645. « On m'a demandé de vous virer », *Stéphane Guillon*
P2646. Les Rillettes de Proust. Ou 50 conseils pour devenir écrivain, *Thierry Maugenest*
P2647. 200 expressions inventées en famille, *Cookie Allez*
P2648. Au plaisir des mots, *Claude Duneton*
P2649. La Lune et moi. Les meilleures chroniques, Haïkus d'aujourd'hui
P2650. Le marchand de sable va passer, *Andrew Pyper*
P2651. Lutte et aime, là où tu es !, *Guy Gilbert*
P2652. Le Sari rose, *Javier Moro*
P2653. Le Roman de Bergen. 1900 L'aube, tome II *Gunnar Staalesen*
P2654. Jaune de Naples, *Jean-Paul Desprat*
P2655. Mère Russie, *Robert Littell*
P2656. Qui a tué Arlozoroff ?, *Tobie Nathan*
P2657. Les Enfants de Las Vegas, *Charles Bock*
P2658. Le Prédateur, *C.J. Box*
P2659. Keller en cavale, *Lawrence Block*
P2660. Les Murmures des morts, *Simon Beckett*
P2661. Les Veuves d'Eastwick, *John Updike*
P2662. L'Incertain, *Virginie Ollagnier*
P2663. La Banque. Comment Goldman Sachs dirige le monde *Marc Roche*
P2664. La Plus Belle Histoire de la liberté, *collectif*
P2665. Le Cœur régulier, *Olivier Adam*
P2666. Le Jour du Roi, *Abdellah Taïa*
P2667. L'Été de la vie, *J.M. Coetzee*
P2668. Tâche de ne pas devenir folle, *Vanessa Schneider*
P2669. Le Cerveau de mon père, *Jonathan Franzen*
P2670. Le Chantier, *Mo Yan*
P2671. La Fille de son père, *Anne Berest*

P2672. Au pays des hommes, *Hisham Matar*
P2673. Le Livre de Dave, *Will Self*
P2674. Le Testament d'Olympe, *Chantal Thomas*
P2675. Antoine et Isabelle, *Vincent Borel*
P2676. Le Crépuscule des superhéros, *Deborah Eisenberg*
P2677. Le Mercredi des Cendres, *Percy Kemp*
P2678. Journal. 1955-1962, *Mouloud Feraoun*
P2679. Le Quai de Ouistreham, *Florence Aubenas*
P2680. Hiver, *Mons Kallentoft*
P2681. Habillé pour tuer, *Jonathan Kellerman*
P2682. Un festin de hyènes, *Michael Stanley*
P2683. Vice caché, *Thomas Pynchon*
P2684. Traverses, *Jean Rolin*
P2685. Le Baiser de la pieuvre, *Patrick Grainville*
P2686. Dans la nuit brune, *Agnès Desarthe*
P2687. Une soirée au Caire, *Robert Solé*
P2688. Les Oreilles du loup, *Antonio Ungar*
P2689. L'Homme de compagnie, *Jonathan Ames*
P2690. Le Dico de la contrepèterie.
Des milliers de contrepèteries pour s'entraîner et s'amuser
Joël Martin
P2691. L'Art du mot juste.
275 propositions pour enrichir son vocabulaire
Valérie Mandera
P2692. Guide de survie d'un juge en Chine, *Frédéric Lenormand*
P2693. Doublez votre mémoire. Journal graphique
Philippe Katerine
P2694. Comme un oiseau dans la tête.
Poèmes choisis, *René Guy Cadou*
P2696. La Dernière Frontière, *Philip Le Roy*
P2697. Country blues, *Claude Bathany*
P2698. Le Vrai Monde, *Natsuo Kirino*
P2699. L'Art et la manière d'aborder son chef de service pour lui demander une augmentation, *Georges Perec*
P2700. Dessins refusés par le *New Yorker*, *Matthew Diffee*
P2701. Life, *Keith Richards*
P2702. John Lennon, une vie, *Philip Norman*
P2703. Le Dernier Paradis de Manolo, *Alan Warner*
P2704. L'Or du Maniéma, *Jean Ziegler*
P2705. Le Cosmonaute, *Philippe Jaenada*
P2706. Donne-moi tes yeux, *Torsten Pettersson*
P2707. Premiers Romans, *Katherine Pancol*
P2708. Off. Ce que Nicolas Sarkozy n'aurait jamais dû nous dire
Nicolas Domenach, Maurice Szafran
P2709. Le Meurtrier de l'Avent, *Thomas Kastura*
P2710. Le Club, *Leonard Michaels*

P2711. Le Vérificateur, *Donald Antrim*
P2712. Mon patient Sigmund Freud, *Tobie Nathan*
P2713. Trois explications du monde, *Tom Keve*
P2714. Petite sœur, mon amour, *Joyce Carol Oates*
P2715. Shim Chong, fille vendue, *Hwang Sok Yong*
P2716. La Princesse effacée, *Alexandra de Broca*
P2717. Un nommé Peter Karras, *George P. Pelecanos*
P2718. Haine, *Anne Holt*
P2719. Les jours s'en vont comme des chevaux sauvages dans les collines, *Charles Bukowski*
P2720. Ma grand-mère avait les mêmes. Les dessous affriolants des petites phrases *Philippe Delerm*
P2721. Mots en toc et formules en tic. Petites maladies du parler d'aujourd'hui, *Frédéric Pommier*
P2722. Les 100 plus belles récitations de notre enfance
P2723. Chansons. L'Intégrale, *Charles Aznavour*
P2724. Vie et opinions de Maf le chien et de son amie Marilyn Monroe, *Andrew O'Hagan*
P2725. Sois près de moi, *Andrew O'Hagan*
P2726. Le Septième Fils, *Arni Thorarinsson*
P2727. La Bête de miséricorde, *Fredric Brown*
P2728. Le Cul des anges, *Benjamin Legrand*
P2729. Cent seize Chinois et quelque, *Thomas Heams-Ogus*
P2730. Conversations avec moi-même. Lettres de prison, notes et carnets intimes *Nelson Mandela*
P2731. L'Inspecteur Ali et la CIA, *Driss Chraïbi*
P2732. Ce délicieux Dexter, *Jeff Lindsay*
P2733. Cinq femmes et demie, *Francisco González Ledesma*
P2734. Ils sont devenus français, *Doan Bui, Isabelle Monnin*
P2735. D'une Allemagne à l'autre. Journal de l'année 1990 *Günter Grass*
P2736. Le Château, *Franz Kafka*
P2737. La Jeunesse mélancolique et très désabusée d'Adolf Hitler *Michel Folco*
P2738. L'Enfant des livres, *François Foll*
P2739. Karitas, livre I – L'esquisse d'un rêve *Kristín Marja Baldursdóttir*
P2740. Un espion d'hier et de demain, *Robert Littell*
P2741. L'Homme inquiet, *Henning Mankell*
P2742. La Petite Fille de ses rêves, *Donna Leon*
P2743. La Théorie du panda, *Pascal Garnier*
P2744. La Nuit sauvage, *Terri Jentz*
P2745. Les Lieux infidèles, *Tana French*
P2746. Vampires, *Thierry Jonquet*

P2747. Eva Moreno, *Håkan Nesser*
P2748. La 7e victime, *Alexandra Marinina*
P2749. Mauvais fils, *George P. Pelecanos*
P2750. L'espoir fait vivre, *Lee Child*
P2751. La Femme congelée, *Jon Michelet*
P2752. Mortelles Voyelles, *Gilles Schlesser*
P2753. Brunetti passe à table. Recettes et récits *Roberta Pianaro et Donna Leon*
P2754. Les Leçons du Mal, *Thomas Cook*
P2755. Joseph sous la pluie. Roman, poèmes, dessins *Mano Solo*
P2756. Le Vent de la Lune, *Antonio Muñoz Molina*
P2757. Ouvrière, *Franck Magloire*
P2758. Moi aussi un jour, j'irai loin, *Dominique Fabre*
P2759. Cartographie des nuages, *David Mitchell*
P2760. Papa et maman sont morts, *Gilles Paris*
P2761. Caravansérail, *Charif Majdalani*
P2762. Les Confessions de Constanze Mozart *Isabelle Duquesnoy*
P2763. Esther Mésopotamie, *Catherine Lépront*
P2764. L'École des Absents, *Patrick Besson*
P2765. Le Livre des brèves amours éternelles, *Andreï Makine*
P2766. Un long silence, *Mikal Gilmore*
P2767. Les Jardins de Kensington, *Rodrigo Fresán*
P2768. Samba pour la France, *Delphine Coulin*
P2769. Danbé, *Aya Cissoko et Marie Desplechin*
P2770. Wiera Gran, l'accusée, *Agata Tuszyńska*
P2771. Qui a tué l'écologie ?, *Fabrice Nicolino*
P2772. Rosa Candida, *Audur Ava Olafsdóttir*
P2773. Otage, *Elie Wiesel*
P2774. Absurdistan, *Gary Shteyngart*
P2775. La Geste des Sanada, *Yasushi Inoué*
P2776. En censurant un roman d'amour iranien *Shahriar Mandanipour*
P2777. Un café sur la Lune, *Jean-Marie Gourio*
P2778. Caïn, *José Saramago*
P2779. Le Triomphe du singe-araignée, *Joyce Carol Oates*
P2780. Faut-il manger les animaux ?, *Jonathan Safran Foer*
P2781. Les Enfants du nouveau monde, *Assia Djebar*
P2782. L'Opium et le Bâton, *Mouloud Mammeri*
P2783. Cahiers de poèmes, *Emily Brontë*
P2784. Quand la nuit se brise. Anthologie de poésie algérienne
P2785. Tibère et Marjorie, *Régis Jauffret*
P2786. L'Obscure Histoire de la cousine Montsé, *Juan Marsé*
P2787. L'Amant bilingue, *Juan Marsé*
P2788. Jeux de vilains, *Jonathan Kellerman*

P2789. Les Assoiffées, *Bernard Quiriny*
P2790. Les anges s'habillent en caillera, *Rachid Santaki*
P2791. Yum Yum Book, *Robert Crumb*
P2792. Le Casse du siècle, *Michael Lewis*
P2793. Comment Attila Vavavoom remporta la présidentielle avec une seule voix d'avance, *Jacques Lederer*
P2794. Le Nazi et le Barbier, *Edgar Hilsenrath*
P2795. Chants berbères de Kabylie, *Jean Amrouche*
P2796. Une place au soleil, *Driss Chraïbi*
P2797. Le Rouge du tarbouche, *Abdellah Taïa*
P2798. Les Neuf Dragons, *Michael Connelly*
P2799. Le Mécano du vendredi (illustrations de Jacques Ferrandez), *Fellag*
P2800. Le Voyageur à la mallette *suivi de* Le Vieux Quartier *Naguib Mahfouz*
P2801. Le Marquis des Éperviers, *Jean-Paul Desprat*
P2802. Spooner, *Pete Dexter*
P2803. «Merci d'avoir survécu», *Henri Borlant*
P2804. Secondes noires, *Karin Fossum*
P2805. Ultimes Rituels, *Yrsa Sigurdardottir*
P2806. Le Sourire de l'agneau, *David Grossman*
P2807. Le garçon qui voulait dormir, *Aharon Appelfeld*
P2808. Frontière mouvante, *Knut Faldbakken*
P2809. Je ne porte pas mon nom, *Anna Grue*
P2810. Tueurs, *Stéphane Bourgoin*
P2811. La Nuit de Geronimo, *Dominique Sylvain*
P2812. Mauvais Genre, *Naomi Alderman*
P2813. Et l'âne vit l'ange, *Nick Cave*
P2814. Les Yeux au ciel, *Karine Reysset*
P2815. Un traître à notre goût, *John le Carré*
P2816. Les Larmes de mon père, *John Updike*
P2817. Minuit dans une vie parfaite, *Michael Collins*
P2818. Aux malheurs des dames, *Lalie Walker*
P2819. Psychologie du pingouin et autres considérations scientifiques, *Robert Benchley*
P2820. Petit traité de l'injure. Dictionnaire humoristique *Pierre Merle*
P2821. L'Iliade, *Homère*
P2822. Le Roman de Bergen. 1950 Le Zénith – tome III *Gunnar Staalesen*
P2823. Les Enquêtes de Brunetti, *Donna Leon*
P2824. Dernière Nuit à Twisted River, *John Irving*
P2825. Été, *Mons Kallentoft*
P2826. Allmen et les libellules, *Martin Suter*
P2827. Dis camion, *Lisemai*
P2828. La Rivière noire, *Arnaldur Indridason*

P2829. Mary Ann en automne. Chroniques de San Francisco, épisode 8, *Armistead Maupin*
P2830. Les Cendres froides, *Valentin Musso*
P2831. Les Compliments. Chroniques, *François Morel*
P2832. Bienvenue à Oakland, *Eric Miles Williamson*
P2833. Tout le cimetière en parle, *Marie-Ange Guillaume*
P2834. La Vie éternelle de Ramsès II, *Robert Solé*
P2835. Nyctalope ? Ta mère. Petit dictionnaire loufoque des mots savants, *Tristan Savin*
P2836. Les Visages écrasés, *Marin Ledun*
P2837. Crack, *Tristan Jordis*
P2838. Fragments. Poèmes, écrits intimes, lettres, *Marilyn Monroe*
P2839. Histoires d'ici et d'ailleurs, *Luis Sepúlveda*
P2840. La Mauvaise Habitude d'être soi *Martin Page, Quentin Faucompré*
P2841. Trois semaines pour un adieu, *C.J. Box*
P2842. Orphelins de sang, *Patrick Bard*
P2843. La Ballade de Gueule-Tranchée, *Glenn Taylor*
P2844. Cœur de prêtre, cœur de feu, *Guy Gilbert*
P2845. La Grande Maison, *Nicole Krauss*
P2846. 676, *Yan Gérard*
P2847. Betty et ses filles, *Cathleen Schine*
P2848. Je ne suis pas d'ici, *Hugo Hamilton*
P2849. Le Capitalisme hors la loi, *Marc Roche*
P2850. Le Roman de Bergen. 1950 Le Zénith – tome IV *Gunnar Staalesen*
P2851. Pour tout l'or du Brésil, *Jean-Paul Delfino*
P2852. Chamboula, *Paul Fournel*
P2853. Les Heures secrètes, *Élisabeth Brami*
P2854. J.O., *Raymond Depardon*
P2855. Freedom, *Jonathan Franzen*
P2856. Scintillation, *John Burnside*
P2857. Rouler, *Christian Oster*
P2858. Accabadora, *Michela Murgia*
P2859. Kampuchéa, *Patrick Deville*
P2860. Les Idiots (petites vies), *Ermanno Cavazzoni*
P2861. La Femme et l'Ours, *Philippe Jaenada*
P2862. L'Incendie du Chiado, *François Vallejo*
P2863. Le Londres-Louxor, *Jakuta Alikavazovic*
P2864. Rêves de Russie, *Yasushi Inoué*
P2865. Des garçons d'avenir, *Nathalie Bauer*
P2866. La Marche du cavalier, *Geneviève Brisac*
P2867. Cadrages & Débordements *Marc Lièvremont (avec Pierre Ballester)*
P2868. Automne, *Mons Kallentoft*
P2869. Du sang sur l'autel, *Thomas Cook*

P2870. Le Vingt et Unième cas, *Håkan Nesser*
P2871. Nous, on peut. Manuel anticrise à l'usage du citoyen *Jacques Généreux*
P2872. Une autre jeunesse, *Jean-René Huguenin*
P2873. L'Amour d'une honnête femme, *Alice Munro*
P2874. Secrets de Polichinelle, *Alice Munro*
P2875. Histoire secrète du Costaguana, *Juan Gabriel Vásquez*
P2876. Le Cas Sneijder, *Jean-Paul Dubois*
P2877. Assommons les pauvres !, *Shumona Sinha*
P2878. Brut, *Dalibor Frioux*
P2879. Destruction massive. Géopolitique de la faim *Jean Ziegler*
P2880. Une petite ville sans histoire, *Greg Iles*
P2881. Intrusion, *Natsuo Kirino*
P2882. Tatouage, *Manuel Vázquez Montalbán*
P2883. D'une porte l'autre, *Charles Aznavour*
P2884. L'Intégrale Gainsbourg. L'histoire de toutes ses chansons *Loïc Picaud, Gilles Verlant*
P2885. Hymne, *Lydie Salvayre*
P2886. B.W., *Lydie Salvayre*
P2887. Les Notaires. Enquête sur la profession la plus puissante de France, *Laurence de Charette, Denis Boulard*
P2888. Le Dépaysement. Voyages en France *Jean-Christophe Bailly*
P2889. Les Filles d'Allah, *Nedim Gürsel*
P2890. Les Yeux de Lira, *Eva Joly et Judith Perrignon*
P2891. Recettes intimes de grands chefs, *Irvine Welsh*
P2892. Petit Lexique du petit, *Jean-Luc Petitrenaud*
P2893. La Vie sexuelle d'un islamiste à Paris, *Leïla Marouane*
P2894. Ils sont partis avec panache. Les dernières paroles, de Jules César à Jimi Hendrix, *Michel Gaillard*
P2896. Le Livre de la grammaire intérieure, *David Grossman*
P2897. Philby. Portrait de l'espion en jeune homme *Robert Littell*
P2898. Jérusalem, *Gonçalo M. Tavares*
P2899. Un capitaine sans importance, *Patrice Franceschi*
P2900. Grenouilles, *Mo Yan*
P2901. Lost Girls, *Andrew Pyper*
P2902. Satori, *Don Winslow*
P2903. Cadix, ou la diagonale du fou, *Arturo Pérez-Reverte*
P2904. Cranford, *Elizabeth Gaskell*
P2905. Les Confessions de Mr Harrison, *Elizabeth Gaskell*
P2906. Jón l'Islandais, *Bruno d'Halluin*
P2907. Journal d'un mythomane, vol. 1, *Nicolas Bedos*
P2908. Le Roi prédateur, *Catherine Graciet et Éric Laurent*
P2909. Tout passe, *Bernard Comment*

P2910. Paris, mode d'emploi. Bobos, néo-bistro, paniers bio et autres absurdités de la vie parisienne *Jean-Laurent Cassely*
P2911. J'ai réussi à rester en vie, *Joyce Carol Oates*
P2912. Folles nuits, *Joyce Carol Oates*
P2913. L'Insolente de Kaboul, *Chékéba Hachemi*
P2914. Tim Burton : entretiens avec Mark Salisbury
P2915. 99 proverbes à foutre à la poubelle, *Jean-Loup Chiflet*
P2916. Les Plus Belles Expressions de nos régions *Pascale Lafitte-Certa*
P2917. Petit dictionnaire du français familier. 2000 mots et expressions, d'« avoir la pétoche » à « zigouiller », *Claude Duneton*
P2918. Les Deux Sacrements, *Heinrich Böll*
P2919. Le Baiser de la femme-araignée, *Manuel Puig*
P2920. Les Anges perdus, *Jonathan Kellerman*
P2921. L'Humour des chats, *The New Yorker*
P2922. Les Enquêtes d'Erlendur, *Arnaldur Indridason*
P2923. Intermittence, *Andrea Camilleri*
P2924. Betty, *Arnaldur Indridason*
P2925. Grand-père avait un éléphant *Vaikom Muhammad Basheer*
P2926. Les Savants, *Manu Joseph*
P2927. Des saisons au bord de la mer, *François Maspero*
P2928. Le Poil et la Plume, *Anny Duperey*
P2929. Ces 600 milliards qui manquent à la France *Antoine Peillon*
P2930. Pensées pour moi-même. Le livre autorisé de citations *Nelson Mandela*
P2931. Carnivores domestiques (illustrations d'OlivSteen) *Erwan Le Créac'h*
P2932. Tes dernières volontés, *Laura Lippman*
P2933. Disparues, *Chris Mooney*
P2934. La Prisonnière de la tour, *Boris Akounine*
P2935. Cette vie ou une autre, *Dan Chaon*
P2936. Le Chinois, *Henning Mankell*
P2937. La Femme au masque de chair, *Donna Leon*
P2938. Comme neige, *Jon Michelet*
P2939. Par amitié, *George P. Pelecanos*
P2940. Avec le diable, *James Keene, Hillel Levin*
P2941. Les Fleurs de l'ombre, *Steve Mosby*
P2942. Double Dexter, *Jeff Lindsay*
P2943. Vox, *Dominique Sylvain*
P2944. Cobra, *Dominique Sylvain*
P2945. Au lieu-dit Noir-Étang…, *Thomas Cook*

P2946. La Place du mort, *Pascal Garnier*
P2947. Terre des rêves (La trilogie du Minnesota, tome 1) *Vidar Sundstøl*
P2948. Les Mille Automnes de Jacob de Zoet, *David Mitchell*
P2949. La Tuile de Tenpyô, *Yasushi Inoué*
P2950. Claustria, *Régis Jauffret*
P2951. L'Adieu à Stefan Zweig, *Belinda Cannone*
P2952. Là où commence le secret, *Arthur Loustalot*
P2953. Le Sanglot de l'homme noir, *Alain Mabanckou*
P2954. La Zonzon, *Alain Guyard*
P2955. L'éternité n'est pas si longue, *Fanny Chiarello*
P2956. Mémoires d'une femme de ménage *Isaure (en collaboration avec Bertrand Ferrier)*
P2957. Je suis faite comme ça, *Juliette Gréco*
P2958. Les Mots et la Chose. Trésors du langage érotique *Jean-Claude Carrière*
P2959. Ransom, *Jay McInerney*
P2960. Little Big Bang, *Benny Barbash*
P2961. Vie animale, *Justin Torres*
P2962. Enfin, *Edward St Aubyn*
P2963. La Mort muette, *Volker Kutscher*
P2964. Je trouverai ce que tu aimes, *Louise Doughty*
P2965. Les Sopranos, *Alan Warner*
P2966. Les Étoiles dans le ciel radieux, *Alan Warner*
P2967. Méfiez-vous des enfants sages, *Cécile Coulon*
P2968. Cheese Monkeys, *Chip Kidd*
P2969. Pommes, *Richard Milward*
P2970. Paris à vue d'œil, *Henri Cartier-Bresson*
P2971. Bienvenue en Transylvanie, *collectif*
P2972. Super triste histoire d'amour, *Gary Shteyngart*
P2973. Les Mots les plus méchants de l'Histoire *Bernadette de Castelbajac*
P2974. La femme qui résiste, *Anne Lauvergeon*
P2975. Le Monarque, son fils, son fief, *Marie-Célie Guillaume*
P2976. Écrire est une enfance, *Philippe Delerm*
P2977. Le Dernier Français, *Abd Al Malik*
P2978. Il faudrait s'arracher le cœur, *Dominique Fabre*
P2979. Dans la grande nuit des temps, *Antonio Muñoz Molina*
P2980. L'Expédition polaire à bicyclette, *Robert Benchley*
P2981. Karitas, livre II – L'art de la vie *Kristín Marja Baldursdóttir*
P2982. Parlez-moi d'amour, *Raymond Carver*
P2983. Tais-toi, je t'en prie, *Raymond Carver*
P2984. Débutants, *Raymond Carver*
P2985. Calligraphie des rêves, *Juan Marsé*
P2986. Juste être un homme, *Craig Davidson*
P2987. Les Strauss-Kahn, *Raphaëlle Bacqué, Ariane Chemin*